鲁　迅
（1881年9月25日—1936年10月19日）

陈漱渝 著

鲁迅十五讲

中原出版传媒集团
中原传媒股份公司

大象出版社
·郑州·

图书在版编目(CIP)数据

鲁迅十五讲/陈漱渝著.— 郑州：大象出版社，2021.9（2022.2重印）
ISBN 978-7-5711-1196-0

Ⅰ.①鲁… Ⅱ.①陈… Ⅲ.①鲁迅研究 Ⅳ.①I210

中国版本图书馆 CIP 数据核字（2021）第 187339 号

鲁迅十五讲
LUXUN SHIWU JIANG

陈漱渝 著

出 版 人	汪林中
策划编辑	张桂枝 孟建华
责任编辑	李 洁
责任校对	乔 瑞 代亚丽 梁迎霞
装帧设计	王莉娟

出版发行	大象出版社（郑州市郑东新区祥盛街 27 号 邮政编码 450016）
	发行科 0371-63863551 总编室 0371-65597936
网 址	www.daxiang.cn
印 刷	北京汇林印务有限公司
经 销	各地新华书店经销
开 本	720 mm×1020 mm 1/16
印 张	19
字 数	232 千字
版 次	2021 年 9 月第 1 版 2022 年 2 月第 2 次印刷
定 价	59.00 元

若发现印、装质量问题，影响阅读，请与承印厂联系调换。
印厂地址 北京市大兴区黄村镇南六环磁各庄立交桥南 200 米（中轴路东侧）
邮政编码 102600 电话 010-61264834

目 录

第一章 鲁迅与同时代人 /001

第一讲 "人之子"鲁迅 /002

第二讲 鲁迅夫人许广平 /022

第三讲 帮助鲁迅改变命运的人
——鲁迅挚友许寿裳 /039

第四讲 五四文学星空三颗星
——鲁迅·胡适·周作人 /060

第五讲 今夜"大雷雨"
——周氏兄弟失和事件再议 /086

第六讲 "相得"与"疏离"
——林语堂与鲁迅的交往史实及其文化思考 /105

第七讲 "交谊至深,感情至洽"
——鲁迅与郁达夫 /130

第二章　重读鲁迅经典 /143

　　第八讲　鲁迅经典作品的阅读 /144

　　第九讲　重读鲁迅经典的断想 /157

　　第十讲　解密鲁迅日记中的"生活密码" /174

　　第十一讲　鲁迅手稿，研究些什么？ /190

第三章　播撒鲁迅精神的种子 /199

　　第十二讲　鲁迅是谁？应该如何为他立传？

　　　　　　——我为鲁迅作传的学术追求 /200

　　第十三讲　吐纳中外，别立新宗

　　　　　　——鲁迅的中西文化观 /223

　　第十四讲　从鲁迅读书，谈到读鲁迅的书 /247

　　第十五讲　播撒鲁迅精神的种子

　　　　　　——关于教材中的鲁迅作品 /264

后记 /287

　　讲演改变了我的命运

　　　　——感悟鲁迅经典 /288

第一章　鲁迅与同时代人

第一讲 "人之子"鲁迅

"人之子"是鲁迅作品多次出现过的提法,它的对应面是"神之子"。大家知道,人跟神是不一样的,神被认为具有超自然力,全知全能,所向无敌。而人则不同,人虽然被称为"万物之灵",有思想,会制造工具,可以能动地改造世界,但人也有其弱点、缺点,有其必不可免的历史局限性。宗教的核心是神灵崇拜;而对人,对任何人,可以崇敬,但不能盲目崇拜。

鲁迅是谁?鲁迅是人,不是神。但他又不是一般的人,而是杰出的人。所以,我们既不能把鲁迅神化,也不能把他世俗化。关键是掌握一个度。

有一段时期,鲁迅被一些人摆到了一个绝对正确的位置,似乎他的话句句是真理,似乎他做的每一件事都正确。如果他跟别人产生分歧或发生论争,那板子往往都会打在对方身上。宣传鲁迅性格的时候,也习惯于突出他横眉怒目的一面,而他具有丰富人性的那一面则往往被遮掩。

那么,根据鲁迅作品及相关回忆录,生活中的鲁迅究竟是什么样子呢?20世纪二三十年代,有一位作家兼漫画家叫叶灵凤,他给鲁迅画过一幅漫画像。画面上是一个大酒坛子,鲁迅喝得醉醺醺的,躲在坛子后面,露出一张"阴阳脸",醉眼蒙眬看人生。所以很多读者误认为鲁迅是个高阳酒徒。实际上鲁迅讲过,饮酒的危害他是深知的,他是学医的人嘛，所以他喝酒是很节制的，并不常喝酒，也很少有烂醉如泥的时候。当然，如果要细究，偶尔也有喝酒失态的情况。比如1925年端午节，他家来了几位年轻的客人：有他后来的夫人许广平，有他的房东俞芳姐妹，还有作家许钦文的妹妹许羡苏，有这么四位小姐。他们谈得很高兴，鲁迅喝了六杯烧酒，还有五碗葡萄酒，于是就把许广平的脑袋往桌子上摁，打了俞小姐一拳，吓得这四位小姐拔腿就跑，逃出了鲁迅在阜成门内西三条的寓所，到白塔寺逛庙会去了。这次喝酒失态是有文字记录的。还有人说鲁迅好讲演，而语音南腔北调，讲话时露出满嘴黄牙。为什么满嘴黄牙呢？因为抽烟多，所以又有人说鲁迅是个大烟鬼。实际生活当中鲁迅确实抽烟比较多。他讲他是一个意志力很强的人，唯独在抽烟这个问题上意志力薄弱。他一天抽30支，多的时候抽50支，所以有人形容鲁迅是连珠炮式地抽烟，很少用火柴。他留学日本时经常彻夜不眠，一边抽烟一边写作，抽完烟以后烟头就插在炭盆里边。这支抽完插个烟屁股，那支抽完再插个烟屁股，第二天早上起来一看，炭盆就像一个马蜂窝。这样当然严重地损害了他的健康。鲁迅仅仅活了56岁，死于肺病。鲁迅的生活是非常平民化的，他有很多农民的生活习惯。比如说，他喜欢吃炒饭，南方炒饭不是用煤而是用柴火，炒出来特别香。另外，他喜欢吃一种火烧，壳焦黄焦黄的，叫蟹壳黄。他还喜欢吃辣椒。为什么喜欢吃辣椒呢？因为他18岁那年到南京求学，只带了妈妈给的"八元的川资"，冬天没有钱买棉裤，于是吃辣椒取暖，以后就有了吃辣椒的嗜好。鲁迅吃饭非常简单。他一个人在厦门大学当教授的时候，有一个酒精炉子，改善生活就煮点火腿肉。到了上海安了家，夫人给他做菜，他很少吃鱼。为什么呢？因为吃鱼必须挑刺，挑刺就要费时间，费时间就会影响他的工作，所以他很少吃鱼。鲁迅的衣食住行都非常简朴。

现在的北京鲁迅博物馆就是以鲁迅在北京的第四个故居为基础扩建的。这个故居是标准的四合院，北房三间，左边一间是原配夫人朱安的卧室，中间是一个过道，右边是他母亲的卧室。他自己没有地方睡，因为他和朱安分居，所以他在中间过道延伸出一个小窄条，作为自己的工作室兼卧室，那里面摆着一张木板床。如果大家去参观就可以看到，他的母亲睡的是用棕绳绷的床垫，很柔软。朱安睡的也是那种床，可是他自己睡的是窄窄的木板床，垫的褥子也是薄薄的。他的朋友很不理解。鲁迅解释说，一个人如果生活太安逸了，工作就会为生活所累。也就是说，一个人如果在生活方面有太多的考虑和追求，就容易玩物丧志。鲁迅穿衣服很不讲究，特别害怕穿新衣服。因为小时候家里穷，偶尔给他做件新衣服，母亲总是再三叮咛，不要划破了，不要弄脏了，使他感到有种种的约束，穿旧衣服就很方便了。鲁迅在上海时，冬天穿棉袍，很沉重。鲁迅身躯矮小，又得了肺病，不胜重负。后来夫人给他做了一件丝棉袍，但是鲁迅舍不得穿，去世后就做了他裹尸的尸衣。鲁迅在北京工作的时候，主要的交通工具是黄包车，所以鲁迅跟人力车夫的关系非常好，也发生了很多故事。比如，有一个人力车夫拉车拉到半路上，脚被划破了。鲁迅把他请到家里，用镊子把玻璃碴儿取出来，给他包好了脚，又多给了点车钱。现在这把镊子还保存在绍兴鲁迅纪念馆。他还写了《一件小事》，把自己的内心世界跟人力车夫的精神境界进行对比，发现自己虽然学识渊博，可是灵魂有阴暗面，倒不如那个浑身尘土的人力车夫高大。

到上海定居以后，鲁迅喜欢走路，而且走路的姿态非常个性化，是一往无前的姿态，很少左顾右盼，更很少回头观望。这一生活细节被冯雪峰写到他的《回忆鲁迅》这本书里去了。鲁迅偶尔改善生活，也有雇出租汽车到江湾看电影兜风的时候；看完电影回来以后就再也舍不得搭汽车了。他家里人很多，还有他弟弟、弟媳、弟弟家的孩子。他就让妇女孩子搭车回去，自己在马路边上等电车。像这样的细节给女作家萧红留下的印象很深。

鲁迅既然是一个人，当然也会有他的喜怒哀乐。他认为人生最有趣的事情，就是跟朋友聊天。他讲过一句很有名的话：跟敌人战斗要穿盔甲，可是跟朋友聊天就可以赤膊，无所不谈，坦诚相见。鲁迅小时候想，是不是当皇帝很舒服？当皇帝多风光啊！后来到北京一看，皇宫的建筑那么刻板。他设想皇帝上朝的时候，金口一开，底下群臣叩首，是，是，是。他觉得人活到这个份儿上，听不到不同意见，太没有意思。他郁闷的时候沉默不语，好像得了一场大病。有一天，他的夫人许广平发现鲁迅失踪了，让儿子去找，结果儿子也找不着了，许广平更着急了。后来她在阳台上发现父子二人并排而卧。因为鲁迅不高兴，就一个人躺在阳台上，海婴找到爸爸以后，也乖乖地躺到爸爸身边去了。两人这么躺着，让许广平又生气又心疼。鲁迅不高兴就沉默，非常可怕的沉默。他有他的喜，也有他的怒。

在动物和昆虫当中，有几样鲁迅非常厌恶的东西，比如白蚁、蟑螂、苍蝇、蚊子、猫。他为什么讨厌白蚁呢？因为他看到白蚁就联想到我们生活当中一些自私自利之徒。白蚁不是啃木头吗？一路吃过去，留下的是一条排泄的粪。贪官污吏之流就是蛀虫，他们给后代留下的只是"一条粪"。为什么他还讨厌蟑螂呢？因为鲁迅特别喜欢看书，嗜书如命。蟑螂在书上拉点粪便，就把书给毁了。为什么讨厌苍蝇呢？因为他觉得苍蝇在无论多么洁净的东西上都要留下一堆蝇屎。我感到现实生活中有一些故意糟蹋先贤的人也有点像苍蝇，越是纯洁、越是美好的东西，他们越要在上面"拉点屎"。消灭苍蝇是非常艰难的。鲁迅有一年经河南到陕西,看见一个小孩躺在路边,脸上五六个苍蝇叮着,他仍旧安然入睡。所以鲁迅当时说了一句俏皮话:与其提倡消灭苍蝇,不如提倡一种有五六只苍蝇叮在脸上还能纹丝不动的涵养。

他为什么讨厌蚊子呢?因为蚊子吸血,跟跳蚤不同。跳蚤吸血是咬一口就走,可是蚊子总是喜欢先发一通议论,好像在说,你的血该我喝,我喝你的血有理。鲁迅由此想起了生活当中有一些掠夺者、剥削者,都是为自己的行为进行辩护,跟蚊子一样。鲁迅特别讨厌猫,他有仇猫的情结。鲁迅为什么会仇猫?因为他小时候养隐鼠。他研墨写字时,那小隐鼠就爬到毛笔的杆头上,挺好玩的。后来隐鼠不见了,为什么呢?保姆长妈妈告诉他被猫吃了。(编者注:鲁迅儿时养的隐鼠其实是被保姆长妈妈无意中一脚踏死的)到上海养鱼,早上起来鱼缸里的鱼少了几条,原来被猫叼了。有一天夫人晚上从外边回来,看到家里黑着灯,可是里边噼啪一阵乱响,她以为进了小偷或是强盗在打劫呢。后来推门进去一看,才知道是鲁迅光着脚在打猫,把猫打得东奔西窜。鲁迅仇猫还有一个原因,就是鲁迅喜欢夜间工作,可是猫每年春季到了晚上就要号叫,叫得他心里发毛。号叫就是发情。鲁迅认为,谈恋爱是个人的事情,是隐私,不必大肆张扬。鲁迅由此想到,有人结婚时大发请帖,四处请客,这些人有点像猫。

在家庭生活中,鲁迅是位体贴的丈夫,也是一位慈爱的父亲。1929年他夫人许广平怀孕了,生下了他们爱情的结晶。当时许广平难产,医生问万一有生命危险,是留大人还是留小孩?鲁迅毫不犹豫地说:留大人!后来许广平生下一个小男孩,母子平安。因为婴儿在上海出生,就叫海婴。鲁迅49岁得子,特别喜欢,50岁抱着海婴照张相。有些朋友说:你是不是对孩子太宠爱了?就嘲笑他。鲁迅为了答复那些朋友,写了一首七言绝句《答客诮》："无情未必真豪杰，怜子如何不丈夫。知否兴风狂啸者，回眸时看小於菟。"意思就是说：没有感情怎么能说是真正的英雄豪杰呢？爱孩子难道就不是大丈夫吗？知道吗？在深山老林兴风狂啸的兽中之王——老虎，还时时回头关注着它身后的小老虎呢。这表现了鲁迅对孩子的挚爱，也表现了他对年青一代的挚爱。

但是，鲁迅之所以成为鲁迅，并不仅仅是因为他跟我们一样有七情六欲，要衣食住行。我们每个人都有人性闪光的一面，在生活中慈爱的父亲、体贴的丈夫不乏其人，但他们都成不了鲁迅，替代不了鲁迅。一般作家的成就也无法跟鲁迅相比。

中国现代有多少作家？据《中国现代文学作者笔名录》收录，从1917年到1949年10月这段历史时期内，有一定创作实绩的作家有6000余人。中国现代有多少文学作品？据《中国现代文学总书目》介绍，1917年1月1日至1949年9月30日出版的文学图书多达13500种。任何人都无法走近上述全部作家，任何人都无法读完上述全部作品。这是个人的局限，也是我们的遗憾。但是，这一时期的文化精神、人格理想和思想艺术的原创性，通常集中体现在其中的几位，至多几十位杰出的作家身上。这类作家往往被人们尊崇为大师，受到读者发自内心的崇仰。他们遗留的作品，蕴含了这一时期全部创作中最本质、最核心的智慧。因此，这类作品被批评家尊崇为经典，长留在读者记忆中，并作为传统影响于后世。鲁迅就是中国现代文学史上顶尖级的大师。他的作品具有经典性，人格具有楷模性。他的思想是一座经得起长期开发的宝藏，是现当代中国人不可或缺的精神资源。所以，鲁迅之所以成为鲁迅，并不是取决于他的平凡性，而是取决于他的非凡性，取决于他的独异性。

从1906年至1936年，鲁迅在文艺园圃整整耕耘了30个春秋，建立的业绩主要表现在六个方面：

一、创作

计小说集 3 本、散文诗集 1 本、回忆散文集 1 本、诗作 60 余首、杂文集 10 余本，外加书信、日记，总量累计达 300 万字。约有四五十个国家用不同民族的语言文字出版了鲁迅的著作。1827 年，德国文豪歌德首次提出了"世界文学"这个概念。他说："民族文学在现代算不了很大的一回事，世界文学的时代已快来临了。现在每个人都应该出力促使它早日来临。"鲁迅就是世界文学的著名代表人物之一，是一位被誉为"人类明灯"的作家，他的作品不专属于孕育他的国度，而是全世界的文化财富。

二、翻译

鲁迅的文学道路是从翻译介绍外国文学发轫的。他的译文忠实严谨，多取材于跟当时中国境遇相类的弱小国家、被压迫民族的作品，从中寻求时代热切呼唤的挣扎、反抗和怒吼的精神。他一生译介了 14 个国家近百位作家的 200 多种作品，版面字数多达 365 万字。正是通过这种艰苦的工作，鲁迅构筑了一座沟通人类心灵的桥梁。

三、科学

鲁迅不仅在他的创作中运用了大量自然科学知识，而且他本人就是近代中国普及科学的前驱者。比如法国居里夫妇于 1898 年发现了镭，1903 年鲁迅就撰写专文介绍了这一重大科学成果。鲁迅跟学友合编的《中国矿产志》，系统介绍了中国的矿产资源分布情况，曾作为"中学堂参考书"和"国民必读书"发行，再版 3 次。他翻译的《元素周期则》，是较早的化学元素周期表的中译文。他翻译的《造人术》介绍了至今仍处于尖端科学位置的生命工程。他还最早倡导科学幻想小说，用文言文翻译了法国儒勒·凡尔纳的《月界旅行》《地底旅行》。

四、学术

有人误认为鲁迅反对中国传统文化，殊不知他穷30年之力，共辑录校勘了49部古籍，其中最为人称道的有《嵇康集》《唐宋传奇集》《古小说钩沉》。他在北京大学的讲义《中国小说史略》是中国小说史的开山之作，结束了中国小说自来无史的局面。他的学术文章《魏晋风度及文章与药及酒之关系》《门外文谈》，表现出史料与史识的完美统一，堪称治学典范。他还搜集了碑帖拓片数千种，以及大量的古币、瓦当、古砖等金石宝物，准备撰写一部《中国字体变迁史》。但由于环境和身体状况不佳，鲁迅未能完成这一宏愿。

五、美术

鲁迅自幼喜爱绘画，描摹过绣像小说。民国初年，教育总长蔡元培先生提倡美育，鲁迅是鼎力支持者。1931年夏，鲁迅在上海举办木刻讲习班，为中国培养了第一批现代木刻版画艺术人才。为了扶植木刻艺术，他还自费印行了不少木刻画册，介绍了珂勒惠支、梅斐尔德等德国、俄国版画家的作品。当时中国的木刻艺术还很幼稚，但鲁迅认为这是在榛莽中露出的健壮的新芽，唯其幼小，所以希望就正在这一面。

六、教育

鲁迅是一位杰出的教育家。他从1909年开始在杭州、绍兴两地的师范学校和中学堂教书，直到1928年1月才完全脱离教学专心从事写作，最忙的一年同时在8所学校任教，几乎占去他一周工作时间的一半。鲁迅的教育思想非常丰富，目前研究鲁迅教育思想的专著就有好几种。

大家可能都有这种体会：数字在很多场合是十分枯燥的。但是在有些时候、有些场合，数字却可以产生诗一般的魅力。比如唐人李白观庐山瀑布，形容为"飞流直下三千尺，疑是银河落九天"，在这里，"三千""九"都是数字，却可以使我们联想到瀑布的雄伟壮观；宋人辛弃疾晚上赶路，这时天上有星星，又下了小雨，他写道"七八个星天外，两三点雨山前"，这"七八""两三"，就烘托出了秋夜的诗意。同样，鲁迅只活了56年，在文化战线拼搏只有短短的30年，但创作、翻译的作品就有几百万字，还有其他方面的贡献。这就给我们一个深刻的启示：如果我们每人都像鲁迅那样，把别人喝咖啡的工夫用在工作上，那就能为祖国，为人类，作出多么辉煌的成绩。

2013年教育界发生了一件引起舆论广泛关注的事情。鲁迅的散文诗《风筝》从人教版七年级语文教材中删掉了。主要理由是鲁迅作品"很难读懂，文字较晦涩"。某语文特级教师表示，删掉《风筝》，"可以降低阅读难度"。（2013年9月5日《解放日报》《文汇报》）不过，据新浪网"你赞同鲁迅退出语文教材么"的问卷结果显示，有71.5%的调查对象反对"鲁迅退出语文教材"。

据我所知，早在中华人民共和国成立之前，《风筝》就被商务印书馆、中华书局、世界书局、开明书店这四大出版社6次选入语文教材，被其他出版社5次选入教材。比如，1932年11月由商务印书馆出版的傅东华、陈望道编选的《基本教科书·国文》，就选收了《风筝》。当时选收此文的目的，是让学生学习回忆性记叙文的写法，掌握想象性素材的取舍标准。1937年宋文翰按当时的课程标准编选了一本《新编初中国文》，由中华书局印行，收入鲁迅的创作和译文共7篇，其中也包括《风筝》。编者还收入了孙福熙的《大家都放起风筝来呵》一文，要求学生与鲁迅的《风筝》对读，以加深印象。1949年8月，文化供应社出版了王任叔、宋云彬等民主人士选编的《新编初中精读文选》，由叶圣陶校订，《风筝》

即为选文之一。编者指出：这是一篇追怀往事的散文。作者儿时做错了事，到了中年，想来补救，已无法希求了。中华人民共和国成立后的第一套教材中，《风筝》同样赫然在目，成为保留篇目之一。

鲁迅作品的确有其时代性，有些篇章也的确"晦涩难懂"（如文言论文，《野草》中的某些篇章），并非全部适合选入教材，也可以根据时代需求对所选篇章进行调整，唯独《风筝》适合选入中学语文教材。因为《风筝》不但文字浅显可诵，而且文中关于释放儿童天性的主张，更切中当今应试教育的弊端。不过，在《红楼梦》也位居"死活读不下的书"排行榜榜首的当下，鲁迅的《风筝》"断了线"也是一件并不罕见的事情。

那么，在当下读鲁迅的书还有没有意义呢？我认为鲁迅的书代表了一种价值。如果不具备这种价值，我们就没有阅读它的理由。我曾经讲过，鲁迅的作品除有它的文学审美意义之外，还有它的认识意义、现实意义和普世意义。鲁迅的作品首先是作为历史的现场，让我们找到历史的原始记录。历史，是我们进行价值判断的一个重要根据。鲁迅作品也能给我们很多现实的启示。此外，鲁迅的很多观念又是超越时空地域的，具有普适的意义。

先谈鲁迅作品的认识意义。任何优秀的文学作品，特别是史诗性的叙事文学作品，对于社会历史、生活都会有广泛的反映。马克思在《英国资产阶级》一文中，曾指出像狄更斯、萨克雷这样的英国小说家在作品中提示的政治和社会真理，要比职业政客、政论家和道德家加在一起提示的还要多。恩格斯在《家庭、私有制和国家的起源》一书中，认为从荷马的诗歌中可以了解人类处于野蛮时期高级阶段全盛期的状况，从法国小说中可以了解天主教婚姻，从德国小说中可以了解新教婚姻。在

1888年4月初致玛·哈克奈斯的信中，恩格斯又肯定巴尔扎克是一位伟大的现实主义大师，赞扬"他在《人间喜剧》里给我们提供了一部法国'社会'特别是巴黎'上流社会'的卓越的现实主义历史"，"我从这里，甚至在经济细节方面（诸如革命以后动产和不动产的重新分配）所学到的东西，也要比从当时所有职业的史学家、经济学家和统计学家那里学到的全部东西还要多"。在《列夫·托尔斯泰是俄国革命的镜子》一文中，列宁也肯定了托尔斯泰的作品提供了无与伦比的俄国生活的图画，是一面反映农民在俄国革命的历史活动中所产生的各种矛盾状况的镜子。鲁迅作品就是一部"民国的建国史"，是19世纪末至20世纪30年代中国社会的百科全书。不仅如此，鲁迅作品还对中国有文字记载的三千多年历史进行了深入剖析，对中华民族未来的命运作出了科学的预言。

鲁迅指出，在农业社会中，中国社会基本上是一种以家族为基础、以家庭为本位的社会。"家是我们的生处，也是我们的死所。"（《南腔北调集·家庭为中国之基本》）所以，鲁迅对封建宗法社会的批判，首先从"暴露家族制度和礼教的弊害"入手，指出不仅家庭内部的两性、长幼、婆媳、嫡庶之间存在着不平等关系，而且家庭与家庭之间也存在"各人自扫门前雪"的相互隔绝状态。维护父子、夫妇之间"子事父，妻事夫"的伦理关系，最终目的是维护"臣事君"的绝对权威性，也就是维护一种宝塔形结构的主奴关系。被压在宝塔底层的是儿童与妇女。对于中国的历史，鲁迅用"想做奴隶而不得的时代"（即乱世）和"暂时做稳了奴隶的时代"（即盛世）进行了高度概括。他深感中国人向来就没有争取到"人"的地位，"所谓中国的文明者，其实不过是安排给阔人享用的人肉的筵宴"。在这种筵席上，有吃的，有被吃的。被吃的也会吃人，吃人的也会被吃。因此，他希望青年人要扫荡吃人者，掀掉人肉筵席，创造出中国历史上未曾有过的第三样时代。

在鲁迅生活的时代,中国已沦为半封建半殖民地社会,这个时代距离今天的青年人实在是十分遥远。但如果读读鲁迅的小说《故乡》,看到一个原本英武矫健的英雄少年闰土由于多子、饥荒、苛税,兵、匪、官、绅的压迫,最后变成了一个木偶人,就会知道半封建半殖民地社会的农村呈现出的是一幅多么凋敝萧条的图景。如果想了解半封建半殖民地社会的城市状况,则可以读读《准风月谈》收录的《踢》这篇杂文。文章写的是1933年8月6日晚,上海有三个油漆匠在黄浦江边乘凉,他们一个叫刘明山,一个叫顾洪生,一个叫杨阿坤。这个地方属法租界,而雇用的巡捕是俄国人。一个巡捕一脚把刘明山踢到江里,刘明山淹死了,反被说是"自行失足落水"。顾洪生想救刘明山,也被推进江里,法官问为什么巡捕要踢刘明山,顾洪生回答不知道。这说明当时在上海这个十里洋场作威作福的,不仅有自认为"征服者"的帝国主义分子,还有他们雇用的印度巡捕、安南巡捕、白俄巡捕。

更为难能可贵的是,鲁迅的杂文不仅描绘了奴隶被压迫、民族被欺凌的历史画卷,而且勾勒了一幅中华民族前仆后继的前行史。他充满民族自信心地指出:"我们从古以来,就有埋头苦干的人,有拼命硬干的人,有为民请命的人,有舍身求法的人,……虽是等于为帝王将相作家谱的所谓'正史',也往往掩不住他们的光耀,这就是中国的脊梁。"(《且介亭杂文·中国人失掉自信力了吗》)在晚年,鲁迅更欣慰地看到中国共产党人脚踏实地,为中国人的生存而流血奋斗,因而对中国的前途很乐观。除此之外,鲁迅作品还提供了很多经济、文化、民俗等方面的形象资料,这些都说明了鲁迅作品具有不可低估的认识意义。

除认识意义之外,鲁迅作品在当下还有没有现实意义呢?我们的回答是肯定的！毋庸讳言，鲁迅作品是对鲁迅所生活的时代的反映，而不是对当下现实生活的反映。但这并不意味着鲁迅的当代意义已经荡然无存。鲁迅作品是否具有当代意义，从根本上来说取决于鲁迅所抨击的时弊是否已经消除，而不是他作品中的每一句话是否都是唯一正确、不可移易的真理。有一个铁的事实：人们可以赞成鲁迅，也可以反对鲁迅，但却无法绕开鲁迅。不管我们是否意识到，我们仍然置身于他思想的光照之下，他的很多观念甚至已经渗入我们的日常生活之中。

在这里，我仅举一个例子，那就是鲁迅的生态环境观。应该承认，在改革开放的过程中，生态环境问题是一个长期被忽视的问题，直到2012年11月中国共产党第十八次全国代表大会上，才正式把"生态文明建设"跟政治建设、经济建设、文化建设、社会建设一起放在突出地位，才突出强调建设生态文明是关系人民福祉、关乎民族未来的长远大计。而鲁迅在《二心集·〈进化和退化〉小引》一文中早已敲起警钟。他预言：如果中国的生态被破坏，林木伐尽，水泽湮枯，将来的一滴水，将和血液等价。当持续不断的极端天气袭击城市时，我们也会想起当年上海弄堂排放煤烟激起了鲁迅的愤怒。这位年仅56岁就死于肺病的大文豪常说："顶讨厌的是说谎的人和煤烟，顶喜欢的是正直的人和月夜。"当我们看到煤矿等地下资源被过度开发时，我们又会想起鲁迅在《且介亭杂文·拿来主义》中所说："虽然有人说，掘起地下的煤来，就足够全世界几百年之用。但是，几百年之后呢？几百年之后，我们当然是化为魂灵，或上天堂，或落了地狱，但我们的子孙是在的，所以还应该给他们留下一点礼品。"重温鲁迅这些语重心长的警示，对于我们贯彻绿色发展，坚持人与自然和谐共生，坚持保护环境与社会发展相统一难道没有帮助吗？

通过上面的例子，我们可以认识到文学经典的一个显著特点，就是能够随着时代的演进而不断增值，就像一个雪球，在滚动的时候往往会增添一些新的附加物。置身于当今时代，重温经典，读者总是会读出一些跟经典作家生活的时代不一样的东西，于是，历史的宝贵经验和当下的切身体验相重叠，就使得经典作品不仅能放射出历史的光辉，而且还闪耀着时代的光芒。

再谈谈鲁迅作品的普适性价值。我觉得普适性这个提法可能比普世性和永恒性的提法要灵活一点。普世性的提法容易忽略国情的差异性和多样性，永恒性的提法可能导致绝对化的理解。什么是永恒？人类是永恒的吗？地球是永恒的吗？恐怕都很难说。

所谓普适性的价值，并不是人人都能认同的价值。在世界上没有什么观念人人都会认同。比如对母爱的礼赞，应该是一种普适性的观念了。但我国魏晋时代的著名文人孔融就不认同。他认为母子关系好比瓶子跟水的关系，只要水倒出来，水跟瓶子的关系就终结了。鲁迅在《魏晋风度及文章与药及酒的关系》中就援引过孔融的上述见解。所以，有些观念只要符合人类行为的正当要求，符合人性的普遍需求和合理的伦理规则，就必然具有普适性的意义，并不需要每一个人都表示赞同。简而言之，普适性的价值就是那种不同地区的不同人群都有理由视为有价值的观念，就是那种能超越价值多元和目标冲突的观念。

为什么鲁迅的作品会具有普适性意义？因为凡是伟大的思想家都会有一种对人类的关怀，总会把自己的思考跟探索人类的生存和发展状况联系起来。伟大的思想家论述的问题往往是具体的、局部的、有限的，但其价值追求总是会从人类总体性的角度出发。鲁迅作品中有很多思想都具有普适性，比如他的作品中多次出现过"路"这个意象。1919年11月，他在杂文《随感录·六十六》中写道："什么是路？就是从没路的地方践踏出来的，从只有荆棘的地方开辟出来的。以前早有路了，以后也该永远有路。"1921年年初，他在小说《故乡》的结尾又写道："我想：希望是本无所谓有，无所谓无的。这正如地上的路；其实地上本没有路，走的人多了，也便成了路。"这个"路"的意象就鼓舞了不同国度一代又一代的读者，激励他们披荆斩棘，开拓进取，征服一个接一个的艰难险阻，从"山重水复疑无路"的地方踏出一条路来。日本诺贝尔文学奖得主大江健三郎访华，在北京多次讲演，都谈到了鲁迅，特别强调"路"这个意象对他一生的巨大影响。日本鲁迅研究权威丸山昇教授也指出，在未来的希望尚不明晰而现成的理论又不易使人信仰的历史转折时刻，鲁迅作品中"路"的意象能鼓舞人们反抗绝望，韧性战斗。可见鲁迅的伟大跟他作品的生命力是联系在一起的。

在鲁迅的思想中，"诚"与"爱"的观念应该是最具普适性的观念。1902年至1904年鲁迅在日本东京弘文学院读书时，常常跟友人许寿裳讨论下列三个相关的大问题：一、怎样才是最理想的人性？二、中国国民性中最缺乏的是什么？三、它的病根何在？（许寿裳《亡友鲁迅印象记》）在广泛剖析中国国民性弱点的基础上，鲁迅认为"我们民族最缺乏的东西是诚与爱"（许寿裳《我所认识的鲁迅》）。1918年1月4日，他在复许寿裳的信中，再次强调最需要灌输的道德观念就是"诚"与"爱"。茅盾在《最理想的人性》一文中明确指出，这种对"人性"或"最理想的人性"的呼唤，"原无时空的限制"（《中苏文化》1941年第9卷第2~3期合刊）。它不仅适合于世界上任何地区、任何国家、任何人种，而且也切中当今的时弊。

我们知道，现代社会既需要市场经济的物质支撑，也需要与之相适应的道德要素的价值支撑，其中诚信就是现代社会的重要道德基础。在市场经济条件下，维持经济秩序的一个重要手段就是契约。契约关系是当今时代人际交往的一种普适性的模式，是保障个人权利、义务和社会地位的一种协议形式，而诚信则是契约签订的道德前提，契约执行的道德保障。规范市场经济秩序要靠法制的他律，同时也要用诚信的伦理观来自律，两者不能偏废。

这样我们就自然过渡到谈鲁迅"爱"的观念。据电脑检索，在鲁迅的525篇文章中一共出现了1333次"爱"字。这些"爱"字有些是出现在人名、地名和篇名中，如爱新觉罗、千爱里、《爱眉小札》；但绝大部分还是在谈"爱"的情感问题，比如涉及"爱国"的文章就有93篇，涉及关爱民众的文字更无法确计。在鲁迅的特有语汇中，弱势群体通常被称为"奴隶""下等人""被治者""被压迫者"或与"聪明人"相对的"愚人""傻子"。可见鲁迅呼唤"爱"，主要是针对强权者对弱势者的摧残，是针对世俗社会对受苦人的凉薄。鲁迅式的"爱"是一种与国家、民族、民众血脉相连、休戚与共的"大爱"。它以摧毁"天有十日，人有十等"的宝塔形的等级制为前提，以强调爱与憎的有机统一为特色，与东方圣人提倡的"等差之爱"和西方哲人提倡的"人类之爱"有着明显的区别。

我还想谈谈读书与做人的问题。法国有一位百科全书式的学者叫笛卡尔。他讲得很形象：读一本好书，就是和许多高尚的人谈话。我们谈鲁迅的书，就好比在跟鲁迅谈话。他告诉我们人应该怎样生，路应该怎样行。鲁迅对青少年的要求有三点：一、耐劳作的体力。二、纯洁高尚的道德。三、广博自由且能容纳新潮流的精神。短短三句话，德、智、体三方面的要求都涉及了。

什么叫纯洁高尚的道德呢？中国现代有一位著名的漫画家，也是翻译家、散文家，叫丰子恺。他把人的生活比喻为三层楼：第一层是物质生活，第二层是精神生活，第三层是灵魂生活。物质生活是谁也离不开的。生活没有必要的物质保障当然不会幸福，但幸福跟物质生活又不能画等号。精神生活，是人的一种超越物质层面的追求。我们欣赏音乐，欣赏美术，欣赏文学，都属于精神生活的范畴。灵魂生活，就相当于宗教当中的修炼，也是一种苦行。如果有了这种道德追求，人就能够与天地万物融为一体，精神世界就从必然王国进入到了自由王国。《百家讲坛》有一位学术明星，叫钱文忠，研究过西域历史。他说，《西游记》中唐僧的原型是唐代一位高僧，叫玄奘。玄奘追求的幸福就是从印度把佛经取回来，再把它从梵文译为汉文。他历尽千难万险取回了真经，唐太宗在长安为他举行欢迎仪式，场面盛大，人山人海，甚至发生了踩踏事件。但是玄奘当时却躲在一个小庙里，根本就没有出席欢迎盛会。我想，玄奘享受的就是一种灵魂生活，所以他把世间的喧嚣视为虚妄。

衡量一个人精神的崇高与卑微，灵魂的洁净与龌龊，都有一个道德标准。人的道德似乎可以分为四个层次。第四个层次最低，叫"损人不利己"，相当于强盗放火。强盗烧了穷人的茅草房，穷人无家可归，只好风餐露宿，而强盗也并无所得。第三个层次叫"损人利己"。这是几千年来一切剥削者、压迫者奉行的道德。他们吮吸着被剥削者、被压迫者的血汗，在穷人的尸骨上营造了富人的天堂。第二个层次叫"人我两利"。中国五四新文化运动中就有人弘扬这种道德。这种道德准则在今日也有其合理性，应该为大多数人遵循。不过，在"实行"这个天平上，"人"和"我"这两端很难保持绝对的均衡，要么会向"人"这一端倾斜一点，要么会向"我"这一端倾斜一点。道德的最高层次叫"损己利人"。

鲁迅在《为了忘却的记念》一文中，描写了革命烈士柔石。鲁迅对他的评价是："无论从旧道德，从新道德，只要是损己利人的，他就挑选上，自己背起来。"损己利人，这是一种殉道者的道德，超越性的道德，不可能要求现实生活中的每个人都去实行。但却应该成为一种每个人都崇仰的道德。损己利人就是重公轻私，重国家民族大义，而宁愿牺牲个人和小家庭的利益。通俗一点讲，也可以把"损己利人"形容为一种"傻子精神"。20世纪30年代有一位教育家，叫陶行知。他放弃高薪厚禄，献身平民教育。他用一首诗激励自己：傻瓜种瓜，种出傻瓜。唯有傻瓜，能救中华。的确，每个时代如果没有一批这样的"傻子"，时代的车轮就不可能前行。如果每个人都精得像猴，对个人得失锱铢必较，那整个社会风气就会败坏。有个故事，讲的是长征途中，红军要翻过雪山，首长命令部队加速前进。这时先头部队中有人因为穿的衣服太单薄被冻死。首长震怒，传军需处长，要军法从事。这时部下才告诉首长：被冻死的那个人，就是管理服装配备的军需处长。这位军需处长就是陶行知笔下的"傻子"，他践行的就是损己利人的道德。损己利人的道德观带有超前性。当下社会里不可能所有人都达到这种境界，我们对公民的基本要求只是遵纪守法。但每个时代都需要有一批这样道德超前，能够为国家、民族、人民牺牲自我的人。只有这样，国家才会振兴，民族才会强大，社会才会有希望。

最后，我想以自己写的一篇短文作为结束。这篇短文题目叫作《忘不了的人是你》：

> 1936年10月19日，当你溘然长逝的时候，曾留下遗嘱："忘记我，管自己生活。"然而，80多年以来，你的友与仇从来没有忘记你，在你棺木上覆盖"民族魂"锦旗的人民大众从来没

有忘记你。你的死印证了马克思的名言：死亡对于死者并非灾难，对于生者才是不幸。

1881年9月25日，你诞生在绍兴东昌坊口新台门周家。在当时，这一天并未因为你的呱呱坠地而显得不同寻常。但在你去世之后，每年的这一天都成为中国人的文化庆典。因为你以"鲁迅"为笔名创造的文化遗产，成为20世纪人类最值得夸耀的精神财富之一。

你的文学活动是以失败开始的，但却以辉煌终结。你作品中蕴含的深邃哲理、过人才智、渊博学识，以及深厚的生活底蕴、独特的艺术风格，使你成为"作家的作家"。你在中国读者心中的神圣位置，如同荷马之于希腊人，莎士比亚之于英国人，歌德之于德国人，泰戈尔之于印度人，惠特曼之于美国人。

你在文坛的崇高地位，不仅仅取决于你是一位作家，而首先取决于你是一位战士。中国历史上涌现的作家灿若繁星，但荷戟执戈、毕生鏖战的首推"鲁迅"。你跟重于磐石的黑暗势力搏斗，跟人类灵魂深处的丑陋面搏斗，跟自身的弱点、局限乃至缺点、错误搏斗。在你看来，面对压迫要斗争，对敌宽容是纵恶。你的铮铮硬骨，是支撑中华民族精神大厦的擎天梁柱。

当今涌现出了不少才华横溢的作家。他们当中的有些人无法讲清他们的哪一篇作品受到了你的什么具体影响，但是他们却毫无例外地把你的作品作为人生的教材，努力按照你的风骨品格塑造自己。他们牢记着你的教导：文艺家固然须有精熟的技巧，但尤须有进步的思想与高尚的人格。你的"俯首甘为孺子牛"的精神，你的甘为泥土、甘为人梯、甘为崇楼广厦一砖一石的精神，仍然是当今时代热切呼唤的时代精神。

  是的，你离开我们已经80多年了。3万多个日日夜夜，这是多么悠长的岁月。但岁月的流水并没有冲淡我们对你的记忆。你的精神背影在我们为实现"中国梦"而奋斗的征程中显得愈益清晰，愈益高大。你没有死！你的事业属于人类，你的生命属于永恒。

第二讲　鲁迅夫人许广平

在一般人印象中，许广平是作为鲁迅夫人存在的。有人曾将许广平比喻为"月亮"，但许广平这个"月亮"并不是完全依靠鲁迅这个"太阳"发光。她是一个独立的光源体。所以我在文章开头就要强调，许广平是一位独立的作家、社会活动家。

说许广平是一位独立的作家，有三卷本的《许广平文集》为证。这套书在1998年由江苏文艺出版社出版，一共有98万字，其中有诗歌、杂文、散文、论文、回忆录，囊括了许广平从1917年至1966年近半个世纪的作品。她应该还有一部分日记，只见引用，未见出版。所以说许广平是一位独立的作家并不是溢美之词。许广平回忆鲁迅的文字更是传世之作。只要鲁迅研究这门学科还存在，许广平的这些回忆录都是鲁迅研究的入门书。虽然不同人可以有不同评价，许广平回忆录本身水平也的确参差不齐，但她鲁迅夫人的身份，决定了她的回忆录无可替代。

许广平还是一位独立的社会活动家。学生时代她就是五四爱国运动的骨干。鲁迅跟她的感情也是在著名的女师大风潮中建立的。1926年许广平到广东省立女子师范学校担任训育主任之后，跟校内国民党右派势力进行了坚决斗争。抗日战争时期，许广平是中国妇女抗敌后援会的领导成员。抗日战争胜利之后，许广平又积极投身于民主运动，成为民主促进会的元老。民主促进会是今天中国的民主党派之一，成立的宗旨就是"发扬民主精神，推进中国民主政治之实践"。与此同时，她还被推举为中国妇女联谊会上海分会的负责人。也就是说，在解放战争时期，她既是民主运动的骨干，也是妇女运动的骨干。

中华人民共和国成立之后，许广平被任命为中央人民政府政务院副秘书长，还先后担任全国妇联副主席、全国人大常委、全国政协常委、民进中央副主席、全国文联主席团委员。她担任这些职务，不能说跟鲁迅夫人的身份毫无关系，但同时也取决于她本人一生的斗争史。"斗争史"这三个字，取自许广平一篇回忆录的篇名：《我的斗争史》。这应该是毫无疑问的。

《两地书》：鲁迅、许广平爱情的见证

鲁迅、许广平的通信集《两地书》既是一部社会评论集，也是一部货真价实的情书集。

人非草木，孰能无情？在人类的各种情感当中，爱情更是文学艺术的永恒主题；被喻为"纸上罗曼史"的情书是爱情的重要载体。在中国古代，情书被别称为"红笺"。宋代词人晏殊的《清平乐》中就有"红笺小字，说尽平生意"这样的句子。认真追溯起来，情书的历史应该跟文字的历史一样漫长，但是中国传统社会重子嗣而轻爱情，男女并不平权。由于封建伦理道德的禁锢，中国古典文学中流传千古的情诗（词）比较多，如李商隐的《无题》、陆游的《钗头凤》，而男女双方传情达意的情书却十分罕见。

在中国现代，随着五四新文化运动的曙光在东方地平线上显露，"人

之子"终于觉醒，知道了人世间应有爱情，叫出了没有爱的悲哀和无所可爱的悲哀。一批现代情诗应运而生，如徐志摩的《偶然》、戴望舒的《雨巷》、卞之琳的《断章》，都是脍炙人口的佳作。除了情诗，沟通男女心灵的情书同时也成为一种新的文学样式。当时第一批出版的情书集，有蒋光慈、宋若瑜的《纪念碑》，庐隐、李唯健的《云鸥情书集》，朱雯、罗洪的《恋人书简》，朱湘、刘霓君的《海外寄霓君》，徐志摩、陆小曼的《爱眉小札》，章衣萍的《情书一束》等，而影响最大的无疑是鲁迅、景宋（许广平）的《两地书》。

《两地书》的出版，既有政治压迫、情感催化的因素，也有经济困窘的因素。鲁迅在《两地书》的"前言"中写得很清楚，1927年国民党"清党"的时候，他常目睹因为抄出私人信件而株连他人的情况，即古代所谓"瓜蔓抄"。1930年，鲁迅又因列名于中国自由运动大同盟发起人，被国民党浙江省党部呈请南京政府作为"堕落文人"予以通缉，于是鲁迅将朋友给他的信全部焚毁。1931年1月，"左联五烈士"之一的柔石被秘密逮捕，从他身上搜出了一份鲁迅的印书合同，国民党当局想从中找寻鲁迅的行踪，鲁迅只好又烧掉一批后来收到的信札，"挈妇将雏"避居黄陆路一家日本人开设的旅店。因为几经磨难，鲁迅愈益感到他跟许广平这批信札的珍贵。"纸墨寿于金石"，将这批信札整理印行，就成了最佳的保存方式。

所谓"情感催化"，跟1932年8月1日未名社作家韦素园的英年早逝有关。为出版韦素园的纪念集，友人搜集他的遗文佚简，但因为环境险恶，重病中的韦素园伏在枕上一字一字写出来的信却被鲁迅毁掉了。信是情感的载体，鲁迅为此深为内疚，为了长久保存跟许广平的这批文情并茂的书信，鲁迅选择了出版《两地书》的方式。

毋庸讳言，鲁迅出版《两地书》也有其经济考虑。1932年8月17日，鲁迅致挚友许寿裳的信中写得清清楚楚："上海近已稍凉，但弟仍一无所作，为啖饭计，拟整理弟与景宋通信，付书坊出版以图版税……""为啖饭""图版税"，这就是经济考虑。因为从1924年开始，稿费和版税成为鲁迅的主要收入。鲁迅到上海之后，成了专业作家，版税在他的经济生活中更居于举足轻重的地位。1932年一·二八事变之后，上海物价腾飞，鲁迅的大学院特邀撰述员的闲差又被国民政府教育部裁撤，每月少了300元收入，加之孩子多病，负担亲族生活成为鲁迅生活中大苦，出版《两地书》于是就成为鲁迅当时选择的解困手段。《两地书》出版后竟然成为当时的畅销书，仅1933年就一版再版印刷9次，总印数为6500册，所获版税陆续达1625元。1934年出第3版，1935年出第4版。这在当时的出版界实属罕见。鲁迅去世至中华人民共和国成立之前，《两地书》又先后8次由不同出版社重印出版。

《两地书》收录的是鲁迅与许广平1925年至1929年间的通信，共135封，其中鲁迅信67封半。第一集收1925年3月11日至7月30日的通信。当时许广平是位于北京西城石驸马大街的国立北京女子师范大学国文系的学生，鲁迅是该校的教授，寓所在北京西城阜成门内西三条二十一号。第二集收1926年9月4日至1927年1月17日的通信。当时许广平在广州广东省立女子师范学校任教，鲁迅在厦门大学国文系任教。第三集收1929年5月14日至6月1日的通信。当时鲁迅从上海到北平探亲，身怀六甲的许广平留在上海——这是他们同居之后第一次离别。鲁迅还有7封致许广平信未收入《两地书》，写于1932年11月13日至同月25日，其时鲁迅第二次从上海到北京探亲——这是他们同居后的第二次离别。这7封信未曾结集的原因，估计是当时《两地书》

已经编就。

《两地书》有三种版本：

一、《两地书》通行本，上海青光书局1933年4月初版。青光书局是北新书局的另一名称。此书后收入《鲁迅全集》《鲁迅三十年集》。

二、《两地书》原信，先后收入1984年湖南人民出版社出版的《鲁迅景宋通信集——〈两地书〉的原信》、1996年上海古籍出版社出版的《两地书真迹》、1998年浙江文艺出版社出版的《两地书全编》，2005年人民文学出版社又将原稿收入《鲁迅全集》的书信卷。

三、《两地书》誊抄本，为53岁的鲁迅用工笔楷书在宣纸上手书，作为留赠孩子的纪念，后收入《两地书真迹》。

这三种版本，通行本与誊抄本差别不大，但原信跟通行本有不少差异。主要是鲁迅编选《两地书》时对全部通信进行了一番加工整理，隐去了一些人物的真名（如将"顾颉刚"改为"朱山根"，"黄坚"改为"白果"），删去了一些广州时期派系斗争的内容，特别是对许广平信件中的文字进行了一番润饰，但基本内容和基本观点并无改变。

早有研究指出，《两地书》不能仅仅当成情书来读，而应该视为一本严肃的社会评论集。这种意见无疑是正确的，该书写作的时间段虽然只有5年，即使加上鲁迅生前未曾结集的1932年通信，前后也不过8年。但在此期间，中国社会却经历了第一次国共合作、国共合作破裂、国民党政权建立、国内军阀混战等剧烈震荡。这些书信涉及了广泛的政治事件，如国际范围内的第一次世界大战、十月革命；国内的辛亥革命、二月革命、北伐战争、五卅惨案，以及包括女师大风潮在内的一系列学生运动。对于政治问题、教育问题和文艺问题，作者都进行了精到的评论。比如，谈到教育问题时，鲁迅指出："学校之不甚高明，其实由来已久，加以金钱的魔力，本是非常之大，而中国又是向来善于运用金钱诱惑法术的地方，于是自然就成了这现象。"（1925年3月11日鲁迅致许广平）又说，"现在的所谓教育，世界上无论那一国，其实都不过是制造许多适应环境的机器的方法罢了。要适如其分，发展各各的个性，这时候还未到来，也料不定将来究竟可有这样的时候。"（1925年3月18日鲁迅致许广平）这番议论，不仅是对当时教育状况的针弊，也是对教育商业化倾向的一种警戒。谈到辛亥革命的教训时，鲁迅说："民元革命时，对于任何人都宽容（那时称为'文明'），但待到二次革命失败，许多旧党对于革命党却不'文明'了：杀。假使那时（元年）的新党不'文明'，则许多东西早已灭亡，那里会来发挥他们的老手段？"（1925年7月29日鲁迅致许广平）鲁迅这种"即以其人之道，还治其人之身"的革命哲学，是无数先烈用鲜血和生命换取的宝贵教训，在任何时候都不能忘记。谈到当时北京和厦门的社会环境，鲁迅以"大沟"和"小沟"的关系进行比喻："大沟不干净，小沟就干净么？"实可谓形象生动，一针见血。

作为学生和寻路者，许广平向鲁迅询问人生经验和写作经验，鲁迅的回答不仅对许广平有指导意义，而且对读者也有普遍的指导意义。鲁迅告诉许广平，跟旧社会战斗宜进行"堑壕战"，而不应赤膊上阵，即使身处"黑暗与虚无"的境遇，也要进行绝望的抗争，"有不平而不悲观，常抗战而亦自卫"（1925年3月18日鲁迅致许广平）。在谈到自己的处世原则时，鲁迅谈到自己奉行的是"损己利人"的人生哲学："我这几年来，常想给别人出一点力，所以在北京时，拼命地做，忘记吃饭，减少睡眠，吃了药来编辑，校对，作文。"（1926年10月28日鲁迅致许广平）这些话也应当成为当前道德建设的圭臬。研究鲁迅生平经历、思想发展，这些都是宝贵的第一手资料。

需要补充说明的是，研究者认为《两地书》中有许多精当的社会评论，并不意味着鲁迅对一切人和事的批评都可以作为定论。事物总是处在不断发展的过程之中，许多本质和真相往往要经过时间的积淀才能显山露水。任何人最终都会有一个完整的人生旅程，在不同的人生阶段可能有一贯性，也有差异性。《两地书》写作之初并无公开发表的动机，是具有相当私密性的文本，其中对一些人物的褒贬是鲁迅个人对评议对象一时一地观察的印象，更不能视为对其人的盖棺论定。比如，鲁迅鄙薄的厦门大学校长林文庆、教授顾颉刚、教务长刘树杞等，他们各有其历史贡献，这是对这些人物进行独立研究之后才应该得出的结论。

根据辞书，"情书"的基本释义是男女间谈情说爱的书信。《两地书》的确是名副其实的情书，绝不是单纯的政论时评或心灵鸡汤，只不过没有某些情书句句"哥哥妹妹""死去活来"那样肉麻罢了。鲁迅和许广平之间的情感有一个明晰的发展过程，因此《两地书》诸信表达的情感前后必然有所不同。1925年3月至7月的书信评议内容较多，相互称呼也比较正规，因为当时两人还是师生关系。1925年6月28日《两地书》所收鲁迅致许广平信只有半封，注明"前缺"，而同日许广平来信全缺，根据《两地书》原稿，鲁迅信中注明"前缺"的那半封即所谓"训词"，现已收入《鲁迅全集》书信卷，因内容纯属调侃，写的是端午节那天鲁迅酒醉跟许广平等小姐们打闹的情况，故公开发表时有意隐去。所谓"此间缺广平二十八日信一封"，也不见得是真正佚失，很可能是涉及隐私，不予披露。1925年6月29日鲁迅致许广平信末注："其间当缺往来信札数封，不知确数"，应属同一情况。同年7月9日鲁迅致许广平信末又注："其间当缺往来信札约五六封。"现据手稿能查到的，只有7月

13日鲁迅致许广平信，附《京报》的剪报，题为《罗素的话》；还有7月15日许广平致鲁迅信，7月16日鲁迅致许广平信，7月17日许广平致鲁迅信。这些信的内容表明，此时鲁迅跟许广平的关系已经跨越了师生的界限。1925年7月30日至1926年8月26日期间无信，估计是鲁迅跟许广平往来频繁，以直接接触取代了书信往来。1925年10月双方由师生成为恋人，直至鲁迅赴厦门大学任教，双方才恢复了鸿雁传情。

《两地书》第二集厦门广州之间的通信，是两个热恋情人的通信，不过感情仍然表达得含蓄委婉。比如，1926年9月30日鲁迅致许广平信写道："听讲的学生倒多起来了，大概有许多是别科的。女生共五人。我决定目不邪视，而且将来永远如此。"许广平10月14日晚复信说："'邪视'有什么要紧，惯常倒不是'邪视'，我想，许是冷不提防的一瞪罢！记得张竞生之流发过一套伟论，说是人都提高程度，则对于一切，皆如鲜花美画一般，欣赏之，愿显示于众，而自然私有之念消，你何妨体验一下？"双方就是通过这种幽默的方式传情，表达对对方的无限忠诚和无比信赖。

《两地书》第三集的通信是夫妻之间的通信。当时许广平已有孕在身，4个月之后他们的独子海婴诞生。许广平体谅鲁迅旅途的辛苦，用她的"魄力"来抵抗分别期间的无尽思念，将自己的饮食起居一一叙述，务求其详，琐碎到剥瓜子、看小说、睡午觉、访邻居……对于寄信的情况，许广平有一段极为生动的描写："我寄你的信，总要送往邮局，不喜欢放在街边的绿色邮筒中，我总疑心那里会慢一点。然而也不喜欢托人带出去，我就将信藏在衣袋内，说是散步，慢慢的走出去，明知道这绝不是什么秘密事，但自然而然的好像觉得含有什么秘密性似的。待到走到邮局门口，又不愿投入挂在门外的方木箱，必定走进里面，放在柜台下面的信箱里才罢。那时心里又想：天天寄同一名字的信，邮局的人会不会诧异呢？于是就用较生的别号，算是挽救之法了。这种古怪思想，自己也觉得好笑，但也没有制服这个神经的神经，就让他胡思乱想罢。当走去送信的时候，我又记起了曾经有一个人，在夜里跑到楼下房外的信筒那里去，我相信天下痴呆盖无过于此君了……"（1929年5月17日许广平致鲁迅）鲁迅给许广平写信则更加用心，不仅详细汇报自己的日常生活和社交活动，而且连信笺也精挑细选。比如，1929年5月15日鲁迅给许广平信的信笺上就印了三个通红的枇杷，并一首诗："无忧扇底坠金丸，一味琼瑶沁齿寒。黄珍似梅甜似橘，北人曾作荔枝看。"因为许广平腹内怀子，鲁迅故以含籽的枇杷为寓。另一首七绝是："并头曾忆睡香波，老去同心住翠窠。甘苦个中侬自解，西湖风月味还多。"诗中所言同甘共苦的并蒂莲，正是鲁迅和许广平"以沫相濡"的象征。鲁迅1929年跟许广平通信时，他们已经相恋4年，同居2年，但仍保持了初恋时的激情，每次收到对方的信都有"喜出望外"之感。这并不是一般夫妇能做到的。

"十年携手共艰危"

鲁迅曾赠送许广平一本画册《芥子园画谱三集》，并在扉页上题赠了一首七绝：

十年携手共艰危，以沫相濡究可哀；
聊借画图怡倦眼，此中甘苦两心知。

芥子园是清代文学家李渔在南京的一所别墅。《芥子园画谱》是一部讲中国画技法的图谱，其中第三集专讲如何画花草禽鸟。因为这部书是李渔的女婿请人在芥子园刻的，故以此为书名。鲁迅喜好美术，提倡木刻，所以把这部上海有正书局的翻印本赠送妻子，希望这本书能让她赏心悦目，消除工作和生活的疲劳。这首诗写于1934年12月9日，其时他们相识相恋、相依为命将近10年。

"携手同行"这个词语早见于《诗经》中，多指男女双方共同面对艰难险阻。女师大学生运动期间，许广平跟她的战友结成了一个叫"偕行社"的团体，取"修我甲兵，与子偕行"之意，表达的是一种战友情怀。

这10年当中鲁迅跟许广平共过什么艰危呢？试举几个例子：

1925年8月，北洋军阀控制的教育部动用军警解散闹学潮的北京女子师范大学，把留校的学生强行拖出校外，并打算将许广平等6名学生运动骨干武装押送回原籍。在最紧急的几天，鲁迅掩护了许广平，让她躲在他阜成门故居的南屋里，跟作家许钦文的妹妹许羡苏住在一起。

1930年3月，鲁迅因参与发起中国自由运动大同盟，被国民党浙江省党部呈请南京政府作为"堕落文人"予以通缉。鲁迅于3月19日到内山书店避难，住了一个月。这是鲁迅在上海期间第一次避难。1931年1月中旬，柔石等左翼作家被捕，警方从柔石身上搜出鲁迅的出版合同，向柔石逼问鲁迅的住址。1月20日，鲁迅和许广平母子躲到黄陆路一家日本人开设的花园庄旅馆避难。他们合住在旅店一间工友的宿舍，大床让给保姆和儿子睡，鲁迅与许广平挤在靠房门的小床上，直到2月28日才回家，在这里住了一个月零八天。

1932年1月28日，日本侵略者在上海制造了一·二八事变。鲁迅住在四川北路底的北川公寓，书桌对面可望见日本海军陆战队的司令部。战争爆发时，屋里电灯全灭，战车在楼下穿梭，子弹在头顶掠过，其中一颗子弹洞穿鲁迅的卧室兼工作室。鲁迅1932年2月22日给老友许寿裳的信中是这样描写的:"此次事变,殊出意料之外,以致突陷火线中,血刃塞途,飞丸入室,真有命在旦夕之概。"1月29日鲁迅一家终日在炮火声中度过。1月30日日军入室搜查,因为有人在楼内放冷枪。于是鲁迅一家和三弟周建人一家只好又到内山书店楼上避难,10人同住一室,怕子弹飞进来,用厚棉被挡住窗户,在黑屋里闷了整整一个星期。同年年底,瞿秋白夫妇在鲁迅家避难一个月,都是由许广平负责接送。

"以沫相濡"的典故出自《庄子·大宗师》,说泉水干涸,鱼用唾沫相互湿润,比喻在艰难处境中相互救助。鲁迅与许广平共同生活的10年是"以沫相濡"的10年。许广平所作出的最大贡献就是牺牲自我,甘当无名英雄,无微不至地照顾鲁迅的餐饮起居。鲁迅经常对朋友说:现在换衣服也不晓得向什么地方拿了。貌似抱怨,实为感激夸赞。此外,许广平还帮鲁迅誊抄稿件、校对文稿。鲁迅生平最后10年的创作数量超过了此前的20年,显然离不开许广平这位幕后的无名英雄。鲁迅希望许广平"聊借画图怡倦眼",表明他了解许广平的辛劳。"怡"有赏心悦目、解除疲劳之意。"此中甘苦两心知",说明他跟许广平之间的心灵是相通的,都知道对方的酸甜苦辣。所以,《题〈芥子园画谱三集〉赠许广平》,是鲁迅夫妇共同生活的艺术写照。鲁迅去世之后,除抚养独子海婴之外,照顾鲁迅母亲和原配朱安的职责也落到了许广平肩上。

1938年10月,许广平曾在《文艺》半月刊二卷二期发表《纪念还不是时候》一文,向九泉之下的鲁迅诉说自己的艰难处境:"你曾说过:'我有一个挑担,一边是老母,一边是稚子。'自你死后,不自量力然也逼于无奈的我,硬担起来了。稚子在旁,体弱多病;提携抚育,废寝忘食。老母在平,年高体衰,生活之需,虽由我勉强筹措;然而亲友无多,相见且难,遑论照料。则其悲切,谅不待言。所谓事姑育子,诚有未尽。

倘精灵不泯，尚荷督我助我，先生先生，我向你伸手了。"

的确，在鲁迅去世之后，许广平抚孤成立非常不易。海婴自幼多病，动不动就咳嗽气喘，只能长期休学在家静养。在海婴身上，许广平倾注了全部母爱，耗费了大量心血：每天量体温，每周称体重，每月照X光；从1938年5月起，每周带他去医院注射。海婴因为身体羸弱，经常受到邻近一些顽童的欺侮。有一次，他的锁骨处竟被一个十四五岁的大孩子咬了一口，一圈血红的齿印一个多月都没消退。为了使海婴能够在一个气候适宜的环境中健康成长，一些友人敦劝许广平母子到福建去居住，许广平也一度产生过侨居海外的念头。

鲁迅去世之后，他的母亲精神上承受了一场惨重的打击。她虽然态度镇静，不怎么哭，然而却两腿发抖，艰于行止。在这种悲怆的心境中，母亲仍不忘抚慰远在上海的儿媳。她在给许广平的信中多次满怀感念之情地写道："你因佩服豫才，从以终身，现在豫才棺盖论定，博得各国文人推崇，你能识英雄于草昧，也不失为巾帼丈夫，已有一部分的人，很在赞扬你呢。""自说大先生过去后，一切事体赖你主持，家中老的老，小的小，如无你这样一位能干而贤慧的人，我更要痛苦呢！""我并非对你客气，这真是我的福气，我家有你这位贤和又能干的人，又这般地体贴我，我一直是将你看作自己的女儿一样。"1937年年初，许广平曾想北上侍奉母亲。但母亲担心她受到周作人夫妇的欺侮，忍痛劝阻了。在致许广平信中，她百般体恤地写道："昨日许先生（编者注：指许寿裳）和宋先生（编者注：指宋紫佩）来我这说，谈起你来平的事，大家都觉得有困难，他二位走后，我静静一想，这事实在难，我虽然很想见你和海婴的，但我真怕使你也受到贤桢（编者注：指王贤桢，周建人之妻）他们一样的委曲，大太太（编者注：指朱安）当然是不成问题的，不过八道湾（编者注：指周作人家）令我难预料。"

对于鲁迅原配夫人朱安的生活，许广平也竭力维持。她写信给朱安说："你的生活为难，我们是知道而且只要筹得到，有方法汇寄，总想尽方法的。以前知道寄款不易，在胜利前先托人带上巨款，也是此意。……来信说，不肯随便接收外界捐助，你能够如此顾全大局，'宁自苦，不愿苟取'，深感钦佩。我这些年来，一切生活不肯随便，亦是如此。总之，你的生活，我当尽力设法，望自坚定。社会要救助的人很多，我们不应叫人费心。至于报上说，有人想捐一笔款买下藏书，仿梁任公办法，放图书馆内，我们不赞成的。……如果有人说及，谢绝好了。"对于许广平的长期资助，朱安曾多次表示感激。她临终前一周（1947年6月23日）致函许广平说："我的病恐怕好是不容易的事……您对我的关照使我终身难忘，您一个人要担负两方面的费用，又值现在生活高涨的时候，是很为难的。"临终前一天，她神智甚清，曾对来访的记者说："周先生对我并不算坏，彼此间并没有争吵，各有各的人生……许先生待我极好。她懂我的想法。她肯维持我，不断寄钱来。物价飞涨，自然是不够的，我只有更苦一点自己。她的确是个好人。"6月29日，朱安病逝。逝世前，她将麻料里子一块、蓝绸裤料一块送给许广平以作纪念。

她活在鲁迅的事业中

毋庸置疑，鲁迅的事业是永垂不朽的。作为鲁迅的夫人，许广平也在鲁迅的事业中获得了永生。许广平说，对于鲁迅著作，她有许多异乎一般读者的感情。她跟鲁迅共同生活之后，鲁迅每一种译著的出版，往往是鲁迅跟她共同校对。她在校对上要多费些功夫，而鲁迅主要负责确定编排格式、选择字体，出一本书往往经过六七个校次。

在皇皇巨制《鲁迅全集》和《鲁迅译文集》当中，有些作品是鲁迅和许广平共同完成的，除前文提及的《两地书》外，还有译文《小彼得》。该书由德国女作家至尔·妙伦著，许广平译，鲁迅校改并作序。鲁迅跟瞿秋白合编的《萧伯纳在上海》，搜集资料和校对也主要靠许广平。

此外，鲁迅有些作品的单行本也是由许广平选编的。比如《夜记》，1937年4月上海文化生活出版社初版，收1934年至1936年鲁迅杂文13篇。后来这本书所收诸篇均编入《且介亭杂文末编》。《夜记》是鲁迅生前想编的一本杂文集，早已登过预告，许广平编选此书是为了完成鲁迅的遗愿。《且介亭杂文末编》是鲁迅第13本杂文集，内收鲁迅1936年创作的杂文35篇，即鲁迅生命最后一年的著作。鲁迅生前做了一些编集的准备，由许广平最终完成，于1937年7月以三闲书屋名义自费出版。

许广平参与编辑的鲁迅著作中，最重要的无疑是1938年出版的《鲁迅全集》（20卷本）。这部书600余万字，囊括了鲁迅的著作和译文，是我国现代出版史上规模最大、装帧精美的"现代中国社会百科全书"。许广平有一篇长文，叫《〈鲁迅全集〉编校后记》，详细介绍了这部经典的诞生过程。这部书由中共上海地下党发起组织的复社主持出版，并代理发行。集稿、抄写、编辑、校对各项工作，许广平都有不同程度的参与，特别是负责全书的二校（以手写本和初稿本为据），态度极为谨慎。《鲁迅全集》后来又出了若干版，如1958年版、1973年版、1981年版、2005年版，但都是以1938年版为基础。周海婴先生曾回忆了第一部《鲁迅全集》的诞生过程。他说，当时全集的编校工作在许广平霞飞坊64号（现为上海淮中路927弄）寓所的客堂和亭子间进行。协助编校的人很多，空间狭小，因此桌椅相接。如要出进，旁边的人需要起立挪位。大家中午吃的是包饭，甚至是路边摊。

由于1938年版《鲁迅全集》包含了鲁迅译文，规模大，成本高，售价因而不菲。但一般读者对鲁迅译文的需求相对要少。鲁迅临终前，曾有意编一本《三十年集》，收录他从1906年至1936年的著作，包括小说、散文诗、杂文以及研究、辑录、考证古籍的著作，共29种，30册。于是，许广平又编校了这套《鲁迅三十年集》，于1941年10月出版，以纪念鲁迅逝世5周年。这套书由于是平装单行本，庄重大方，售价低于包含鲁迅译文的《鲁迅全集》，所以深受读者欢迎。

鲁迅著作中有一个特殊部分，就是书信。书信是鲁迅跟亲友之间直抒胸臆的文本，对于研究鲁迅生平创作具有特殊而重要的意义。但鲁迅书信散存在受信人手中，由于各种原因，大部分未能妥存。因此，征集鲁迅书信，就成为保存鲁迅文化遗产的一个重要任务。鲁迅去世不久，许广平就登报征集鲁迅书信，先后惠寄的信有800多封，计通信者70余位。由于不少受信人希望许广平阅后能退还原件，而限于当时的条件又无法一一拍照或复印，许广平在杨霁云先生帮助下只好选择了复写抄存的办法，复写时一次要力透五层纸，以至抄写者的右手中指很快就磨出了硬茧。1937年《鲁迅书简》出版，仅收69封鲁迅书信。1946年10月，许广平编辑的《鲁迅书简》出版，共收入鲁迅1923年至1936年致77位亲友的书信800余封，为今天《鲁迅全集》中书信卷的编辑奠定了坚实的基础。鲁迅一生致亲友的信估计有6000多封，但至今搜集出版的只有1333封，许广平当年一人能征集到800多封，后来捐赠鲁迅博物馆的竟至982封，可见是很不容易的。

鲁迅的文化遗产中还有一个重要部分，那就是日记。日记是鲁迅生活的忠实记录，撰写鲁迅传记，编写鲁迅年谱，考订鲁迅作品，研究鲁迅的社会交往和读书生活等，通通离不开鲁迅日记。鲁迅从小就有写日记的习惯，留学日本期间，也写过《扶桑日记》，但生前保留的仅有1912年至1936年的日记。鲁迅去世之后，为妥善保存鲁迅日记，许广平先将之存在银行保险箱内，后想抄出一个副本保存，便临时取回家。不料日本宪兵队将鲁迅日记作为许广平的罪证带走，许广平获释后，清点退还的查搜之物，发现失去了其中1922年的日记。幸亏鲁迅友人许寿裳抄录了若干条，现在已附录在《鲁迅全集》中。

编撰《鲁迅年谱》，是许广平对鲁迅研究的另一贡献。年谱是一种工具书。鲁迅在《且介亭杂文·序言》中说："分类有益于揣摩文章，编年有利于明白时势，倘要知人论世，是非看编年的文集不可的，现在新作的古人年谱的流行，即证明着已经有许多人省悟了此中的消息。"

鲁迅去世之后，海内外很多读者都想了解他的生平，但鲁迅的自传过于简略，而且都不完整。1937年10月《鲁迅先生纪念集》出版，其中的《鲁迅年谱》由许寿裳、周作人、许广平共同完成。周作人撰写的是1912年以前的部分，北平、厦门、广州时期由许寿裳撰写，上海时期由许广平撰写。许寿裳总其成，其间鲁迅母亲也提供了他童年时期的一些史料。这部分年谱虽然简略，但材料准确、宝贵。许广平在编撰过程中表现了一种高度求实的精神。比如，许寿裳撰写的1927年10月条目，原文是"与番禺许广平女士以爱情相结合，成为伴侣"，许广平改成了"与许广平同居"这六个简明的字。许广平感激许寿裳的好意，但她认为这些修饰语都是不必要的。她说："关于我和鲁迅先生的关系，我们以为两性生活，是除了当事人之外，没有任何方面可以束缚，而彼此间在情投意合，以同志一样相待，相亲相敬，互相信任，就不必有任何的俗套。我们不是一切的旧礼教都要打破吗？所以，假使彼此间某一方面不满意，绝不需要争吵，也用不着法律解决，我自己是准备着始终能自立谋生的，如果遇到没有同住在一起的必要，那么马上各走各的路。"

（许广平《〈鲁迅年谱〉的经过》）

结语

　　如何理解一个人生命的价值？人死去之后灵魂是否仍旧存在？对于这种终极性的问题，鲁迅生前就进行过思考。在《祝福》这篇著名的小说里，鲁迅借主人公祥林嫂之口发出了这样的疑问："一个人死了之后，究竟有没有魂灵的？"根据我的理解，人的生命可以划分为肉体与精神这两个层面，任何人肉体的生命都有终结的一天，会迅速腐朽，化为尘埃。但人精神层面的生命却可以持久而永恒。鲁迅颂扬的那些从古以来埋头苦干的人，拼命硬干的人，为民请命的人，舍身求法的人，就都是精神不死的人。鲁迅的作品和精神都是不朽的，而许广平的生命已经跟鲁迅的生命融合在一起，她的事业已经融合在鲁迅的事业当中。所以，她成了 20 世纪中国不朽的女性。

　　（文章有删节。原文为《鲁迅夫人许广平——纪念她诞生 120 周年，逝世 50 周年》，共六部分，除本书所选，还有《高门巨族的叛逆者》《〈遭难前后〉：中华民族的女战士》《五一口号，奔向光明》三部分，本书仅选取与鲁迅先生关系更密切的三部分）

第三讲　帮助鲁迅改变命运的人
——鲁迅挚友许寿裳

鲁迅一生助人甚多，特别是帮助弱势群体和文学青年。他的"人生计划"就是"随时为大家想想，谋点利益"（1935年12月14日致周剑英信）；他又说："在生活的路上，将血一滴一滴地滴过去，以饲别人，虽自觉渐渐瘦弱，也以为快活。"（1926年12月16日致许广平信）鲁迅为人力车夫包扎伤口的故事，为女佣王阿花赎身的故事，以及甘为文学青年当梯子、当垫脚石的许多故事，至今仍广为流传。

然而鲁迅一生也得到了一些中外友人的帮助，特别应该提到的是他一生的挚友许寿裳先生。虽然许先生十分崇仰鲁迅，视鲁迅为相交35年的畏友，也被鲁迅研究的通人冯雪峰称为"终生忠实于鲁迅的一位朋友"（冯雪峰《鲁迅传》），但有一点却很少被人提及，那就是他同时也帮助鲁迅改变了命运。

东京结缘：文学与革命的双重奏

许寿裳先生1883年12月27日出生于浙江绍兴城内水澄巷，是鲁迅的同乡，比鲁迅小两岁。他们都轻功名，不重视科举考试。1902年初秋，许寿裳以浙江官费派往日本东京留学，初入弘文学院浙江班补习日语；其时鲁迅已早半年入校，编入江南班。这两个班级的寝室和自修室相毗邻，为两人提供了接触之机，他们很快订交，终成莫逆。1903年，21岁的许寿裳考入东京高等师范学校，先读预科，后入史地科；鲁迅则于1904年9月考入仙台医学专门学校。虽然学业各有专攻，但他们始终是革命营垒的战友、文学事业的同志。

在弘文学院期间，鲁迅已对文学产生浓厚的兴趣，买了不少日译世界名著，如拜伦的诗、尼采的传、希腊罗马神话，还有一部日本印行的《离骚》线装本——鲁迅赴仙台前送给了许寿裳。他们经常在一起讨论以下三个相关的问题：一、怎样才是最理想的人性？二、中国国民性中最缺乏的是什么？三、它的病根何在？解决这三个问题，成了鲁迅后来从事文艺运动的宗旨。1907年夏天，在留日学生普遍鄙弃文艺、重视实用学科的"冷淡的空气"中，刚从仙台医学专门学校退学的鲁迅集合几个志同道合者，准备筹办一份名为《新生》的文艺杂志。鲁迅说，"新生"是取"新的生命"的意思（《呐喊·自序》）；许寿裳说，"《新生》之名，取于但丁作品，亦不为人所知"（1944年2月4日致林辰信），但也许这两种含义兼而有之。由于原来几位答应为刊物出资和供稿者爽约，杂志遂告流产。坚持到最后的三个人中，除周氏兄弟外，仅有许寿裳一人。

鲁迅和许寿裳文学上的合作还表现在替《浙江潮》撰稿。《浙江潮》是一份综合性月刊，1903年2月创刊于日本东京，初由孙江东、蒋百里主编，第5期起由许寿裳接编。应许寿裳之约，鲁迅先后在该刊发表《说鈤》《中国地质略论》《哀尘》《地底旅行》等译文和编译的历史小说《斯巴达之魂》，这些译作均为鲁迅最早公开发表的文字。《哀尘》是法国作家雨果《随见录》中的一部短篇小说，后来雨果又将这个情节写入了他的史诗巨著《悲惨世界》。翻译《哀尘》，显示出鲁迅非凡的艺术鉴赏力和战斗的现实主义倾向。《地底旅行》是法国著名作家儒勒·凡尔纳的科学幻想小说，鲁迅试图通过这种生动有趣的方式在当时文盲充斥的中国普及科学知识。《说钼》介绍了居里夫妇发现镭的经过，表明鲁迅对西方自然科学的新成果有及时的了解，并且已经开始运用唯物主义的自然观来考察问题。《中国地质略论》既是科学论文，又是一篇洋溢着爱国主义激情的警世之作。"中国者，中国人之中国。可容外族之研究，不容外族之探捡；可容外族之赞叹，不容外族之觊觎者也。"在中国地质资源惨遭列强豆剖瓜分的岁月，这些力敌千钧的文句奏响了救亡卫国的时代最强音。《斯巴达之魂》写的是古希腊斯巴达勇士抗击侵略军的悲壮故事，通篇张扬着一种反抗强权暴行的尚武精神。在1903年4月留日学生发动的"拒俄运动"，乃至于在整个辛亥革命过程中，文中歌颂的"一履战地，不胜则死"的牺牲精神，都使读者热血沸腾，斗志昂扬。文中烈女涘烈娜的形象，正如许寿裳所说，"使千载以下的读者如见其人"。许寿裳通过媒体首次把鲁迅推上了文化舞台，而首次公开亮相的鲁迅也表现出了他在人文科学领域和自然科学领域的丰厚潜质，预示了这位文化巨人在未来岁月中无限广阔的发展前景。

1907年12月，河南留日学生在东京创办《河南》杂志，侧重于反清革命和科学启蒙宣传。鲁迅在该刊发表了《人之历史》《摩罗诗力说》《科学史教篇》《文化偏至论》《破恶声论》等重要文言论文，表述了他早期启蒙主义的政治观、哲学观、文化观，是研究鲁迅思想发展史的重要文献。许寿裳在《我所认识的鲁迅》一文中指出，这些论文"都是怵于当时一般新党思想的浅薄猥贱，不知道个性之当尊，天才之可贵，于是大声疾呼地来匡救"。为了跟鲁迅遥相配合，许寿裳也以"旒其"为笔名，在《河南》杂志1908年第4期、第7期连载了长篇论文《兴国精神之史曜》（未完稿），指出：一个国家要想振兴不在政府而在国民，国民如不自觉，则国为国，民为民，二者不发生任何关联，所谓国民实际上只是傀儡。他以法国大革命、德国宗教改革和意大利的文艺复兴等历史经验为借鉴，说明只有张扬个性，尊重自我，才能使国民的内在精神光耀千秋，"如星日之丽天，如江河之行地"，创造出"经纬寰宇"的伟业。论文题目中的"曜"即光耀，是想用历史之光燃起人民内心的精神之光（"以史曜现吾民之内曜"）。有研究者将鲁迅的《文化偏至论》与许寿裳的《兴国精神之史曜》视为姊妹篇，这是很有见地的。

留日时期，除开文学志向相近，共同的革命志向更是维系许寿裳跟鲁迅友谊的一条强韧纽带。据许寿裳在《鲁迅年谱》中介绍，鲁迅于1908年"从章太炎先生炳麟学，为光复会会员"，而章太炎正是光复会的主要领导人。此事为鲁迅二弟、同为章门弟子的周作人所否认，说鲁迅既未加入同盟会，也未加入光复会，什么缘故他也不知道。两说分歧，令读者莫衷一是。但鲁迅也曾对胡风说过："我加入的是光复会，不过这件事没有人知道。"（胡风《从有一分热发一分光生长起来的》，《群众》第8卷第18期）日本汉学家增田涉撰写《鲁迅传》时，也提及鲁迅曾加入光复会，鲁迅审阅原稿时予以保留，表示默认。后来，增田涉在回忆录《鲁迅的印象》中专门写了一节，题为《鲁迅参加光复会问题》，既肯定鲁迅入会这一史实，又指出鲁迅跟光复会领导人在斗争策略上的分歧——清末革命党人多主张暗杀，光复会尤甚。有一次上级命令鲁迅去暗杀某要人，鲁迅担心自己是长子，牺牲后母亲生活将遇到困难。上级认为行动之前就牵挂着身后的事情，是不行的，便取消了派给鲁迅的任务。这些回忆都是对许寿裳说法的有力支持。1944年5月26日，许寿裳在致鲁迅研究家林辰的信中再次强调："光复会会员问题，因当时有会籍可凭，同志之间，无话不谈，确知其为会员，根据惟此而已。""至于作人之否认此事，由我看来，或许是出于不知道，因为入会的人，对于家人父子本不相告知的。"许寿裳还说，鲁迅是光复会会员，许广平知道得很清楚。

许寿裳不仅是鲁迅加入革命团体的见证人，而且可以说是鼓动者和介绍人。据鲁迅友人沈瓞民回忆，光复会的前身是以原杭州求是书院的进步师生为骨干组成的浙学会。许寿裳1899年至1901年在求是书院就读，深受恩师宋平子先生影响。这位相貌古朴、体格魁硕的老师讲课时虽不肯明斥清廷，但力陈专制政体下民生的疾苦、国势的陵夷，"虽不昌言革命，而使人即悟革命之不容一日缓也"（许寿裳《〈宋平子先生评传〉序》），所以，留日时期许寿裳参加实际革命活动的热情有时高于鲁迅。比如，许寿裳参加了留日学生组织的拒俄义勇队，每日操练不绝，而鲁迅就没有参加此类活动。加入光复会也是许寿裳在前，鲁迅在后。正是在这种反帝救亡运动汹涌澎湃的历史背景下，许寿裳和沈瓞民力邀鲁迅参加浙学会。鲁迅"欣然允诺，毫不犹豫，意志非常坚定"（沈瓞民《回忆鲁迅早年在弘文学院的片断》，1961年9月23日《文汇报》）。

两次力荐鲁迅：从小城教员到京城公务员

1909年4月，原拟赴德国留学的许寿裳回国，任浙江两级师范学堂教务长兼地理学、心理学教员，并协助新任监督沈钧儒（衡山）招生延师，筹备开学。许寿裳放弃留学德国，是因为清政府的留欧学生监督蒯礼卿先生辞职，他因此无法获得公费贴补，不能成行。其实，跟许寿裳一样，鲁迅也曾有赴德留学的想法。1906年6月，他曾将学籍列入东京独逸语学会所设的德语学校，准备在仙台医学专门学校所学的基础上继续学习德文，并据德文译文翻译过俄国作家安特莱夫的小说《谩》和《默》。这些译文发表前均经许寿裳审定，许寿裳的印象是"字字忠实，丝毫不苟"。

1909年3月18日，鲁迅二弟周作人与日本人羽太信子在东京登记结婚。羽太信子家境贫寒，做过旅店的"下女"和低级酒馆的"酌妇"。周作人结婚之后，作为长兄的鲁迅经济负担顿时加重；跟许寿裳遇到同一情况，他留学德国的计划也不能实现。于是，归国谋职就成了鲁迅当时最重要的人生需求。鲁迅向许寿裳求助时说："你回国很好，我也只好回国去，因为起孟（按：周作人自号起孟，又作岂孟）将结婚，从此费用增多，我不能不去谋职，庶几有所资助。"由于许寿裳向新任监督沈钧儒力荐，鲁迅于1909年8月赴杭州担任浙江两级师范学堂初级化学和优级生理学教员，兼任日本教员铃木珪寿的植物学翻译。鲁迅后来在自传中写道，自己曾"想往德国去，也失败了。终于，因为我底母亲和几个别的人很希望我有经济上的帮助，我便回到中国来；这时我是二十九岁"（《集外集·俄文译本〈阿Q正传〉序及著者自叙传略》）。由此可见，许寿裳是帮助鲁迅归国之后解决"生计问题"的关键人物，而解决"生计问题"是任何人从事任何事业的必要前提。对于经济问题，鲁迅说得很直白："钱这个字很难听，或者要被高尚的君子们所非笑，但我总觉得人们的议论是不但昨天和今天，即使饭前和饭后，也往往有些差别。凡承认饭需钱买，而以说钱为卑鄙者，倘能按一按他的胃，那里面怕总还有鱼肉没有消化完，须得饿他一天之后，再来听他发议论。"鲁迅进一步总结道："钱，——高雅的说罢，就是经济，是最要紧的了。

自由固不是钱所能买到的,但能够为钱而卖掉。"(《坟·娜拉走后怎样》)

鲁迅在浙江两级师范学堂执教的时间极短,原因是他跟许寿裳共同参加了反对新任学堂监督夏震武的"木瓜之役"。这位新监督之所以被讥为"木瓜",是因为他一贯以道学家自居,不仅反对革命,说什么"革命哗于野",而且还反对立宪,说什么"立宪哄于廷"。此后,鲁迅返回故乡,先后出任绍兴府中学堂博物学教员、学监(相当于教务长)、浙江山会初级师范学堂监督。鲁迅对当时的工作环境极度不满。在绍兴府中学堂任教时,他"收入甚微,不足自养",靠卖地之款补充日常用度;在浙江山会初级师范学堂任职时,绍兴军政分府拨给学校的全部经费仅200元,他生活同样拮据。学校人际关系又十分紧张,鱼龙曼衍,风潮迭起,"防守攻战,心力颇瘁"。在致许寿裳的信中,鲁迅坦陈了他内心的郁闷,甚至希望有一场洪水冲尽绍兴的污浊:"上自士大夫,下至台隶,居心卑险,不可施救,神赫斯怒,湮以洪水可也。"(1911年1月2日致许寿裳)鲁迅强烈希望许寿裳帮助他离开绍兴,"虽远无害"(1911年7月31日致许寿裳)。

辛亥革命之后,时代虽向鲁迅发出了召唤,但又是许寿裳为鲁迅提供了重要机遇。1912年2月中旬,鲁迅离开绍兴到南京临时政府教育部担任部员;同年5月教育部迁入北京,鲁迅出任教育部社会教育司的科员、科长,后又升为佥事,位居科长之上,司长之下。许寿裳是教育部参事,职位高于鲁迅。鲁迅能到教育部任职,完全是因为许寿裳向教育总长蔡元培鼎力推荐。鲁迅在《朝花夕拾·范爱农》中就提到这件事,说"季茀写信来催我往南京了"。此后尽管教育总长的人选如走马灯一样不断更换,但鲁迅的位置却一直牢固;虽然1925年8月13日时任教育总长的章士钊一度免去鲁迅教育部佥事之职,但经鲁迅向平政院控告,翌年初此事以章士钊的失败和鲁迅的复职而告终。

鲁迅走出闭塞的水乡绍兴来到当时中国的政治中心南京、北京，由一个中学堂的教员、行政人员而成为国家公务员，这在鲁迅生命中的意义长期被低估。鲁迅当时对绍兴的不满除前文所说的经济困窘和人事纠葛之外，还有一个人文环境问题，而这种环境对于一个作家的生成是不可或缺的。1911年7月31日鲁迅在致许寿裳信中说得很明白："闭居越中，与新颢气久不相接，未二载遽成村人，不足自悲悼耶。"此处的"颢"同"昊"，指的就是一种新鲜开阔的气息。鲁迅认为，如果僻居小城，不能把握时代脉搏，就必将影响对宏观问题、全局问题的思考和判断，而使自己变成一个目光短浅的村夫。

如果以今天的眼光来看，鲁迅在当时的教育部只是一个小吏，至多也不过相当于今天的所谓处级"中层干部"，但论其管辖范围却不禁令人咋舌。据《教育部官制案》规定，鲁迅任职的社会教育司第一科，不仅负责博物馆、图书馆事项，而且负责筹备出国展览、通俗教育、演剧、美术、动物园、植物园等事项，其管辖范围类似于当今的文化部。鲁迅因而成了当今国家博物馆、国家图书馆的奠基人之一，在提倡美育、兴建公园、考察新剧乃至于参与审定中华民国国徽、国歌等方面都作出了自己的贡献。虽然机遇不给没有充分准备的人，但有准备而无机遇，也只能落得个郁郁不得志的结局。总之，大约14年的教育部公务员生涯，不仅为鲁迅提供了不少于30000元的俸银，而且使他的工作从原有的局部性质扩展而为全局性质，他的业绩也因之产生了全国性乃至国际性的影响。这不能不特别感谢许寿裳。

在教育部供职期间，许寿裳一度跟鲁迅朝夕共处，昼则同桌办公，夜则联床夜话，给予鲁迅多方面的切实帮助。如今收入《鲁迅辑校古籍手稿》一书的《沈下贤文集》，就是许寿裳协助鲁迅校勘的。许寿裳本人对此事却缄口不言。沈下贤（781—832），名亚之，吴兴（今浙江湖州）人，中唐文学家，擅诗文，著有《沈下贤文集》共12卷，其中诗赋1卷，文11卷，但流传到宋代时已"字多舛脱，不可卒读"。鲁迅在南京临时政府教育部任职期间，在位于龙蟠里的江南图书馆借阅了"八千卷楼"抄本《沈下贤文集》，跟许寿裳合校了一次，许寿裳初校，鲁迅用长沙叶德辉观古堂刻本复校。后分订为两册，由许寿裳题签，现收藏于北京图书馆。经过这次校订，这部古籍的面貌才大为改观。鲁迅后来又从中抄录出《湘中怨辞》《异梦录》《秦梦记》三篇，收入他选编的《唐宋传奇集》。

聘鲁迅到女高师：杂文之果与爱情之花

1920年8月，鲁迅兼任北京大学讲师，讲授中国小说史；此后，又先后到北京女子师范大学（前身为国立北京女子高等师范学校）等8所位于北京的大、中学校任教。这一人生选择对于鲁迅同样具有非同寻常的意义。这不仅使鲁迅置身于五四新文化运动的大本营，亲临新旧思潮交火的最前线，而且使他有机会与许广平结为伉俪，完全改变了家庭生活状况；而与许广平同居的10年间，鲁迅创作的总量超过了此前的20年。鲁迅到北大任教时许寿裳还在江西省教育厅长任内，此事与他并无直接关联。因为早在1917年9月，周作人即被蔡元培聘为北大文学教授兼国史编纂处纂辑员。鲁迅到北大兼课，是周作人转托中国文学系主任马幼渔的结果，目的是代替周作人讲授中国小说史。

至于鲁迅到北京女子师范大学任教，则纯粹是因为许寿裳的关系。

1922年夏，许寿裳出任国立北京女子高等师范学校校长，除了对学校组织管理层面进行改革，还致力于提高师资力量，多方物色专家学者，鲁迅就是被延聘的教员之一。1923年10月至1926年8月，鲁迅先后在女师大担任讲师、校务维持委员会委员和国文系教授。1924年春，许寿裳辞女师大校长职，复返教育部任编审。继任者杨荫榆推行封建奴化教育，引发了一场震动北京、波及全国的"女师大风潮"。当时以鲁迅和其他进步师生为一方，以教育总长章士钊和现代评论派主将陈西滢为另一方，展开了一场文字鏖战。鲁迅收入《坟》《华盖集》《华盖集续编》和《而已集》中的大量杂文都是以这一事件为背景。瞿秋白对这批杂文给以高度评价，他在《〈鲁迅杂感选集〉序言》中指出，这批杂文已经不单是反映了国故派和新文化阵营的区别，而且反映了新文化阵营内部的分裂。"现在的读者往往以为《华盖集》正续编里的杂感，不过是攻击个人的文章，或者有些青年已经不大知道陈西滢等类人物的履历，所以不觉得很大的兴趣。其实，不但陈西滢，就是章士钊（孤桐）等类的姓名，在鲁迅的杂感里，简直可以当作普通名词读，就是认作社会上的某种典型。他们个人的履历倒可以不必多加考究，重要的是他们这种'媚态的猫'，'比它主人更严厉的狗'，'吸人的血还要预先哼哼地发一通议论的蚊子'，'嗡嗡地闹了半天，停下来舐一点油汗，还要拉上一点蝇矢的苍蝇'……到现在还活着，活着！"

女师大的教学生涯给鲁迅生活带来的最大影响，无疑是使他接触了后来成为他夫人的许广平。1925年3月11日，许广平在给鲁迅的第一封信中写道："现在写信给你的，是一个受了你快要两年的教训，是每星期翘盼着听讲《小说史略》的，是当你授课时每每忘形地直率地凭其相同的刚决的言语，好发言的一个小学生。他有许多怀疑而愤懑不平的久蓄于中的话，这时许是按抑不住了罢，所以向先生陈诉。"这年10月，他们由师生成为恋人。1927年10月，两人终于冲破了世俗社会设置的重重阻力在上海同居。此后，许广平为鲁迅奉献的不止是一部她跟鲁迅合写的《两地书》，还在照顾鲁迅的饮食起居之余与之在文化战线并肩奋斗，并且在鲁迅去世之后为保存和弘扬鲁迅的文化遗产而竭尽全力。"十年携手共艰危，以沫相濡究可哀"——鲁迅《题〈芥子园画谱〉三集赠许广平》中的这一名句，是他们患难与共、甘苦相知的真实写照。许寿裳不仅促成了鲁迅和许广平的结合，而且在鲁迅去世之后，对许广平百般关照。许广平说，许寿裳不但把她视为学生，更兼待她如子侄。在遇到人生坎坷之时，许寿裳是许广平求助的主要对象。在1940年4月（缺日期）致许寿裳的一封信中，许广平写道："先生是最关切，而又是周先生交逾手足之最亲切友好，更是生之师长父执。人穷则呼天，而天高难问；痛则呼父母。生只得忝以同宗，奉先生于生身父母矣。"

上海滩定居不易，三百元不可小觑

1927年春夏之交，鲁迅和许广平经历了四一五事变，"泪揩了，血消了；屠伯们逍遥复逍遥"（《而已集·题辞》）。鲁迅一生从未见过有这么杀人的，被"血的游戏"吓得目瞪口呆的他想重新选择生活的城市。重返北京是最初的想法之一。1927年9月19日，鲁迅在致翟永坤信中说："我漂流了两省（按：指福建和广东），幻梦醒了不少，现在是胡胡涂涂。想起北京来，觉得也并不坏，而且去年想捉我的'正人君子'们，现已大抵南下革命了，大约回去也不妨。"但终究没有卷土重回北京，这有以下三个原因：一，他的学生荆有麟因替冯玉祥将军办报，曾向鲁迅索稿，拟刊登于第1期，但此报筹办期间得罪了进驻北京的奉系军阀张作霖，荆有麟于当年7月逃亡南京。因此，鲁迅担心回到北京之后会受到此事株连，被关进监狱。二，朱安将她的亲戚接到了北京，住进了西三条故居，所以鲁迅即使返京亦无处可住（1927年7月28日致章廷谦信）。三，周作人夫妇的张扬跋扈也增加了鲁迅对返京的畏惧。他说："八道湾之天威莫测，正不下于张作霖。"（1927年11月7日致章廷谦信）几经考虑，鲁迅决定移居上海。但在号称"东方巴黎""十里洋场"的上海定居又谈何容易？他在1927年9月19日致翟永坤信中说："我先到上海，无非想寻一点饭，但政，教两界，我想不涉足，因为实在外行，莫名其妙。也许翻译一点东西卖卖罢。"

但单靠翻译的收入是绝不可能在上海生活的。许广平曾借用"囚首垢面而谈诗书"这句古语形容鲁迅，但那主要指鲁迅穿着极不讲究。许广平同时又说，有些地方鲁迅却不愿意节省，例如住房子。初到上海，鲁迅、许广平两人生活，租一层楼也就够了，而鲁迅却要独幢的三层楼，宁可让它空出些地方来，比较舒服。鲁迅爱吸烟，每天总在50支左右。（《鲁迅先生的日常生活》，《中苏文化》1939年第4卷第3期）鲁迅更爱买书，每年的图书购置费均不菲。鲁迅在上海时期，许广平是全职夫人；许广平1929年产子，家中增加了佣工。鲁迅在北平的母亲和原配都需要供养，三弟周建人也需要经常资助。鲁迅面临的经济压力由此可见一斑。

这时，许寿裳又为鲁迅提供了一个机遇。1927年6月27日，南京国民党中央政治会议通过蔡元培等人的提议，决定组织大学院，作为全国最高学术教育行政机关。同年10月1日，蔡元培就任大学院院长。大学院与政府之间保持了相对独立，行政立法机构由各国立大学校长、大学院教院行政处主任和一部分专家学者组成。为了延揽人才，蔡元培还决定聘请一些享有社会声誉的学者担任特约撰述员。在这一关键时刻，以秘书身份协助蔡元培筹办大学院的许寿裳再度力荐了鲁迅。

可以断言，没有许寿裳的力荐，鲁迅完全不可能谋得特约撰述员这一美差，其原因是鲁迅和蔡元培之间当时存在很深的隔阂。在致友人信中，鲁迅将蔡元培戏称为"太史"，因为蔡元培是清光绪进士，曾任翰林院编修，旧时人称翰林为太史。鲁迅承认他跟蔡元培"气味不投"，并断言蔡元培"在中国无可为"（1927年12月9日致章廷谦）。对于蔡元培用人的标准，鲁迅极不以为然。比如在北洋政府教育部任职期间，蔡元培赏识的普通教育司司长袁希涛和参事蒋维乔，就都是鲁迅内心深处十分反感的人物。鲁迅在1927年9月19日致章廷谦信中，预言蔡元培主持大学院之后，"饭仍是蒋维乔袁希涛口中物也"。

在蔡元培眼中，鲁迅似乎也并非他当时"思贤若渴"的对象。这有两个间接证据。一是1927年5月25日，浙江省务委员会通过设立浙江大学研究院计划，蔡元培为九人筹备委员之一。时任浙江省教育厅长的郑介石跟鲁迅友人章廷谦曾一起找蔡元培，想为鲁迅去争一个位置。这件事见诸鲁迅1927年6月12日致章廷谦信。如果蔡元培当时在意鲁迅，郑介石和章廷谦就完全没有去"争"的必要。二是1927年12月6日，鲁迅曾给蔡元培去函，推荐荆有麟去收编江北散兵。蔡元培一贯乐于荐人，多时一天能写三四十封推荐信，但鲁迅来函却渺无下文。然而，许寿裳跟蔡元培的关系则非同一般。许寿裳是通过恩师宋平子的介绍结识蔡元培的，二人同为光复会旧友。在私人通信中，蔡元培称许寿裳为"老友"（1934年4月30日许寿裳致蔡元培）。蔡元培出任大学院院长之后，许寿裳立即被聘为大学院秘书，后出任秘书长、干事兼文书处主任，长期在蔡元培身边协助工作。中央研究院的很多公文，蔡元培的很多讲话、函电，都出自许寿裳的手笔。因此，鲁迅被聘为大学院特约撰述员，许寿裳所起的作用是举足轻重的。但许寿裳只在《亡友鲁迅印象记》中留下了淡淡的一笔："他（按：指鲁迅）初回上海，即不愿教书，我顺便告知蔡孑民先生，即由蔡先生聘为大学院特约著作员，与李审言同时发表。"

大学院特约撰述员的月薪是300元。这对于刚到上海定居的鲁迅绝不是一笔可以忽略不计的收入。据民国时期上海市政府社会局编写的《上海工人生活程度》（中华书局1934年版，第18页）一书统计，上海一般工人家庭年生活费支出总额为454.38元，月平均支出37.9元。这也就是说，特约撰述员的月薪可以养活将近8个上海一般工人家庭。据陈明远《文化人的经济生活》（文汇出版社2007年6月修订版）一书考证，鲁迅1928年共收入5971.52元，平均每月收入497.63元，可见大学院的月薪超过了鲁迅的版税和稿酬。据王锡荣《鲁迅生平疑案》（上海辞书出版社2002年12月版）一书考证，1933年8月鲁迅在《申报·自由谈》发表杂文12篇，平均每篇稿酬6.33元；9月份发表杂文14篇，平均每篇稿酬6元。这也意味着，鲁迅如果想得到300元稿酬，每月都要写出大约50篇杂文，2天至少要写出3篇杂文，这完全是不可思议的事情。又据王锡荣同书考证，鲁迅抵上海之后，景云里的房租约50元，可知大学院的月薪可以支付鲁迅半年的房租，使他能够"躲进小楼成一统"，潜心从事创作。鲁迅1929年以后寄往北平的生活费每月100元，而大学院一个月的薪水就可以维持鲁迅北平家属3个月的生活。我之所以不厌其烦地罗列上述经济史料，无非是想说明这笔收入所能派上的用场绝不可小觑。更何况鲁迅获此收入并未付出任何代价，又不必卷入职场的是非漩涡，确是名副其实的美差。

1931年12月，鲁迅担任的大学院特约撰述员职务被裁撤。此事与蔡元培完全无关。因为国民党四届一中全会之后，南京国民政府进行了改组。鉴于九一八事变之后政府财政困难，行政院各部厉行减政、缩费、裁员，被裁人员约一万人，占公务员总数的1/3。留职人员减薪两成、四成甚至五成，办公费、津贴停发。据许寿裳1932年2月9日致蔡元培信，当时整个中央研究院的"经费来源告枯竭"。鲁迅对这一结局并无怨尤。在被聘的四年中，他仅此项的收入已达15000元。鲁迅在1932年3月2日致许寿裳信中发自肺腑地说："被裁之事，先已得教部通知（按：此时的教育部长为李书华），蔡先生如是为之设法，实深感激。惟数年以来，绝无成绩，所辑书籍，迄未印行……教部付之淘汰之列，固非不当，受命之日，没齿无怨。"此时，鲁迅已在上海站稳了脚跟，被裁之后，依靠北新书局支付的版税已能维持生活。他只希望许寿裳再向蔡元培进言，为三弟周建人谋一职务。

赓续鲁迅遗志，血溅台湾寓所

鲁迅去世的噩耗传来，许寿裳悲痛异常。他曾在鲁迅墓前作诗一首："身后万民同雪涕，生前孤剑独冲锋。丹心浩气终黄土，长夜凭谁叩晓钟。"许寿裳最为牵挂的是如何开展纪念鲁迅的活动，弘扬他的业绩，赓续他的遗志。据现存许寿裳与许广平的通信，他至少做了以下几件要事：

一、筹备成立鲁迅先生纪念委员会。鲁迅去世之后，社会各界成立了一个"鲁迅先生纪念委员会筹备会"，后许寿裳亲自跟胡适、陈仪、魏建功、汤尔和、沈尹默、齐寿山等人联系，争取他们出任鲁迅先生纪念委员会的正式委员，并取得了他们的同意。

二、筹募纪念基金。鲁迅去世后，许寿裳除立即汇上奠仪百元外，还通过陈仪、郁达夫等人在福建等处募集纪念基金。据许寿裳1937年4月15日致许广平信，福建方面一次就募集了1455元，先由福建省银行汇给许寿裳，许寿裳再经中南银行汇给许广平。

三、保存鲁迅文物，征集鲁迅手稿。1936年10月28日，鲁迅刚去世不久，许寿裳即写信提醒许广平："豫才兄照片画像木刻像等及其生前所用器具文具，无论烟灰缸、茶杯、饭碗、酒杯、筷子及毛笔、砚台，亦请妥善保存。所有遗物，万勿任人索散，此为极有意义之纪念品，均足以供后人之兴感者。"许广平采纳了许寿裳的忠言，虽经兵燹战乱，鲁迅遗物几乎完好无损。1944年，朱安在他人怂恿下试图出售鲁迅北平藏书，许寿裳也协助许广平出面劝阻。

在收集鲁迅遗文方面，许寿裳竭尽全力，特别在搜集书简、诗稿方面出力最多。在现行《鲁迅全集》中，所收鲁迅致许寿裳信共62封，上起1910年8月15日，下迄1936年9月25日，两人通信时间跨度最长。为协助许广平编辑《鲁迅书简》，许寿裳翻箱倒箧，无私奉献，为研究鲁迅生平思想提供了极为宝贵的史料。1936年年底，时任北京大学副教授的书法家魏建功欲手书鲁迅旧体诗，卷首为珂罗版印鲁迅诗作手迹，但遗漏甚多。许寿裳函托许广平协助搜集，共得40余首。但后来由于魏建功奔走南北，不遑宁居，其手书木刻迟迟未能出版。1943年，在国民政府侨务委员会任职的柳非杞先生搜罗了鲁迅旧体诗52首，准备搜罗齐备之后再请书法家沈尹默写成手卷，使诗歌与书法成为双绝。许寿裳予以支持，热情提供辑佚线索，并对诗作的背景和文字详加考订。1944年5月，柳非杞编辑的《鲁迅旧体诗集》终于得以印行，许寿裳热情为之写序，高度评价了鲁迅诗歌的艺术成就。

四、多方打通关节，促成全集出版。出版《鲁迅全集》，是研究鲁迅的一项基础性工作，也是对鲁迅的最切实的纪念，但鲁迅生前有部分杂文集曾被国民党政府查禁，给《鲁迅全集》的出版造成了政治阻碍。为此，许寿裳亲自出面，多方打通关节。他曾给在国民党中央党部任职的方希孔先生去函，请其设法，让出版《鲁迅全集》的方案能够通过。他又通过蔡元培跟国民党中央宣传部部长邵力子沟通，邵表示内政部已转来呈文，他会催促部员尽快进行审查，结果如何尚未可断言；万一少数篇目不能不禁，只好从全集中剔除，俾不至累及全集。许寿裳运用鲁迅生前提倡的钻网战术，建议将《准风月谈》改名《短评七集》，将《花边文学》改名《短评八集》，以遮掩国民党检查官的耳目。为避免版权纠纷，许寿裳还通过鲁迅之母鲁瑞做鲁迅原配朱安的工作，让朱安同意许广平为《鲁迅全集》版权代理人。凡此种种，都表现出许寿裳为推出《鲁迅全集》费尽苦心。

五、合编《鲁迅年谱》，撰写文章回忆鲁迅。鲁迅逝世之后，很多海内外人士都想了解鲁迅生平，但可资参考的只有鲁迅1925年撰写的《俄文译本〈阿Q正传〉序及著者自叙传略》和1934年撰写的《自传》，内容都极其简略。当时正在编印一本大型《鲁迅先生纪念集》，编者亟须在卷首印入一份《鲁迅年谱》。许广平急请许寿裳设法并就商于周作人。许寿裳建议由周作人起草，许广平与周建人补充，自己也起草一部分，发表时共同列名。后经许寿裳多次催促，周作人只起草了1881年至1909年的一部分，仅占谱文的十分之二三，并且不愿列名，说什么"赞扬涂饰之辞，系世俗通套，弟意以家族立场，措辞殊苦不称"。最后许广平又起草了鲁迅最后10年的谱文。年谱经许寿裳增补修改，于1937年5月24日完稿，先刊登于许寿裳在北平女子文理学院担任院长期间创办的《新苗》杂志，又单独署名收入《鲁迅先生纪念集》。由于时间仓促，这份年谱内容仍嫌简略，但材料可靠，且有许寿裳采访鲁迅之母获得的口述史料，虽仅举荦荦大端，而仍能以点睛之笔再现鲁迅的光辉形象，是此后多种《鲁迅年谱》的奠基之石。

请许寿裳撰写回忆鲁迅的文字，既是许广平的强烈愿望，也是热爱鲁迅的广大读者的共同愿望。许广平在《亡友鲁迅印象记》的《读后记》中写道："许季茀先生是鲁迅先生的同乡，同学。而又从少年到老一直是友好，更兼不时见面，长期同就职于教育部，同执教育于各地，真可以算是知无不言，言无不尽的好友。在这种弥足珍贵的情谊之下，我敢于请求许先生写回忆，谅来不是冒昧的。"许寿裳没有辜负许广平和广大读者的殷切期望。继《亡友鲁迅印象记》之后，他又出版了《我所认识的鲁迅》《鲁迅的思想与生活》等回忆录。目前，鲁迅同时代人提供的鲁迅回忆录多达二三百万字，但其中最能揭示鲁迅人性美的是萧红的回忆，而最为真实可靠、最具研究价值的则是许寿裳的回忆，证实了许广平对许寿裳所言：回忆之文，非师莫属。

六、调解婆媳矛盾，平息家庭风波。许广平的《欣慰的纪念》一书的开篇文字就是《母亲》，描写鲁迅的母亲鲁瑞思想开明，乐于助人，性格坚强，"毫不沾染一些老太婆讨厌的神气，更没有一点冷酷不近人情的态度"。但1940年4月许广平跟鲁瑞之间却发生了一场激烈冲突，导火线是许广平给鲁迅北平亲属汇寄生活费的问题。抗日战争全面爆发之后，北新书局断绝了鲁迅著作的版税支付，许广平在上海的开销又日渐增大（除海婴年幼多病外，还要贴补周建人一家五口的开支），经济压力沉重。但鲁迅母亲向南来亲友探询，产生了许广平"有相当收入"的印象，觉得她未能恪尽孝道，因此托人写信，语含责难抱怨，如说"老妇风烛残年，不足深惜；然不忍再现豫才后嗣重增纠纷，贻笑中外"，又说什么"损害豫才生前之闻望，影响海婴将来之出路"。鲁瑞还多次写信给许寿裳，请他居中调解。许广平收信后深受刺激，觉得鲁瑞咄咄逼人，"曲为两子恕"，而不把她真当儿媳看待，但又不愿"触怒高堂"，罪无可逭，便只好求助于许寿裳。后经过许寿裳的调解，双方消除了误解，平息了这场风波。为了替许广平分忧，许寿裳还欢迎鲁迅之子海婴到台湾读书，并承诺负担其食宿（1948年1月15日致许广平信）。无怪乎许广平十分动情地说："许先生不但当我是他的学生，更兼待我像他的子侄。鲁迅先生逝世之后，十年间人世沧桑，家庭琐屑，始终给我安慰，鼓励，排难，解纷；知我，教我，谅我，助我的，只有他一位长者。"

1948年2月18日，许寿裳在台湾台北市和平东路青田街六号寓所惨遭杀害。当时现场表现出的是小偷作案未遂，情急杀人。但审案时疑点多多。据当时一些进步人士分析，这是一次政治谋杀，谋杀的重要原因是许寿裳当时在白色恐怖笼罩下的台湾弘扬鲁迅精神，播撒五四火种。1998年1月，许寿裳先生的姨侄张启蒙在《许寿裳先生在台被害五十年记》中根据沈醉的回忆写道，此案曾有所闻，据说是蒋经国指使魏道明（按：时任台湾省省长）、彭孟缉（按：时任台湾警备司令）等人搞的。许寿裳遗体手足松弛，面无异常，说明是在毫无抵抗的情况下受害的。那个所谓小偷只不过成了"替罪羊"（《鲁迅研究月刊》，1998年第1期）。

结语：风雨难忘旧日情

在《鲁迅的思想与生活》一书的《自序》中，许寿裳回忆说："我和鲁迅生平有三十五年的友谊，'同声相应，同气相求'，在东京订交的时候，便有缟带纻衣之情，从此互相关怀，不异于骨肉。""缟"是一种白色的生绢，"纻"是一种麻布。相传春秋时期吴国的公子季札会见郑国的执政者子产，一见如故。季札赠缟带，子产献纻衣，此后出现了"情均缟纻""契比金兰"的成语。许广平也说，在鲁迅的交游中，如此长久相处的，恐怕只有许寿裳先生这一位。

但这并非说两人之间没有分歧和差异。鲁迅气质属农民型，许寿裳气质属知识分子型；鲁迅多疑易怒，许寿裳沉着稳重；鲁迅具斗士风，许寿裳具绅士风。两人择友标准不尽相同，许寿裳的友人李季谷，在鲁迅眼中却是"坏货一枚"。两人政见也不尽相同，鲁迅无党无派，而许寿裳1927年参加了国民党。现存鲁迅致许寿裳的最后一封书信写于1936年9月25日，当时许寿裳在《新苗》杂志第8期发表了《纪念先师章太炎先生》一文，肯定了章太炎以佛法救中国的主张，认为"用宗教发起信心，增进国民的道德"。鲁迅在信中明确表态："得《新苗》，见兄所为文，甚以为佳，所未敢苟同者，惟在欲以佛法救中国耳。"鲁迅对许寿裳说："释迦牟尼真是大哲，我平常对人生有许多难以解决的问题，而他居然大部分早已明白启示了，真是大哲！"但又说："佛教和孔教一样，都已经死亡，永不会复活了。"许寿裳归结道："章太炎主张以佛法救中国，鲁迅则以战斗精神的新文艺救中国。"

但是，在大是大非面前，特别是在文化教育界的风涛乃至在重大政治斗争中，许寿裳却通常承认鲁迅所做的都对，从而坚定地跟鲁迅站在同一战壕。1909年，他跟鲁迅共同参与了反对夏震武在浙江两级师范学堂倒行逆施的"木瓜之役"。1925年年初，他跟鲁迅等共同发表了《对于北京女子师范大学风潮宣言》，支持进步学生。同年8月，鲁迅被教育总长章士钊违法免职。许寿裳又跟同事齐寿山在《京报》发表《反对教育总长章士钊之宣言》，声明"自此章士钊一日不去，即一日不到部，以明素心而彰公道"。1927年广州四一五事变后，鲁迅因营救中山大学被捕学生无效而辞职，许寿裳亦向校方辞职，与鲁迅共进退。

最感人的一幕发生在1933年6月20日。国民党特务于6月18日在上海暗杀了中国民权保障同盟总干事杨杏佛。当时盛传身为中国民权保障同盟执行委员的鲁迅也在被暗杀之列。20日举行杨杏佛入殓式，鲁迅对许寿裳说："实在应该去送殓的。"许寿裳当即表示："那么我们同去。"鲁迅当天日记记载："午季市来，午后同往万国殡仪馆送杨杏佛殓。"许寿裳当天日记记载："细雨蒙蒙终日不止。下午二时到殡仪馆送殡。"许寿裳后来还在《鲁迅年谱》是日项下补充说："时有先生亦将不免之说，或阻其行，先生不顾，出不带门匙，以示决绝。"寥寥数语，表达了他们当时极度悲愤的心情，以及决不屈服于强权暴政的硬骨头精神。五代诗人贯休在《古意九首》中写道："古交如真金，百炼色不回。"由于鲁迅交友能"略其小而取其大"，而许寿裳在大是大非面前又能旗帜鲜明，所以他们的友情在时代风雨中经受了考验，像高山上的岩石那样坚定不移。我们缅怀鲁迅在文化战线的丰功伟绩，同时也感激默默无闻帮助鲁迅改变了命运、创造了奇迹的许寿裳先生。

第四讲　五四文学星空三颗星
——鲁迅·胡适·周作人

在中国的五四新文化运动中,周氏兄弟和胡适都是同开风气的人物,各自作出了为对方无法取代的历史贡献。从这个意义上说,不了解周氏兄弟与胡适,就不了解色彩纷呈的中国现代文化史、中国现代文学史。但是,由于鲁迅20世纪30年代被拥戴为中国左翼文坛的盟主,周作人于1947年年底被国民政府南京高等法院以"通谋敌国"罪判刑,胡适则于1949年年初被中国共产党增补为"战犯",在以政治斗争为中心任务的漫长岁月里,人们自然难于心平气和地对他们进行学术研究。但时至今日,对他们的研究成为纯粹"历史命题"和"学术命题"的条件日趋成熟。全面客观地评估他们的是非功过,应该成为中国现代文学研究者面临的一项刻不容缓的任务。这不仅是恢复这三位大师历史本来面貌的需要,而且也是正确总结新文化运动经验教训,继续探寻中国现代文化发展和中国现代知识分子前进道路的需要。我想着重谈几个问题。

五四星空:三颗相互辉映的金星

在五四新文化运动史上,胡适的名字是跟白话文联系在一起的。胡适并非用白话文写作的创始者。在近代中国,胡适也并不是以白话文做大众传播媒介的第一人。然而，正式把白话文作为一种新文体大力提倡并以之取代文言文的却是胡适。因为他的首倡，历史悠久的中国文学才开创了一个以白话文为主体的新时代。

但是，胡适的文学改良观有着倾向于形式方面的偏颇。他以"历史的文学进化观念"考察文章现象，把历史上的"文学革命"仅仅视为文学工具的更替。然而单有文学语言的革新是不够的，"因为腐败思想，能用古文做，也能用白话做"（《三闲集·无声的中国》）。弥补胡适理论这一缺陷的是周氏兄弟。1918年11月，鲁迅在《渡河与引路》一文中强调"改良思想，是第一事"，倘若仅有形式的改良而思想照旧，"便仍然换牌不换货"（《新青年》第五卷第五号）。紧接着周作人在《新青年》第五卷第六号发表了《人的文学》一文。所谓《人的文学》，就是以人道主义为思想基础，以普通人为描写对象，以写实主义为表现方法的文学。这一主张反映了人性解放在文学领域的目标，明确了"文学革命"的主要任务就是要用"民主文学"革"封建文学"的命，而不只是以白话文代替文言文，因而被胡适誉为"当时关于改革文学内容的一篇最重要的宣言"（《中国新文学大系·理论建设集导言》）。

五四文学革命要取得真正胜利，必须在进行理论建设的同时创造出足够数量和应有质量的作品，以能够经受时间考验的创作实绩对理论的正误及正确的程度进行检验，令人信服地体现这场革命的丰硕成果。对此，胡适有十分清醒的认识。他号召提倡"文学革命"的人赶紧操起白话这个工具，从建设一方面用力，创造出一派新中国的活文学。周氏兄弟是这一号召的身体力行者。他们不但表现出了比胡适更为旺盛的创造力，而且对于在中国创造出成功的新文学作品持有比胡适更坚定的信念。

五四时期的新诗问题，是五四新文学运动中对抗最尖锐而意义最典型的问题。周氏兄弟与胡适在新文学创作领域的配合，主要表现在进行新诗创作时"开风气的尝试"。由于他们跟其他五四前驱者们的共同努力，人们才认识到白话文不仅是普及教育和社会启蒙的工具，而且可以成为优美高雅的文学语言，当之无愧地进入诗歌这个文学中最辉煌神圣的殿堂。白话文的社会地位因而得到了前所未有的提高。

对于创造新文学，胡适承认自己是"提倡有心"而"创造无力"。他常说，哲学是他的"职业"，历史是他的"训练"，文学是他的"娱乐"（hobby，或译为"兴趣，业余嗜好"）。他的《尝试集》虽然被誉为中国诗史第一部白话新诗集，但胡适承认，所收的近70首作品中，可称为"真白话的新诗"很少。胡适由于片面追求语言的浅显而未在锤炼"诗的语言"方面下功夫，使得他的诗作具有清顺达意的风格，但缺少幽深的意境与奔放的激情，清新而欠朦胧，轻巧而失厚重，工整而少变化。所以，《尝试集》的意义并不在于建立新诗的规范，而在于构筑了中国旧体诗向新旧体过渡的桥梁。对此，胡适颇有自知之明，所以他从来不劝他人创作"胡适之体"的诗，也不强求别人喜欢他的诗。

胡适是在寂寞和幽暗中进行诗的探索的，1916年7月至1917年9月，也就是胡适从事白话诗创作的第一阶段，进行这种试验的，神州仅他一人，只有嘲笑者而无同情者。

胡适在只身鏖战的困境中，得到了周氏兄弟真诚而有力的支持。鲁迅其实是不喜欢作新诗的，更无意于摘取诗人桂冠，但为了攻克旧体诗词这个封建文学"卫道之士"盘踞的顽固堡垒，他也勉力创作了6首白话新诗，算是"打打边鼓，凑些热闹"。鲁迅这6首初期白话诗不仅体现了当时的时代精神，而且摆脱了"作诗如作文"的风气影响，独辟蹊径地把抽象的哲理化作新奇别致的意境，在形式上也彻底挣脱了旧体诗词的镣铐，得到了胡适等人的首肯。当然，鲁迅的新诗也有晦涩的缺点，艺术造诣远不及他的旧体诗词。周作人自知他"无论如何总不是个诗人"，也披挂上阵，勉力创作了30余首新诗。这些诗作冲淡自然，能够从极平淡的事实中表现出极清新委婉的情致。胡适对周作人的诗作给予了高度评价。他在《谈新诗》一文中曾说："我所知道的'新诗人'，除了会稽周氏兄弟之外，大都是从旧式诗词里脱胎出来的。"他还进一步将周作人的《小河》誉为"新诗中的第一首杰作"。同时代的其他评论家也认为周作人的新诗取得了不易超越的成就，是中国现代新诗史上继《尝试集》之后的第二座里程碑。

胡适之所以极力推荐《小河》，不只是因为这首诗语言质朴清新，意境优美隽永，节奏自然委婉，更是因为它完全打破了"诗之文学"与"文之文学"、"诗之文法"与"文之文法"的界限，实现了他提倡的"诗体大解放"的目标。但也有论者觉得胡适对《小河》的评价有溢美之嫌。持这种观点的人认为《小河》的语言已劣变为散文化的语言，并非诗体的解放，而是诗体的丧失。正是胡适理论的错误导向，才产生了新诗历史上时起时伏的散文化倾向。周作人也自认为自己的白话诗并不算是新诗，虽然打破了诗词歌赋的规律，但实际上与语体散文没有什么不同（《苦茶庵打油诗前言》）。

在五四时期，小说（主要是短篇小说）创作是新文学创作中收获至为富饶的领域。鲁迅是中国现代小说的奠基者，他的《呐喊》《彷徨》把积极的社会功利性和内容的真实性、形象的完美性有机地融为一体，呼唤了中国新文学黎明时期小说创作蓓蕾满枝的春天。胡适对鲁迅的小说推崇备至。在《五十年来的中国文学》一文中，胡适谈到五四时期小说创作的情况。他说："成绩最大的却是一位托名'鲁迅'的。他的短篇小说从四年前的《狂人日记》到最新的《阿Q正传》虽然不多，差不多没有不好的。"直至晚年，胡适仍坚持这一看法。

在中国现代白话小说诞生的过程中，胡适和周作人也作出了不可磨灭的历史贡献，但他们的功绩并不是表现在创作实践方面：胡适仅写过几篇文言小说，半部章回小说——《真如岛》，以及一篇平铺直叙，连自己后来也感到脸红的白话小说——《一个问题》；周作人出版过一部"半做半偷"的文言小说《孤儿记》，写过3篇未能引起回响的文言小说《女猎人》《好花枝》《江村夜话》——其中被称为"社会小说"的《江村夜话》是松冈俊裕先生在《中华小说界》第1卷第7期中发现的。胡适和周作人的成就，主要是译介外国小说和引进现代小说观念。

在中国文坛，周作人最早是以翻译家现身的。在参加新文学运动之前，他就已经译出了34篇外国短篇小说、7部中篇小说。他和鲁迅以谨严的态度、直译的方法和取材于富有民族主义和民主主义思想的弱小民族的文学作品，在中国近代的文学翻译史上别开了新生面。在日本文学和希腊文学的译介方面，周作人更是独树一帜。胡适的翻译活动晚于周作人7年。从1912年开始，胡适陆续翻译了莫泊桑、契诃夫、史特林堡、高尔基的短篇小说，辑成《短篇小说》一书，于1919年10月出版。其中的《最后一课》（《割地》）等名篇，长期被选入中国语文课本，激发了中国广大青少年的爱国热情。1917年11月，胡适和周作人还一起参加了北京大学国文研究所小说科的研究活动。胡适于1918年3月15日讲《论短篇小说》，周作人于同年4月讲《日本近三十年小说之发达》。这两篇讲稿，为中国现代小说美学奠定了最初的基石，使一向受到压抑的小说获得了科学的尊严，一向贫乏的小说理论充满了盎然生气。

在中国新文学的宝库中，白话散文占有极其醒目的位置。胡适在白话散文的创作上无疑也是先行者。翻开五四时期的报刊，可以读到胡适用本名和笔名撰写的大量杂感、随笔和短评。他推出的"什么话"题目，丰富了杂文的形式和技法。在传记散文领域，胡适也是最早的倡导者和耕耘者。周作人指出，胡适的散文"清新明白，长于说理讲学"（《志摩纪念》），但"味道不甚深厚，好像一个水晶球一样，虽是晶莹好看，但仔细看多时就觉得没有多少意思了"（《中国新文学的源流》）。周作人的上述评价大体上是正确的，所谓"味道不甚深厚"，也就是不够含蓄朦胧，虽具有散文必要的朴实美，但缺乏使读者获得高层次审美愉悦的深邃美。简而言之，胡适的散文具有一种"娓语风"。

促使具有独立品格的艺术性散文诞生的是周作人。论者多以周作人1919年3月在《每周评论》上发表的《祖先崇拜》为真正的白话散文，但周作人自认为这篇文章说得"理圆"而无"余情"。1921年6月8日，周作人在《晨报副刊》发表《美文》，公开提倡艺术性较强的散文小品。这种"美文"可偏重抒情或偏重叙事，也可抒情与叙事相夹杂，但无论属哪一种类型，都要以深刻的思想做灵魂，以真实简明为美学标准。周作人还指出，要给新文学开辟出这块新的土地来，既要借鉴外国的美文（如英国的散文随笔），又要继承古典文学的优良传统。

周作人不仅提出了精辟的现代白话散文理论，而且可以说是用全身心从事散文小品创作。他一生创作了3000余篇散文，其中的一些篇章——如《人的文学》《平民的文学》《地方与文艺》《古文学》《读〈京华碧血录〉》等还被选入教材，产生了广泛而深远的社会影响。胡适高度评价了周作人在中国现代散文史上的创始者地位。1922年3月，他在《五十年来的中国文学》中指出："这几年来，散文方面最可注意的发展乃是周作人等所提倡的'小品散文'。这一类的小品，用平淡的谈话，包藏着深刻的意味；有时很像拙笔，其实却是滑稽。这一类作品的成功，就在彻底打破那'美文不能用白话'的迷信了。"这一评价，得到鲁迅的首肯。他写信给胡适，认为这篇文章"精辟之至，大快人心"。

胡适是着重从艺术形式的角度评价周作人散文的。他所谓"用平淡的谈话，包藏着深刻的意味"，系指周作人的散文喜简略而隐约其词，着平淡之裳而蕴隽永之义，语言纯净淡雅，不事雕琢，平平写来，如行云流水，但字里行间却能参悟人情事理，给人以知识的陶冶和理性的启迪。"有时很像拙笔，其实却是滑稽"，系指周作人的散文寓诙谐于朴讷之中，具有诙谐出于平淡、机警出于自然，寓庄于谐、寓谐于庄的特点，达到了熔思想性、知识性、趣味性于一炉的艺术境界。不过，胡适的上述评价似乎只能概括周作人早期散文的艺术特点。自《谈虎集》《谈龙集》之后，周作人逐渐脱去了五四时期"为人生"的"衣衫"，收敛起"浮躁凌厉之气"，从提倡人道主义的文学转而提倡"独抒性灵"的"言志派"文学。随着生活的闲适化（闲游，闲卧，闲谈……），他在散文创作上也着意追求一种闲适的雅趣。虽然后期的有些散文仍不失其道德的意义，但有芒角者究不甚多，呈现出一种"隐士风"。

在中国现代散文文体建设方面，鲁迅也付出了创造性的劳动。他的叙事记人的散文集《朝花夕拾》、抒情述怀的散文诗集《野草》，是中国现代正宗散文的典范。更为重要的是，鲁迅又融合了诗和政论的特质，创造出一种新型的散文样式——杂文。这一文学形式萌芽于五四文学革命与思想革命。它一方面吸收了外来的随笔（essay）和小品（feuilleton）的特点，另一方面又和中国古代散文（如魏晋文章）的深厚基础关联。杂文在鲁迅创作中占有极大的比重。鲁迅在他一生中，特别是后期思想最成熟的年月里，将大部分心血倾注到杂文创作中——他除写过8篇历史小说之外，创作的几乎都是杂文。无论对于鲁迅本人，还是对于中国社会、中国文化，鲁迅杂文的重要性都超过了他的小说和其他著作。如果离开了这些杂文，鲁迅作为文学家的分量就会减轻，甚至就不会有现在这样伟大的鲁迅。

与胡适和周作人散文的风格不同，鲁迅的杂文具有一种与"隐士风"迥然不同的"斗士风"。这种风格的形式，是由于他把历史批评与社会批评引进了艺术创作的领域，亦即把艺术带进了思想斗争的领域。鲁迅杂文的这种思想特征，使得它为社会上或一部分人喜闻乐见的同时，也必然为社会上的另一部分人反感和忌恨。只要社会上还存在不同利益的集团，它就不可能受到不同政治立场、不同思想倾向的人们的普遍赞赏。所以，鲁迅杂文不能受到普遍认同，完全是一种正常的现象，丝毫也不值得奇怪。

思想革命：反叛儒学、解放妇孺

五四时期的新文化运动是一场伟大的思想解放运动，一场民族觉醒的启蒙运动。在这场运动的发端和深化过程中，胡适和周作人不仅关心并致力于文学革命，而且还共同关心着跟思想革命有关的一系列问题，如孔教问题、女子解放问题、贞操问题、礼教问题……这些具体问题又都紧密围绕着"人"的解放、觉悟与改造这样一个中心问题。在五四时期的思想文化战线上，胡适与周氏兄弟目标一致，见解相近，在战斗中采取了大致相同的步调。

周作人对胡适挺身而出从事思想革命的精神非常敬佩，他用绍兴方言将这种精神说成是肯挺身"肩水浸木梢"的精神。但五四时期第一个提出"思想革命"口号的正是周作人本人。1919年3月,周作人在《每周评论》发表《思想革命》一文,及时而辩证地指出了文学与思想的关系:"但我想文学这事物本合文字与思想两者而成,表现思想的文字不良,固然足以阻碍文学的发达,若思想本质不良,徒有文字,又有什么用处呢?"因此他明确指出:"文学革命,文字改革是第一步,思想改革是第二步,却比第一步更为重要。"

在中国封建社会漫长的历史进程中,几经改造的儒家学说跟帝制结下了不可离散的"姻缘",甚至充当了一些野心家和政客的"敲门砖"。在狂飙突进的五四运动中,为了争取"人"的解放,作为民主和科学的对立物的儒教自然成了民主主义者猛烈攻击的目标。

胡适和周氏兄弟都是读书的世家子弟,从小熟读了许多经史典籍,接受过科举制度下的封建正统教育。胡适受父亲影响笃信宋儒,周作人甚至走过科举应试的道路,但在五四时期尊孔与反孔的新旧思潮大搏斗中,他们都是置身于新思潮浪峰上的弄潮儿,为"重新估定孔教的价值"进行了长期的严肃思考。

胡适对儒学的看法经历了一个明显的变化过程。直到辛亥革命爆发前夕,他还在致友人的信中"论宋儒之功",但从1914年开始,他感到了革新孔教的迫切需要。同年10月,胡适读到袁世凯的"尊孔令",立即批评其谬。1921年他又热情地为《吴虞文录》作序,赞赏吴虞提出的"孔子之道不合现代生活"的观念,并颂扬吴虞是扫除"孔渣孔滓"的中国思想界的清道夫和"四川省双手打孔家店"的老英雄。但据吴虞回忆,"打倒孔家店"这个振聋发聩的口号正是胡适在《水浒传》的启发下首先提出来的,他"并未尝自居于打孔家店者"。就在这篇序言中,胡适还发出了黄钟大吕般的时代最强音:"正因为二千年吃人的礼教法制都挂着孔丘的招牌,故这块孔丘的招牌——无论是老店,是冒牌——不能不拿下来,槌碎、烧去!"

周氏兄弟对儒学的反叛要早于胡适。据周作人回忆,鲁迅从小就不把自己局限在封建正统的模子里,对正宗诗文不感兴趣,而走了"异端旁门"的路子。鲁迅自己也承认:"孔孟的书我读得最早、最熟,然而倒似乎和我不相干。"(《坟·写在〈坟〉后面》)周作人也认为野史比正史更有意思,更能充分地保存社会真相。他喜欢六朝史文,喜欢陶诗,喜欢各种杂著,而不看重李杜苏黄等正宗大家,尤其看不起唐宋文,在这几点上,显然接受了鲁迅的影响。当11岁的胡适因为读不熟《盘庚》三篇而在私塾挨打的时候,在新学堂经过一年熏陶的周作人已觉今是昨非,在日记中写下了他的"深自忏悔",决心"拼与八股尊神绝交"。1908年,周作人以"独应"为笔名在《河南》杂志第四期、第五期两期连载文言论文《论文章之意义暨其使命因及中国近时论文之失》。文中将孔子儒学与封建专制统治联系起来考察,猛烈抨击儒学"束思想于一缚",致使中国"独亚于他国",指出要使国家有"更始之机",必须"摈儒者于门外"。这篇长篇论文成了五四时期"打倒孔家店"的先声。周作人以"独应"为笔名发表的文章,无疑也反映了鲁迅当时的观点。

在五四新文化运动中,思考妇女问题和儿童问题始终跟思想革命结合一体,跟反对旧道德、提倡新道德的目标结为一体。在这两条跟"人"的解放密切相关的重要战线上,胡适跟周氏兄弟进行了更为默契的配合。他们一方面比较系统地介绍西方的新道德观和伦理学说,同时又对维系封建制度的纲常礼教发动了空前猛烈的冲击。

胡适和周氏兄弟对妇女问题的思考开始于20世纪初期。早在1908年,胡适就用文言撰写了"世界第一女杰"贞德的传记和"中国爱国女杰"

王昭君的传记，以帮助中国妇女认识自身的生存价值。而早于胡适五年，鲁迅就编写了历史小说《斯巴达之魂》，歌颂了一位忠勇胜于丈夫的妇女涘烈娜。周作人也翻译了《侠女传》，改编了《女猎人》，意在改变中国女子"日趋文弱"的状况。更为有趣的是，周作人还采用过一些女性化的笔名，如"碧罗女士""萍云女士"，表明他在思想深处已基本消除了几千年来根深蒂固的男尊女卑的观念。留日时期，周作人还在《天义报》上发表了两篇《妇女选举权问题》。鉴于中国女性历来所身受的压迫比男人更大而且更久，周作人因而断言中国女子对于革命事业的觉悟必定要比男子更早，更热烈坚定，他确信中国革命如要成功，女子之力必得占其大半。比较起来，胡适的进步妇女观形成得比周氏兄弟迟缓，以至1914年，他还着意为传统的中国妇女行为准则进行辩护，得出了"吾国妇女于社会中所居之地位高于西方妇女的地位"这种违背客观事实的论断。

在美国的妇女自立精神的感召下，在日益勃兴的妇女参政运动的启示下，胡适的妇女观发生了明显变化。1918年，他撰写了著名的《易卜生主义》一文，激励成千上万被家庭牢笼禁锢的妇女觉悟到自己也是一个人，从而培养个人的自由意志，发展个人的个性，成为投入大时代洪波的新的"娜拉"。回答"娜拉走后怎样"这一问题的是鲁迅。易卜生"傀儡家庭"中的娜拉为了人格独立而离开家庭，鲁迅则通过小说《伤逝》中子君的遭遇证明：离开社会解放，个性难于解放；离开经济独立，人格难于独立。

在胡适撰写《易卜生主义》的同月，周作人鉴于《新青年》征集关于"女子问题"的议论而响应者寥落的状况，在《新青年》第四卷第五号发表了译文《贞操观》。原文作者与谢野晶子是日本著名的和歌作家、古文学家，又是日本著名的女性批评家，她在文章中向虚伪的带压制性的传统贞操观宣战，坚决否定那种不顾具体情况单方面要求女性强守的"贞操"，倡导一种以真实感情为基础，以新的道德观加以自律的健康生活。

胡适读完周作人所译的《贞操论》深有感触，他联系在中华民国成立后仍普遍存在的表彰节烈的社会现象，写出了《贞操问题》，"以近世人道主义的眼光"揭露了封建贞操观的荒谬绝伦和野蛮残忍。胡适正确指出：贞操不是个人的事，乃是对人的事；不是一方面的事，乃是双方面的事。女子尊重男子的爱情，心思专一，不肯再爱别人，这就是贞操。男子对于女子，也应该有同等的态度。如果男子嫖妓纳妾，他就不配受这种贞操的待遇。与此同时，鲁迅也发表了《我之节烈观》，提出了类似的见解。

在欧洲历史上，"儿童"的发现迟于"人"的发现和"妇女"的发现；但在中国，妇女问题和儿童问题却是同步提出的。胡适和周氏兄弟都是儿童本位论者。胡适认为父母应对子女取"决不居功，决不市恩"的态度，不赞成把"儿子孝顺父母"列为一种"信条"。周氏兄弟也反对子女对长辈的"祖先崇拜"和子女对父母的"还账主义"。胡适发表了《我的儿子》《再论〈我的儿子〉》；鲁迅发表了《我们现在怎样做父亲》；周作人发表了《祖先崇拜》。他们强烈呼吁破除盲目而虚伪的"孝道"，在父母和子女之间建立起终生亲善的情谊。但五四运动之后胡适无暇对儿童问题进行深入研究。持久而卓有成效地研究儿童教育问题，热情译介儿童文学作品的是周氏兄弟。为建立独立的现代儿童文学的科学体系，周氏兄弟作出了超出胡适的贡献。

三条道路：中国现代知识分子的不同抉择

"大江东去，浪淘尽，千古风流人物。"在五四时期新旧思想的激战中，周氏兄弟和胡适不仅对封建复古主义进行过抵制和斗争，而且也都不同程度地接受过新思潮的影响。

在著名的"问题与主义"之争中，胡适一再强调要多研究些问题，少谈些"主义"。需要澄清的是，胡适并不是劝人不研究一切学说和一切"主义"。相反，他认为一切学理，一切"主义"，都是细心考察社会和研究问题的必不可少的工具，他担心的是"主义"成为一种抽象的名词，而世间并没有一个抽象名词能把某人某派的具体主张都包括在里面。他尤其反对出于畏难求易的心理，高谈"主义"而不去切实解决实际的困难。胡适终生服膺杜威的实用主义，主张通过一点一滴的渐进改良解决中国社会面临的问题。青年毛泽东一度接受胡适的影响，草拟了《问题研究会章程》，一口气提出了71个面临的迫切问题，准备着手研究。胡适还试图探寻一条"自由的社会主义"的道路。早在1917年俄国"二月革命"爆发时，胡适就填词欢呼"新俄万岁"。1925年，胡适的许多友人要他加入"反赤化"的讨论，但为他拒绝，因为他的实验主义不容他否认这种政治试验的正当性。1926年6月，他撰写了《我们对于西洋近代文明的态度》一文，指出了19世纪以来个人主义趋势的流弊和资本主义统治下的苦痛，认为"向资本家手里要求公道的待遇，等于'与虎谋皮'"。他肯定"十九世纪中叶以后的新宗教信条是社会主义"，赞扬"俄国的劳农阶级竟做了全国的专政阶级。这个社会主义的大运动现在还正在进行的时期。但他的成绩已很可观了"。这篇文章不仅被编进《胡适文存三集》，而且长期被选入大学教材。1926年7月，胡适接受李大钊的建议，取消从苏联赴英国出席中英庚款委员会全体会议的计划，在莫斯科逗留了3天，并跟共产党人蔡和森进行了"纵谈甚快"的会晤。通过实地考察，他肯定苏联人民正在进行的是一个"空前的伟大政治新试验"，苏联人民是"有理想，有计划，有绝对的信心"的人民。虽然当时苏联的经济实力还赶不上发达的资本主义国家，但胡适认为"不能单靠我们的成见就武断社会主义制度之下不能有伟大的生产力"。通过跟蔡和森的交谈，胡适还想筹组一个以改革内政为主旨的"自由党"，党纲中就包括实行"社会主义的社会政策"。不过，胡适在20世纪30年代后期改变了上述态度，50年代又对他曾经发表肯定社会主义的言论表示公开忏悔。

五四时期，周作人是日本新村运动的热情宣传者。1919年3月，他首次在《新青年》第六卷第三号发表了《日本的新村》一文。1919年7月下旬，他专程赴日本日向新村考察，并留下了"子曰：仁"的题字。同年11月8日，他又在天津学术讲演会上发表题为《新村的精神》的讲演。武者小路实笃把周作人当成"新村的弟兄"。他回忆说："周作人很赞成搞新村，他成为我们的一个会员，答应在北京设立支部……他还时时汇集会费给我们寄来。"（《周作人和我》）

周作人对新村运动的宣传在当时的中国思想界一度引起广泛的共鸣，影响了一批因不满现实而急于寻求新路的仁人志士。比如1920年周作人在《人道》月刊第二期发表《新村的理想与实际》时，李大钊、瞿秋白、郑振铎等也同期发表了宣传介绍新村的文章。毛泽东、恽代英、蔡和森等也是新村运动的响应者。毛泽东甚至登门向周作人求教，并拟定了在湖南长沙岳麓山建设新村的计划。

在宣传新村主义的热潮中，胡适保持了比较冷静、清醒的头脑。1920年1月，他先后在天津和唐山发表题为《非个人主义的新生活》的讲演（讲词刊于1920年1月15日《时事新报》），对周作人大力提倡的新村运动提出了批评。胡适认为，新村运动的思想基础是"独善的个人主义"，其性质是"不满意于现社会，却又无可如何，只想跳出这个社会去寻一种超出现社会的理想生活"。这种运动是避世的，其根本性质与山林隐逸的生活相同。新村要求人人都尽"制造衣食住的资料"的义务，也与社会分工趋于细密的进步趋势相背离。对于周作人"改造社会，还要从改造个人做起"的观念，胡适指出其根本错误"在于把个人看作一个可以提到社会外去改造的东西"。他针锋相对地指出：个人是社会上无数势力造成的。改造社会的下手方法在于改良那些造成社会的种种势力——制度、习惯、思想，等等，改造社会即是改造个人。尽管胡适所说的"改造社会"是他一贯主张的"零碎的改造——一点一滴地改造，一尺一步的改造"，但毕竟比周作人的主张减少了一些乌托邦色彩。

周作人当时没有采纳胡适批评中的合理意见。他在1920年1月24日《晨报》和1月26日《民国日报·觉悟》先后发表《新村运动的解说——对胡适先生的演说》。他反驳说："改造社会原只是笼统的一句话，社会里面的实质还是各个人，所以改造社会还须从改造个人做起。"直到1924年春，周作人这种乌托邦的"蔷薇之梦"才宣告破灭。但是他的思想又趋于另一极端。他在同年2月6日的《晨报副镌》发表《教训之无用》一文，援引蔼理斯和斯宾塞的观点，得出群众不可教化的消极结论。他说，无论是被尊为"圣人"的人，抑或被斥为"不道德的文人"，他们的"教训"在群众中没有人听；期待他们教训的实现，有如枕边摸索的梦，不免近于痴人。1926年8月10日，周作人在

《艺术与生活·自序》中正式宣布:"我以前是梦想过乌托邦的,对于新村有极大的憧憬,在文学上也就有些相当的主张。我至今还是尊敬日本新村的朋友,但觉得这种生活在满足自己的趣味之外恐怕没有多大的觉世的效力。"就这样,周作人在新村理想破灭的同时,也在实际上放弃了思想革命的主张。

跟胡适、周作人的态度有所不同,鲁迅历来重视事实的教训。他不迷信教条,不盲从一切。据周作人回忆,早在1906年年初,鲁迅就通过宫崎寅藏先生结识了日本早期社会主义者堺利彦,并购买了《平民新闻》社出版的理论杂志《社会主义研究》共5册,其中包括《共产党宣言》的日译全文。五四时期鲁迅又曾欢呼过"新世纪的曙光"。但鲁迅是一个脚踏实地的革命家,他习惯于用客观事实和实践效果来对任何一种"主义"进行检验。事实,是鲁迅思维的起点,又是他思想发展变化的依据。当各种思潮都披上新装纷至沓来的时候,他一时无法判断这"新的"该是什么,而且也不知道"新的"起来后,是否一定就好,因此他对任何一种"主义"都不肯轻从,更不轻易在寻路的青年面前以导师自居。1918年1月4日,鲁迅在致挚友许寿裳信中谈到疗治同胞疾苦的两个难处:"未知下药,一也;牙齿紧闭,二也。"1925年年初,许广平写信请求鲁迅给以"真切的明白的指引"。鲁迅坦率承认,他连自己也没有指南针,到现在还是乱闯。

周氏兄弟与胡适政治上的疏离分化发生在第一次国共合作破裂之后。1927年4月,蒋介石发动了"清党运动"。鲁迅在被称为"革命策源地"的广州目睹了这场"血的游戏",进化论的思路为之轰毁。他抛弃了北伐战争高潮中对国民党寄予的希望,旗帜鲜明地站到了潜入地下的被虐杀者一边。第一次世界大战之后资本主义世界出现的经济危机和十月革命后苏联小麦、煤油出口的事实，促使鲁迅相信无阶级社会一定要出现，新兴的无产者将拥有未来。民族矛盾上升时期国民党政府奉行的"攘外必先安内"的政策，更使他置身于对现政权取批判态度的立场，决心用那支"金不换"毛笔对付"蓝衣社"特务的手枪。从1930年开始，鲁迅先后参加了在中国共产党领导或影响之下筹建的中国自由运动大同盟、中国民权保障同盟、中国左翼作家联盟，因而享有了"中国的高尔基"的声誉。

在国共两党你死我活的斗争中，周作人原想保持中立的态度，但越来越多的关于滥杀和虐杀的新闻报道，以及不少友人和学生的鲜血，又使周作人难于保持缄默。此时，正值胡适从美国经日本归国抵达上海后发表演说，谈到中国仍容忍人力车，所以不能算是文明国。周作人针对这种言论发表了《人力车与斩决》一文，揭露"清党"过程中不仅有枪杀，而且使用了清末即已废除的斩决。作为"当世明哲"的胡适不能容忍人力车，却宽容不文明的斩首，是一件十分奇怪的事情。周作人曾在《谈虎集·后记》中公开宣称："我自己是不信仰群众的，与共产党无政府党不能做同道。"他也不想对要不要"清党"的问题发表政见。但他不能宽容"那种割鸡似的杀人的残虐手段"，不能宽容南方"清党"过程中出现的"无辜被害"的情况。

1928年11月，周作人作《闭户读书论》，宣布从此以苟全性命于乱世为第一要义，在这不可思议的时代装聋作哑，自我麻醉，多磕头，少说话，既可省事省力，又可养生得道。一年前，周作人在《日本人的好意》一文中曾痛斥《顺天时报》教唆中国人"苟全性命"是想"趁早养成上等奴才高级顺民"，而今他却躬行他先前所激烈反对的人生哲学，收敛起"叛徒"的言行而以"隐士"现身。在他看来，装哑巴毕竟胜于当奴才。想醉生梦死而仍未能忘情于世事的人内心自然是苦涩的。对于周作人这种"不得已而为之"的处世态度，我们应联系特定的历史条件予以充分理解，正如周作人所说，外国的隐逸多是宗教的，中国的隐逸却是政治的（周作人《重刊袁中郎集序》）。但另一方面也需要从他的人生哲学和文化择取方面探寻原因。五四时期，周氏兄弟和胡适都提倡过"自利利他主义"的道德观。胡适宣传的"健全的个人主义的人生观"中，包含着不计个人利害的牺牲精神。鲁迅更以"损己利人"为道德的最高层次，希望长者以"无我的爱"牺牲于后起新人。但在"利己"与"利他"的天平上，周作人的砝码却倾斜在"利己"的一端。他明确宣称："无我的爱，纯粹的利他是不可能的，是一种超人间的道德。"在文化择取上，周作人由早期主张"摈儒者于门外"转变为宣传以儒家人文主义为所谓"大东亚文化"的中心思想。他从儒家学说中提炼出满足于饮食男女需求的"人生主义"，讲求实际的"现世主义"，安于忍辱、以忍为上的"混世主义"。这些思想又跟道家的超脱观念、无为主张，希腊文化中尊崇中庸之德精神，以及蔼理斯的调和"纵欲"与"禁欲"的思想等因素相掺和，使他变得更加冷漠、保守。他没有听从鲁迅关于在救国大事上不可过于退让的忠告，也辜负了胡适敦促他在北平沦陷后携眷南下的好意，终于由"隐居"而"出仕"，在20世纪40年代初穿上了日本式军装，戴上了日本式战斗帽，坐上了日本入侵者为他安置的伪华北政务委员会常务委员兼教育总署督办的交椅，在自己的生命史册上涂抹了无法洗去的污点。周作人的下场正是中国现代自由主义知识分子在剧烈的阶级矛盾和民族矛盾中寻求中间道路而不可得的悲剧。

跟周作人对传统文化的态度有一个转变过程一样，胡适晚年也声明他在本质上并未反儒。但跟周作人的文化择取方向有所不同，胡适从儒家思想中汲取的主要是"知其不可为而为之"的入世精神和"杀身成仁，舍生取义"的民族气节。特别是"积极入世"的立场，可以说是贯穿了胡适的一生。由于胡适信奉跟马克思主义相对立的实用主义，主张用和平渐进的手段而不是采用群众运动、暴力革命的手段改造社会，这就决定了他必然置身于跟中国共产党相敌对的营垒。对于1927年以后建立的国民党政权，胡适则有一个由"从旁观望"到"充当诤友"再到"大失所望"的过程。他虽然没有像周氏兄弟那样及时发表谴责"清党运动"的文章，但基于人道主义的立场，他不满于国民党当局"以暴止暴"的政策，希望当局者用"釜底抽薪"而不是"斩草除根"的办法来防止革命的发生。作为留美派知识分子的代表人物，胡适始终想把他神往的美国式的民主制度移植到中国。他深信思想信仰的自由与言论出版的自由是社会改革与文化进步的基本条件，而民主政治则是实现上述自由的基本保证。鉴于当时的国民党政府崇尚法西斯独裁，胡适于20世纪20年代末期在《新月》杂志发表了一系列政论，呼吁当局切实保障人权，迅速制定约法，结果被视为"肆行反动"而受警告。当时，自以为将成"明哲"的周作人多次写信规劝胡适"别说闲话"，不在不相干的事情上耗费精神，以求在教书、著书上充分发挥才能，免生"忠而获咎"的闲气。他还将《永日集》寄赠胡适，希望他特别读其中的《闭户读书论》这篇文章。胡适真诚感激周作人的多次劝告，他十分动情地在复信中说："生平对于君家昆弟，只有最诚意的敬爱，种种疏隔和人事变迁，此意始终不减分毫。相去虽远，相期至深。"他坦率地向周作人表明无法改变"好事"的性情，无法舍弃他信奉的"多事总比少事好，有为总比无为好"的个人的宗教，这就婉转而坚决地表明了他执意要以"无偏无党之身"做"诤臣诤友"的政治态度。

1931年九一八事变发生之后，胡适跟国民党最高当局建立了直接联系，成了蒋介石麾下的"庙廊军师"。他跟友人创办了立场并不"独立"的《独立评论》，颂扬蒋介石"超越异常"的魄力与才能，肯定他"在今日确有做一个领袖的资格"。他激烈反对民族危亡时刻的学生运动，主张依靠美国操纵下的"国联"来解决中日争端。1937年7月，中国全民族抗日战争开始，长期以为中国无抗日准备而主张妥协让步，作最大和平努力的胡适改变了观点，意识到消极避战的结果只能使"敌氛日深，受逼日甚"。他接受了秘密使命，以非官方人士的身份走访英、美等国，了解情况，争取同情。他往往每天看数十种报纸，白天到处奔走，晚上睡得很迟。他谢绝了美国好几家大学的聘请，不肯在国家危急、人民遭劫的严峻时刻自己在海外过太舒服的日子。1938年7月，胡适离美赴欧洲活动，又接受了出任驻美大使的使命，继违背了"不谈政治"的诺言之后，又放弃了"不入政界"的想法。他在美国忙碌奔波，四处演说，说明中国抗战的世界意义，以及中国抗战的极度艰苦和准备坚持抗战的决心，力促美国改变在中日之间完全保持中立的态度，达成两次借款4500万美元的协议，在武汉、广州失守和汪伪政权即将出台的险峻时刻用财力支持中国的抗战。

1945年抗日战争胜利之后，胡适致电毛泽东，要求中国共产党放弃武力，"准备为中国建立一个不靠武装的第二大政党"。但他的幻想迅速被中国内战的枪声粉碎。在解放战争时期，胡适自觉地以"在野"的身份帮南京政府的忙，"支持他，替他说公平话，给他做面子"（1947年2月6日致傅斯年信）。他以"社会贤达"的身份参加了1946年年底在南京召开的"制宪国民大会"，被选为大会主席，为蒋介石担任合法大总统提供法律依据。1948年3月，他又参加了"行宪国大"，代表"民众"把"总统当选证书"呈送到蒋介石手中。

1949年3月,胡适接受蒋介石的委派去美国争取"精神与道义之声援"。他一方面在国外劝阻西方国家承认中华人民共和国,另一方面通过《自由中国》杂志奉劝蒋介石节制自我,遵法守宪,更有效地保障言论自由。他支持在台湾筹建在野党,以期对执政党发挥监督制衡作用,促使政治发生新陈代谢。但是,胡适的谏言深为蒋家父子所忌讳。国民党的御用报刊攻击《自由中国》幕后有"匪谍",是"为共产党的统战工作铺路"。蒋经国控制的"国防部总政治部"还发出极机密的特字第九九号"特种指示",攻击胡适的言论"荒谬绝伦",是"毒素思想"。1958年4月,胡适回台湾就任"中央研究院"院长之职,不久,他因规劝蒋介石根据宪法不做第三任总统而大触霉头。曾经被他视为"不是自私的,也不是为一党一派人谋利益的"蒋介石并不愿意做"合法的、和平的"转移政权的榜样,而是要通过"修宪"的手段担任"终身总统"。胡适支持的《自由中国》被冠以"涉嫌叛乱"的罪名而遭查禁,杂志负责人、胡适的朋友雷震被判处10年有期徒刑。胡适民主政治的理想在台湾再次受挫。他怀着极度悲愤的心情向记者发表了六个字的感想:"大失望,大失望。"1962年2月24日,71岁的胡适因突发心脏病去世。有一副挽联描绘了他被左右夹击的尴尬处境:"共党既骂之,国人又骂之,空身无片土,天乎痛哉!"

同途殊归:政治的或非政治的因素

前面提到,五四时期周氏兄弟和胡适都是五四新文化运动的先驱者,曾经互相支持,互相配合。但从20世纪20年代中期开始,他们逐渐疏离分化。究其原因，除文化观、道德观、性格、气质、环境、教养诸方面的差异外，还有政治的或非政治的因素。

虽然胡适表白他对周氏兄弟始终保持着最诚意的敬爱，但在私人交谊上他显然更亲近于周作人。胡适和鲁迅最成功的合作是在中国古典小说研究领域。20世纪20年代中期，周氏兄弟在对待驱逐废帝溥仪、召开善后会议以及跟现代评论派笔战这三个问题上跟胡适观点态度不一，感情逐渐疏离。20世纪30年代，围绕着保障民权和对日政策的问题，鲁迅更对胡适进行了尖锐批判。但一贯提倡"宽容"的自由主义大师胡适习惯于正面阐述自己的主张，回避了跟鲁迅进行公开论战。鲁迅去世后，胡适允为鲁迅先生纪念委员会委员，极力促成《鲁迅全集》的出版。直到晚年，胡适才在讲演中批评鲁迅"喜欢人家捧他"，甚至认为鲁迅加入"左联"之后"就没有一篇好文章了"。胡适和鲁迅在敌对的两党之间作出了不同的选择，他们的分道扬镳就成了必然的结局。

胡适和周作人文化思想和政治态度的差异，似乎并没有影响他们的私人情谊。虽然周作人在题为《中国新文学的源流》的讲演中明显地抬"公安派"压胡适，但胡适并没有介意，仍帮助他出版《希腊拟曲》第三部译著。周作人用所得稿酬购买了安葬母亲、次女若子和侄儿丰三的坟地。直到周作人1945年年底被捕之后，胡适仍然为他开脱说情。胡适去世后，周作人也在《知堂回想录》中增写了《胡适之》一节，感念旧好；但也同样表白他曾经规劝胡适不要逃离大陆，并以史学家陈垣的政治态度与之对照，因而被有些人讥为"媚世违心"。

鲁迅与周作人虽然文风和个性并不相同，但导致他们决裂的并非政治或文化的原因，而纯粹是由于周作人妻子掀起的一场风波。

《论语·子路》中有一个成语"兄弟怡怡"，历来作为表现兄弟之间手足情深的最高形容词。借用这四个字来描绘周氏兄弟1923年8月之前近40年的关系，实在是再恰切不过。鲁迅仅比周作人长4岁，童年时一起嬉戏，一起攻读，一起夜谈。当18岁的鲁迅"走异路，逃异地"，去南京投考新式学堂时，长兄"柔肠欲断，涕不可抑"（《戛剑生杂记》），二弟则"心中黯然"，若有所失。3年后，周作人在鲁迅潜移默化的影响和尽心竭力的帮助之下，也离家赴南京，走上了新的人生历程。兄弟同在南京求学期间，两人虽学校不同，但过往极其频繁，经常共同研读新书报，大有"一日不见，如隔三秋"之慨。1902年春，鲁迅东渡日本留学。同样是在鲁迅的引导和帮助下，周作人也于1906年夏秋之间来到日本。兄弟同餐共卧，同拜"有学问的革命家"章太炎为师，一起在布满荆棘的文学之路上寂寞地跋涉。他们都是因热心于民族革命问题而留心民族革命文学，因而寻找和弱小民族文学接近的机缘。翻译域外文学作品时，有时周作人口译，鲁迅笔述；有时周作人译出，鲁迅修改，以致有些文章的主要撰译者究竟是谁至今也难于辨别。1909年秋，因为周作人即将结婚，从此费用增加，鲁迅毅然放弃学业回国谋职，给周作人夫妇乃至周作人岳母家以切实的经济帮助。1911年5月，周作人归国在绍兴赋闲；翌年初夏，鲁迅去中华民国临时政府教育部供职。在1912年5月至1917年3月两兄弟身处异地的5年中，鲁迅致周作人的信共445封，周作人来信443封，共约900封，平均约4天每人各写一封。仅此一例，足证周氏兄弟关系的非同一般。1917年年初，鲁迅为周作人谋得了北京大学的教职，周作人三度追随长兄的足迹，来到新文化运动的策源地北京。周作人在北大开设欧洲文学史课程的讲义，均经鲁迅修改润饰之后才誊正付印，成为周作人的重要论著之一。北大国文系请周作人讲授小说史，周作人又推荐在这方面比他更有积累的鲁迅替代，促成鲁迅《中国小说史略》这一学术名著的诞生。1921年3月至9月，周作人因肋膜炎住院治疗及赴北京西郊西山疗养共176天，鲁迅不仅亲往探视，驰书慰问，而且为筹措医疗费用借高利贷及变卖藏书。直至1923年7月3日，兄弟二人仍携手同游。

1923年7月14日，"兄弟怡怡四十年"的鲁迅与周作人突然失和。由于当事人生前均未公开披露冲突的真相，因而长期成了一桩"文坛疑案"。鲁迅去世后，郁达夫、荆有麟、许寿裳、许广平、周建人以及日本的清水安三诸人先后提供有关背景资料，但由于说法不尽相同，因而给研究者带来一定的困扰。1992年1月，曾把"羽太"与"信子"当成两个人的著名学者千家驹在香港《明报月刊》发表了《鲁迅与羽太信子的关系及其他》一文。他援引传闻，说周作人之妻羽太信子原是鲁迅的旧好，鲁迅在日本留学时即与之同居。他还以鲁迅1912年日记中出现过"寄羽太家信"的记载为根据，进一步断言羽太与鲁迅原是夫妇关系，故将寄羽太信子的信件称为"家信"。

我以为，千家驹先生的上述说法，虽属新颖，但毫不足据。第一，传闻绝不能混同于事实。第二，鲁迅"寄羽太家信"时，周作人已与羽太信子结婚，并于1911年秋同返绍兴。因周作人此时在家赋闲，没有收入，故鲁迅出于爱护弟弟的情感，不仅负担周作人夫妇的生活，而且以有限的工资贴补周作人的日本妻舅羽太重九。所谓"寄羽太家信"，系指寄往日本"羽太家"的"信"，受信人是羽太重九，这是显而易见的。第三，中国台湾学者赵聪在《鲁迅与周作人》一文（《五四文坛点滴》，1964年6月香港友联出版公司出版）中写道："许寿裳曾说过，他们兄弟不和，坏在周作人那位日本太太身上，据说她很讨厌她这位大伯哥，不愿同他一道住。"周作人在1964年10月17日、10月30日、

11月16日致鲍耀明的3封信中，反复肯定赵聪的著作"公平翔实"，关于他跟鲁迅失和的说法"亦去事实不远"，并希望今后分析"失和事件"时应参考《五四文坛点滴》中所说。这是周作人生前对"失和事件"的书面表态，白纸黑字，其可信性绝非传闻揣测可以比拟。

周氏兄弟失和之后，鲁迅因受到重大刺激而肺病复发，大病近50天。但总体来说，此后他对周作人并没有什么坏的批评，反而认为有些作者对周作人"批评过于苛刻，责难过甚"。而周作人虽然在1925年10月12日发表了一首题为《伤逝》的译诗（清水贤一郎《もぅつの（伤逝）》），含蓄地对他的长兄道过一声"珍重"，但却在更多的文章中讽刺鲁迅"投机趋时""消极悲观""多疑善怒"，甚至写过一篇《破脚骨》，暗示鲁迅是个"无赖子"。可见提倡宽容，反对写"打架的文章"的周作人有时也言行不一。

结语

综观胡适跟周氏兄弟的交往史，可知他们在狂飙突进的五四时期的确是思想界、文学界并峙的三座奇峰，随着物换星移，他们各自踏上了不同的人生道路。鲁迅在左翼文坛内部的"围剿"声中逝世；胡适在台湾文化界一部分人的"围剿"声中倒下；应验了"寿则多辱"这句话的周作人则死于红卫兵的棍棒。他们生于忧患，死于忧患，用自己的言行在不同的历史上涂抹了不同色彩。1918年年底，胡适在奔母丧时构思了《不朽》一文，文中写道："'小我'是会消灭的，'大我'是永远不灭的。'小我'是有死的，'大我'是永远不死，永远不朽的。'小我'虽然会死，但是每一个'小我'的一切作为，一切功德罪恶，一切语言行事，无论大小，无论是非，无论善恶，一一都永远留存在那个'大我'之中。那个'大我'便是古往今来一切'小我'的纪功碑，彰善祠，罪状判决书……"胡适和周氏兄弟如今均已作古，他们一生的是非功过，也已长存在那个不朽的"大我"之中。

（节选自作者讲演稿）

第五讲　今夜"大雷雨"
——周氏兄弟失和事件再议

1985年，我在《鲁迅研究动态》第5期发表过一篇《东有启明，西有长庚——鲁迅与周作人失和前后》，后收入拙著《鲁迅史实求真录》（湖南文艺出版社1987年9月出版）。应该说这是研究周氏兄弟失和事件时间最早、资料最全、立论最为持平的一篇，长期为研究者频频引用。近来，因为把鲁迅日记与周作人日记对读，偶有所悟，故续作一篇。虽不能完全用实证方式为这一事件画上句号，作出明确结论，但在前行研究基础上有所推进，故形诸文字，公诸同好。

为何再议一件无权评述的事件

应该说，周氏兄弟失和是他们内心的隐痛，双方都不愿意细说或持"不辩解"的态度，也没有任何其他当事人或目击者提供证言。因此，可以将其视为一桩"无头案"。1923年11月，即周氏兄弟失和不久，周作人写了一篇《读报的经验》，收入《谈虎集》下卷。此文反对报纸为迎合社会心理而多载风化新闻。他说："据我想来，除了个人的食息以外，两性的关系是天下最私的事，一切当由自己负责，与第三者了无交涉，即使如何变态，如不构成犯罪，社会上别无顾问之必要，所以记述那种新闻以娱读者，实在与用了性的现象编造笑话同是下流根性。"文中似有弦外之音。此后，周作人还在文章中向社会上表达了一种态度：他十分讨厌局外人关注他的家务事，更憎恶有人对他的家庭风波幸灾乐祸。他认为这类事件只要不贻害社会，就与公众没有任何关系。即使有第三者从旁议论，也当体察而不当裁判。

既然如此，为什么周氏兄弟的读者还会对这件事予以持久关注并众说纷纭呢？当然不能排除少数人有八卦心态，但大多数人还并非如此不堪。作为五四新文化运动的前驱者，周氏兄弟是领军人物，早已进入公众视野，几无隐私可言。撰写周氏兄弟的传记和年谱都无法回避这一事件。从研究周氏兄弟的创作活动和人生道路的角度，这一事件的影响也无法低估。因为失和之前，周氏兄弟是两个亲密的文化合作者。鲁迅辑校的《会稽郡故书杂集》曾以周作人的名义出版，鲁迅的早期杂文（如《热风·随感录三八》）中也掺入了周作人的文字。周氏兄弟曾有一些合作项目，如翻译日本现代小说，失和之后就令人遗憾地中断了。周作人不但在《自己的园地》第2版中抽掉了评论《阿Q正传》的文章，又从《点滴》一书中抽掉了鲁迅所译的题词，而且陆续写了不少含沙射影攻击鲁迅的隐喻文字。被伤害的鲁迅虽然因此大病一场，吐血不止，直到1936年9月3日临终前不久才写信告诉母亲，但他离开北平之后对周作人"并没有什么坏的批评"。鲁迅只是希望周作人在抗日救亡的问题上持一种明确的态度，不要落在钱玄同、顾颉刚这些人的后面。1936年10月25日，周建人在鲁迅逝世不久即写信转达了鲁迅的上述意见。周作人原本并不是一个只有个人和人类立场而毫无民族和国家立场的人。1927年4月，日本人控制的中文报纸《顺天时报》曾造谣武汉政府组织妇人裸体游行，并高喊"打倒羞耻"这一类口号，意在诽谤以"打倒列强，除军阀"

为宗旨的北伐战争。周作人在当年4月23日《语丝》第128期发表《裸体游行考订》予以反驳，文中写道："《顺天时报》是日本帝国主义的机关报，以尊皇卫道之精神来训导我国人为职志的，那么苟得发挥他的教化的机会当然要大大利用一下，不管他是红是黑的谣言……"令人痛心的是，北平沦陷之后，为中国文化界寄予厚望的周作人竟堕落而为日本帝国主义的工具，这与失去长兄鲁迅的指引教诲不能说毫无关联。所以，周氏兄弟失和的负面影响，已经超出这一家庭变故的本身，不能不引起研究者的关注。

风波迭起的八道湾十一号

老北京北沟沿有一条曲曲弯弯的胡同，时宽时窄，左拐右拐，虽不止拐八个弯，但名叫八道湾。1919年2月至1920年1月，经过多番周折，鲁迅从一个姓罗的房主手中买到了八道湾十一号这个跨院。经过一番装修改建，于1919年12月29日将母亲及三弟一家从绍兴接到了北京，想圆一个三代同堂、阖家和美的梦想。鲁迅是长子，1912年5月5日已到北京政府教育部供职；经他托关系，二弟周作人也于1917年4月1日莅京，在北京大学等校任教；三弟周建人从小体弱，在北京大学当旁听生。这个聚族而居的大家庭连同佣工共有近20口人。

购置和改建八道湾十一号花费了4000多块大洋，包括购房、装修、中介费用及房产税。约1/4的款项来自变卖绍兴老宅所得，其他多由鲁迅跟二弟周作人分摊。但具体事务主要由鲁迅操办，选址看房就历时半年，接着是买方卖方共同赴警察总厅报告，到市政公所验房契、交预付款、办新房产证、交余款、验收房，而后再到警察局申办修房手续、验新房契，赴税务处交房产税。八道湾十一号旧宅只有九间房，显然不够居住，需翻新扩建。改建方案都是鲁迅亲自设计的。进大门绕过影壁就是一个阔大的院子，有小学操场那样大的一块空地。鲁迅当时无子，但二弟有一子二女，三弟有一子一女，鲁迅为了孩子们能欢乐地玩耍，煞费了一番苦心。在鲁迅为购置新房而操劳的一年当中，二弟周作人不但坐享其成，而且乘机将老婆、孩子送到日本探亲，1919年4月、5月去了一趟日本，7月、8月又去了一趟，不仅接回了老婆、孩子，而且把小舅子也带到中国来了。据我所知，除掏了一份钱外，周作人为新家所作的贡献就是于1919年9月6日下午到北京市政公所领回了一纸购房凭证。

八道湾十一号占地2600多平方米，可分为前院、正院和后院。前院有一排三间一套的南房九间。鲁迅的书房和卧室开始在中院西厢房三间，后来为了安心写作，改住前院前罩房中间的一套房子。正院的正房供鲁迅的母亲居住，他的原配朱安住在正院西头，中间的堂屋是餐厅，还有三间西房是周氏兄弟共用的书房，鲁迅主要的书籍都收藏在这里。后院有九间坐北朝南的后罩房，建筑质量最佳，周作人与周建人每家各用三间，东西三间用作客房。俄国盲诗人爱罗先珂到北京后就住在这里。

在八道湾十一号这座原本不起眼的院落里，发生了一些重大的文化事件，留下了很多名人的足迹。鲁迅享誉世界的小说《阿Q正传》就诞生在这里，著名的《文学研究会宣言》也是周作人在这里起草的。自从周氏兄弟乔迁至此，八道湾十一号可以说是谈笑有鸿儒，往来无白丁。就在周氏兄弟合住的那三年多时间里，这里留下了刘半农、郑振铎、孙伏园、马幼渔、朱遏先、沈士远、沈尹默、钱玄同、许寿裳、郁达夫等著名学者和作家的足迹。1920年4月7日，27岁的毛泽东还专程到八道湾来拜访周作人。其时周作人成立了一个"新村北京支部"，每周五及周日下午会客,热情宣传日本的"新村主义",引起了对各种主义求知若渴的毛泽东的兴趣。

但从那时到后来,八道湾十一号也发生了一些鲜为人知的事件。第一件事发生在1936年12月,时逢鲁迅母亲鲁瑞八十寿辰,周建人从上海赶到北平为母祝寿。鲁瑞虽住在鲁迅留下的阜成门寓所,但寿宴设在八道湾。当周建人向母亲行礼时,其子周丰二突然手持军刀从里屋冲出向其父砍去,幸亏亲友奋力夺刀才避免了这场弑父的悲剧发生。第二件事发生在1939年1月1日元旦。那天上午,有刺客冲进八道湾西屋客房,开枪后,车夫张三身亡,客人沈启无左肩中弹,但子弹却射到了周作人毛衣的纽扣上,仅擦破了他左腹的一点皮。行刺的是天津一些学生组织的"抗日锄奸团",想对周作人的附逆行为进行惩治,结果死了一位无辜者。第三件事发生在1941年1月1日,也是元旦,此时周作人正式出任了伪华北政务委员会常务委员兼教育总署督办,配备有持枪卫兵。他回家后,侄儿周丰三夺过警卫放在桌上的枪自杀,"以死相谏",抗议周作人附逆投敌的行为。以上这些事虽然都耸人听闻,但为人们长期关注的还是1923年7月发生的周氏兄弟失和事件。

周氏兄弟失和是突发事件

曾经有人从思想观念和经济纠纷方面分析过周氏兄弟失和的原因,各有其道理,但根据现存鲁迅日记和周作人日记,周氏兄弟失和完全是一起突发事件。1923年7月中旬,古都北京多雨,周作人同年7月19日日记,有"函鲁迅""夜大雷雨"的记载。鲁迅当天日记:"上午启孟自持信来,后邀欲问之,不至。"这封信函就是周作人写给鲁迅的绝交信,"欲问之"说明鲁迅并不知其详,"不至"说明周作人不愿进一步当面解释。经过当晚这一场"大雷雨",兄弟怡怡的美梦终于顷刻化为了噩梦。

现根据周氏兄弟的日记,特将1923年年初至失和前夕他们交往的情况作一概述,以证明失和之前他们一直维持了正常关系:

1月1日周氏兄弟邀徐耀辰、沈士远、沈尹默、张凤举、孙伏园午餐。鲁迅日记仅记"午餐"二字,周作人日记写明是"吃杂煮汁粉,下午三时去"。

1月7日午后,先有四位日本客人来访:井原、永持、藤冢、贺。下午,日文《北京周报》记者丸山昏迷来,并介绍了另一位叫桔朴的记者,周氏兄弟共同会见。

1月10日晚,朱逷先、张凤举、马幼渔、沈士远、沈尹默、沈兼士来八道湾议事,周氏兄弟共同接待,晚饭后散。

1月13日孙伏园来访,周氏兄弟共同接待。

1月20日周作人与爱罗先珂设晚宴,招待今村、丸山、清水、井上四位日本朋友,鲁迅应邀,冯省三亦来。晚十时半散。

2月15日除夕。周作人日记有"晚祭祖"的记载,按常理鲁迅应该参加。

2月17日旧历大年初二。周作人邀郁达夫、张凤举、徐耀辰、沈士远、沈尹默、沈兼士、马幼渔、朱逷先午餐并喝茶,鲁迅亦参加,聊到四时散去。

2月23日张凤举邀周氏兄弟至禄米仓午宴,同席十人。

2月27日夜,爱罗先珂从上海来,在八道湾下榻。当天郁达夫在东兴楼设晚宴,周作人因天冷,家中又来客,未赴。鲁迅虽赴此宴,但"酒半即归",早退,跟爱罗先珂赴八道湾有关。

3月21日下午,周氏兄弟共同接待孙伏园及其子惠迪。

4月8日共同接待日本人丸山、细井,共进午餐并合影,下午周氏兄弟携周作人之子丰一游公园,孙伏园父子同去。在公园遇李小峰、章川岛一起饮茶,傍晚归。

4月12日共同招待孙伏园吃晚饭。

4月15日中午,丸山招饮,周氏兄弟与爱罗先珂赴宴。同席有藤冢、竹田、徐耀辰、张凤举等八人。下午,周氏兄弟与徐耀辰、张凤举共同参加北京大学学生文艺社团春光社的活动。

4月16日晚,张凤举为爱罗先珂归国饯行,在广和居设宴,鲁迅出席。周作人为爱罗先珂打点行装,未去。

5月10日鲁迅日记记载:"晚与二弟小治肴酒共饮三弟,并邀伏园。"据周作人日记,这应是共进晚餐。这是兄弟三人其乐融融的一次记载。

5月13日午后,周氏兄弟同赴北大春光社交谈。下午,鲁迅、周作人在中山公园跟周建人会合,三兄弟一起饮茶。因周建人翌日去上海,故三兄弟再次欢聚。

5月26日晚,周作人治酒邀客,泽村、丸山、徐耀辰、张凤举、沈士远、马幼渔及鲁迅,共八人。

6月3日上午,周氏兄弟共同接待徐耀辰、张凤举、沈士远、沈尹默,下午七时散。

6月18日周氏兄弟共同接待孙伏园父子。

6月26日一先一后赴禄米仓访张凤举、徐耀辰,并见沈士远、沈尹默,中午聚餐,傍晚散。

6月29日周氏兄弟同赴北京大学新潮社，中午孙伏园做东，在北大第二院食堂午餐。

7月3日周氏兄弟同去东安市场购书，又去东交民巷购书。下午接待孙伏园父子。

7月4日周氏兄弟共同接待张凤举、沈士远、沈尹默。

7月6日晚，小风雨。

7月7日晚，小风雨。

7月8日晚，雷雨。

7月10日下午，阵雨。

7月11日下午，大雷雨，周作人房间西北窗纸多破。

7月12日周作人日记有"入浴"的记载。

7月13日周氏兄弟日记均有洗浴的记载。

7月14日周六，八道湾起风波。鲁迅日记："是夜始改在自室吃饭，自具一肴，此可记也。"

7月18日周作人写绝交函：

鲁迅先生：我昨日才知道，——但过去的事不必再说了。我不是基督徒，却幸而尚能担受得起，也不想责谁，——大家都是可怜的人间。我以前的蔷薇的梦原来都是虚幻，现在所见的或者才是真的人生。我想订正我的思想，重新入新的生活。以后请不要再到后边院子里来。没有别的话。愿你安心，自重。七月十八日，作人。

7月19日鲁迅日记："上午启孟自持信来，后邀欲问之，不至。"周作人日记："夜大雷雨。"

7月26日鲁迅日记："上午往砖塔胡同看屋。下午收拾书籍入箱。"

7月29日星期日，鲁迅日记："终日收书册入箱，夜毕。"

7月31日鲁迅日记："下午收拾行李。"

8月2日鲁迅日记："下午携妇迁居砖塔胡同六十一号。"

周作人日记："下午树人夫妇移居砖塔胡同。"

以上日记，说明鲁迅跟周作人失和之前并无感情破裂的明显迹象。

羽太信子其人

对于兄弟失和的责任，在鲁迅看来，首先应该归咎于羽太信子，而周作人的问题则主要是"昏"，即偏听偏信。这有鲁迅的笔名"宴之敖者"为证。"宴"从宀，从日，从女，意为家里的日本女人；"敖"从出，从放，驱逐之意。很明显，鲁迅认为他是被羽太信子这个女人从八道湾赶出来的。

羽太信子（1888—1962），日本东京人，父亲石之助，染房工匠，入赘于羽太家。羽太信子有兄妹五人，她是家中长女，后二妹羽太千代和五弟羽太福均夭逝，只剩下了三弟重久和四妹芳子。因家境贫寒，她很小就被送到东京一个酒馆当"酌妇"。1908年4月，鲁迅、周作人、许寿裳、钱均甫、朱谋宣迁居到东京本乡西片町十番地吕字7号，因五人合租，故称"伍舍"。这房子是日本作家夏目漱石旧居，南向两间，西向两间，都是一大一小，拐角处为门房，另有下房几间，因面积大，雇了一个下女打扫，这个人就是羽太信子。周氏兄弟在"伍舍"住了半年多，可能房租太贵，1909年1月、2月间就搬迁了。1909年3月18日，周作人跟羽太信子正式在日本登记结婚。鲁迅母亲因干预长子的婚姻事与愿违，对老二、老三的婚事采取了放任自流的态度。周作人跟羽太信子从相识、相恋到结婚前后仅十个多月，实可谓神速。周作人曾写诗回忆过他的三个恋人，但文章中无片言只语涉及他跟羽太信子的婚恋经过。

婚后，周作人夫妇在日本生活两年半，有点乐不思归的意思，周作人留下了"远游不思归，久客恋异乡"的诗句。这期间，周氏兄弟出版了合译的《域外小说集》，但这是一部"赔钱赚吆喝"的书。周作人夫妇虽然又从东京西片町搬到了房租更加便宜的麻布区森元町，但生活都需要归国教书的鲁迅接济。迫于无奈，鲁迅只好于1911年5月到日本催他们回国。1911年9月夏秋之交，周作人偕羽太信子回到了故乡绍兴赋闲。1912年5月，周作人的长子周丰一出生，羽太信子以坐月子需人服侍为由，把年方十五的妹妹芳子也接到了绍兴。周作人直到1912年6月才在浙江军政府教育司谋了一个差事，干了不到一个月又因病辞职，负担家族的担子长期落在鲁迅一个人身上。

我们不能因为崇敬鲁迅就将羽太信子妖魔化。我采访过八道湾十一号的居民张淑珍大妈，她说羽太信子信佛，乐善好施，是个善人。但无论如何，羽太信子是一个歇斯底里症患者，因此性格难免暴戾怪异，有异于常人。

歇斯底里症亦称"癔病"或"精神性分离障碍"，可能是先天遗传，也可能源于后天的创伤性经历。患者以自我为中心，情绪多变，狂躁易怒，耽于幻想，言辞夸大，发病时伴有抽搐和昏厥，事后又经常失忆。这类病易于发作，难以断根。最早撰文披露这一情况的是许寿裳，他在《亡友鲁迅印象记》中写道："作人的妻羽太信子是有歇斯底里性的。她对于鲁迅，外貌恭顺，内怀忮忌。作人则心地糊涂，轻听妇人之言，不加体察。我虽竭力解释开导，竟无效果。"许寿裳在合居"伍舍"时期就结识了羽太信子，他的回忆当是可信的。

羽太信子长期患有癔病的权威证据是周作人日记。在周作人日记中关于信子癔病的记载时断时续，有记录当视为确证，"拟不再记"并不意味着没有犯病。其犯病的表现为"大哭""昏晕""不食""狂易""无端易作""故意寻衅""如遇鬼祟""语无伦次""如遇獬犬""梦呓不止""噩梦昏呓，不堪入耳"……周作人晚年日记中一方面说他跟信子"素无反目事"，另一方面又说"临老老吵架"，反映了他矛盾复杂的心态。

周作人夫妇的感情虽然没有被信子的癔病所"消灭"，但并不能认为对彼此感情丝毫没有伤害。拔掉钉子墙上会留一个坑，这是众所周知的生活常识。因此伤害必然会波及包括鲁迅在内的其他亲属，虽然羽太信子本人也是癔病的受害者。在现存周作人日记中，我们的确找不到周氏兄弟失和跟羽太信子癔病直接相关的证据。1923年7月15日，周作人日记中出现的"池上来诊"是因为周建人的女儿马理子（周鞠子）生病，但16日、17日中的"池上来诊"并没有说明治疗的特定对象，周作人也未必把羽太信子的每一次发病都原原本本写在日记里。

鲁迅与周作人失和应该源于鲁迅跟羽太信子之间的一场冲突。作此推断的证据是鲁迅1923年7月14日日记："是夜始改在自室吃饭，自具一肴，此可记也。"周氏兄弟在八道湾合居的时候，鲁迅的母亲爱吃家乡菜，所以鲁迅的原配朱安照顾婆婆在中院吃饭，而鲁迅干脆在后院入伙，跟周作人一家同吃日本餐。羽太信子则是家政的主持者。鲁迅7月14日晚独自开伙，显系跟羽太信子发生了冲突，不能再在后院搭伙。但周作人未必知情，所以他在18日的绝交信中才会出现"我昨日才知道"的句子。7月18日的前一日即7月17日，周作人给鲁迅写绝交信，肯定是在听了羽太信子一番话之后，他此前的日记并无特殊记载。

羽太信子嫁到周家之后还做了一件缺德的事情，就是撮合乃至引诱其妹芳子跟鲁迅的三弟周建人成亲。羽太信子嫁到中国后，语言不通，生活寂寞，又想掌控周家的财政大权，便将妹妹芳子接到绍兴来做帮手。芳子于1914年2月与周建人结婚。其时周建人26岁，芳子17岁。周海婴在《鲁迅与我七十年》一书中谈到这场婚事时说，是羽太信子先用酒灌醉了周建人，再把芳子推入他的房间，造成既定事实。鲁迅对许广平说，这是"逼迫加诈骗成局"。芳子成婚之后，羽太信子把芳子当成下女使唤。周建人到上海谋生之后，羽太信子又阻挠芳子跟丈夫共同生活，造成他们长期分居，导致夫妻离异、父子反目。

与丈夫离异后，芳子的生活长期靠鲁迅和周作人接济。1950年，53岁的芳子开始学习新式接生，以此谋生。她曾救活过一个出生后窒息的女婴，其父母感恩，赠她20个鸡蛋，芳子念及女婴家穷，又送还了鸡蛋。1965年，芳子病逝。在她68年的人生中，有40多年是独身，她姐姐羽太信子就是这一悲剧的制造者。

1962年4月6日，羽太信子重病，被送到北大医院抢救，周作人当天日记写道："灯下独坐，送往医院人们尚未回来，不无寂寞之感。五十余年的情感尚未为恶詈所消失，念念不觉可怜可叹，时正八时也，书此志感。"周作人的以上感慨发自肺腑，读之令人心酸。

失和之后的亲属反应

周氏兄弟失和之后，八道湾的其他亲属作何反应？

鲁迅母亲鲁瑞感到事发突然，不明真相，鲁瑞历来厌恶羽太信子的霸道，也认为周作人对这位日本老婆过于迁就。鲁迅迁居砖塔胡同之后，鲁瑞经常前来探望，有时就住在砖塔胡同。但凡有些可口的食品，鲁瑞就会自己送来，或让女仆潘妈送来。特别是她生病的时候，都是由鲁迅陪同赴山本医院就诊。鲁迅购置阜成门内西三条寓所之后，鲁瑞就干脆搬过来跟鲁迅居住，直到去世。在鲁瑞眼中，八道湾的住宅已变成了"羽太寓"，是日本人的天下，只剩下周作人一个中国人了。可见鲁瑞的情感倾向是十分鲜明的。

鲁迅迁居砖塔胡同时，朱安面临两种选择：其一是回到绍兴娘家，其二是跟鲁迅一起迁出八道湾。朱安毫不犹豫地选择了后者，丝毫也没有觉得鲁迅乱了人伦。

远在上海的周建人对八道湾发生的一切一无所知。他在上海商务印书馆的工作是鲁迅写信给蔡元培，蔡再转托王云五安排的。为了养家糊口，他不得不远行。鲁迅跟周作人失和之后，鲁迅成为周建人跟原配芳子之间的联系人。芳子缺钱并不去找她的姐姐和姐夫要，而是自己找鲁迅或通过鲁迅母亲找鲁迅。比如，鲁迅1923年8月13日的日记记载："母亲来视，交来三太太笺，假十元，如数给之，其五元从母亲转借。"可见，鲁迅从八道湾搬出后，自己连一次拿出十元都有困难。鲁迅跟周作人绝交之后，周建人跟周作人也很少交往，周作人堕落为汉奸之后，双方即断绝了关系。

有关亲属谈鲁迅跟周作人失和

在周氏兄弟的亲属中，对他们失和事件直接发声的是鲁迅夫人许广平、鲁迅独子周海婴和周作人长子周丰一。

许广平的《鲁迅回忆录》中有《所谓兄弟》一节，许广平的基本判断是兄弟失和根子在经济问题。那时周氏兄弟月薪500多元（鲁迅300元，周作人240元），由周作人之妻羽太信子当家。而信子是一个由"奴隶"（下女）演变为"奴隶主"（当家太太）的人物，日常生活挥霍无度。鲁迅对许广平感叹说："我用黄包车运来，怎敌得过用汽车带走的呢？"信子有癔病，一装死，周作人就成了软骨头，宁可牺牲与大哥的友好来换取家庭安静。

许广平的上述说法应该得之于鲁迅。信子在八道湾当家时，仅雇用的仆人就有十余人：男仆有管家、厨师、车夫、杂役；女仆有的洗衣服，有的看孩子，有的打扫卫生。一旦家人生病，不是请日本医生上门诊治，就是雇汽车去日本医院就诊。虽然周氏兄弟收入不菲，但八道湾的开支却经常入不敷出。不过，经济因素虽然有伤鲁迅跟弟媳之间的感情，但却未必是引发兄弟失和的导火线。

周海婴《鲁迅与我七十年》一书中有《兄弟失和与八道湾房产》一章，他把周氏兄弟失和的缘由概括为"沐浴事件"。他用日本民俗理念进行分析：

> 我以为，父亲与周作人在东京求学的那个年代，日本的习俗，一般家庭沐浴，男子、女子进进出出，相互都不回避，即是说，我们中国传统道德观念中的所谓"男女大防"，在日本并不那么在乎。直到临近世纪末这风俗似乎还保持着，以致连我这样年龄的人也曾亲眼目睹过……再联系当时周氏兄弟同住一院，相互出入对方的住处原是寻常事，在这种情况之下，偶有所见什么还值得大惊小怪吗……我不为长者讳。但我倒认为据此可弄清楚他们兄弟之间"失和"的真实缘由。

周海婴的上述分析，即使正确，毕竟也是一种推测。信子本是日本人，周氏兄弟又有留日背景，他们会为这种偶发事件闹得反目成仇吗？

说得最为奇特的是周作人的长子周丰一。1989年2月20日，他在致鲍耀明的一封信中，对周作人递交鲁迅绝交信进行了解读：

（一）所谓"我昨日才知道"。"住在北京八道湾内宅日式房间（只是一间，外一间是砖地）的我们的舅舅羽太重久，亲眼看见'哥哥'与弟妹在榻榻米上拥抱在一起之事，相当惊讶。因为第二天把那件事这样说出来，就是指发生的'我昨日才知道'这件事。其实兄弟二人留日之时，出生在穷人家的长女信子正于兄弟二人租房的时候，作为雇佣女工来工作。虽然与哥哥有了关系，但是作为在老家婚后来日的哥哥，不能再婚，因此把信子推介给弟弟并让他们结婚，弟弟一直被隐瞒着，因此不知道这件事。"

（二）"过去的事"这句话是指留学时代哥哥与信子这位已经成为弟弟妻子的女人之间的关系。

我以为周丰一的说法存在明显的漏洞。周丰一出生在1912年，父亲与大伯失和时他只有11岁，当年应该不会对此事有什么直接印象和正确判断。他提供的证人是舅舅羽太重久，但周氏兄弟失和于1923年，当年重久却远在日本，怎能成为大伯与弟妹有私情的目击者？羽太重久跟鲁迅关系一直友好，十分敬重鲁迅的人品。这有鲁迅博物馆保存的羽太重久致鲁迅函为证。如果他真目睹了八道湾"乱伦"的那一幕，绝对不可能对鲁迅有如此良好的印象。至于说大伯与弟媳原是情人，从1909年至1923年的14年中又未曾反目，何至于一夜之间就转化而为仇敌？

周作人晚年在《知堂回想录·八七》中这样回忆他跟鲁迅在日本留

学时的情况:"我始终同鲁迅在一处居住,有什么对外的需要都由他去办了,简直用不着我来说话。"周作人在此处虽然是说明他一直没有好好学习日语的原因,但至少另外透露了两个信息:一,他一直跟鲁迅同住,兄弟几乎没有单独跟其他女人相处的机会。二,同住期间,鲁迅负责对外联络,留下周作人在住处学习。这样一来,鲁迅跟下女单独接触的机会肯定少于周作人。如果鲁迅跟信子确有私情,周作人怎会长期失察,直到信子进谗言之后才如梦初醒?

此外,还有一个疑点,如果信子不但婚前失去贞操,而且对于丈夫长期隐瞒,那她会存在一种愧疚之感,特别是在向丈夫说明真相之后更会觉得有把柄和短处被丈夫捏在手心。但信子在丈夫面前却丝毫没有感到在道德上居于劣势,反而妒火熊熊,怀疑周作人 1934 年东游日本时曾有外遇,"冷嘲热骂,如噩梦昏呓,不堪入耳"。这种表现是悖于常情的。所以,我认为周丰一的说法的确是迷雾重重。

周作人在婚恋问题上的言与行

在五四新文化运动的前驱者中,周作人可以说是对妇女问题关注最为持久、论述最为全面、性观念最为开放的一个人,他一直想在道德的世界里做一个光明的使者。他比较系统地研读过蔼理斯、福勒耳、勃洛赫、鲍耶尔等人的性学专著,成为中国女性学的倡导者。他认为,妇女问题主要有两件事:一是经济解放,二是性的解放。社会文化愈高,性道德就会愈宽容,性生活也会愈健全。评价一个学者见识的高低,看其女性观即可了然。

为了宣传新伦理、新道德,周作人跟那些伪君子、假道学,以及冥顽不灵的军阀政客进行了不知疲倦的交锋。

他赞成女子剪发，赞赏女人天足，批驳把女性的生理现象视为"不净"的迂腐观念。当时四川督办杨森枪毙"犯奸"的学生，湖南省省长赵恒惕为祈雨而与妻子分居，京师警厅要将公开接吻的男子处40元罚金，周作人都进行了揭露和声讨。当守旧者把汪静之的情诗《蕙的风》和章衣萍的随笔《情书一束》视为"淫书"进行查禁时，周作人深刻指出，被旧道德视为"不道德"正是情书的精神，希望人们能划清情与淫、裸体画与春宫画的界限。他甚至跟钱玄同、常惠共同收集情色歌谣，刊登于《歌谣周刊》。在周作人眼中，女性既非妖魔，亦非圣母，应该在性科学的基础上观察女性，用合乎女性的性道德标准评价女性。他强调男女之事是极隐秘的私事，跟宇宙之存亡、日月之盈昃、家国之安危、百姓之生死全无关系。

在贞操、洗浴这类敏感问题上，周作人都发表过十分开放的言论。

周作人跟鲁迅都赞赏日本女诗人与谢野晶子的《贞操论》。周作人是这篇文章的译者，鲁迅在《我之节烈观》一文中进一步阐释了该文的观点。与谢野晶子认为，有肉体上的贞操，也有精神上的贞操。比如夫妇之间精神冷淡，仅存同居关系，这种贞操并无意义。有些女子婚前失行，可能是由于异性的诱惑，或是污于强暴，或是自己招引，社会上认定这是失节，极严厉地予以谴责，这是不公正的。对于女性的要求，同样应该适用于男性。与谢野晶子不把贞操视为道德，只认为是一种趣味、一种信仰、一种洁癖。周作人认为这种观念极进步、极真实、极平正。

周作人不认为女子结婚时是否保持了处女之身是一件重要的事情。他的继祖母蒋氏曾被太平军掳过，被视为"长毛嫂嫂"，是否失身成了疑点，一生被他人（包括丈夫）歧视。周作人对此深表同情。1925年2

月2日，他在《语丝》第12期发表《抱犊谷通信》，对继祖母深表同情，并表示他对"22岁的女儿"是不是处女并不知道，也不过问，因为这是无意义的事情。1924年5月13日，他还曾在《晨报副刊》发表过《一封反对新文化的信——致孙伏园》，表示他"最厌恶那些自以为毫无过失，洁白如鸽子，以攻击别人为天职的人们"。他说他宁可与有过失的人为伍，因为他也并不是全无过失的人。

至于男女规避，周作人认为是野蛮民族的做法。1927年6月30日，周作人在《语丝》第139期发表《关于擦背》一文。当时日本人操控的中文报纸《顺天时报》既谣传武汉举行裸体游行，又宣称武汉女人洗澡叫男伙计擦背。周作人质问，日本澡堂不是有"三助"这个名词吗？"三助"就是不分男女助人擦背，这跟贞操并没有重大关系。周作人反对用这种事侮辱中国、奴化中国人，同时也表现出他对洗浴不避男女持一种开放态度。早在1925年4月，淞沪警察厅曾查禁十岁上下的女孩入男浴室。周作人也于当年4月7日在《京报副刊》第III号发表《风纪之柔脆》一文，批判这种变态的性心理，认为只有颁布这种禁令的道学家才有这种"嗜幼"的倾向。

然而，在处理家庭问题上，周作人似乎并没有做到言行一致。比如周作人认为性爱并非不净，即使纯粹的性行为也是一种善。他强调缺乏爱情的婚姻不道德，如果夫妻双方失去了爱情，离异就成了一种必然的选择。然而鲁迅因爱情跟许广平结合，周建人因爱情跟王蕴如结合，周作人跟羽太信子却一直鄙视，多次将许广平、王蕴如称为"妾妇"，并支持、鼓动羽太芳子告周建人重婚罪，结果是败诉。如果周氏兄弟决裂跟男女之情有关，那依据周作人的观点，反应为什么如此激烈呢？这也是一个令人百思不得其解的问题。

总之，周氏兄弟失和在他们彼此的人生际遇中终归是一个不幸的事件。鲁迅因此生病吐血，二弟得不到长兄的指引而在抗日战争时期"失足落水"。这一事件也在兄弟二人的作品中留下了历史的阴影，因而引起了广大读者（特别是研究者）的关注，这是完全可以理解的。但也不能过度阐释或妄加推断，特别是不能以此作为玷污鲁迅人格的谈资。这就是笔者为此两次撰文的初衷。

第六讲 "相得"与"疏离"
——林语堂与鲁迅的交往史实及其文化思考

从大陆赴台湾的作家中,除胡适外,影响最大的要数林语堂。林语堂一生著译甚丰,据粗略统计,多达57种,其中1936年移居美国之后完成的著述就有30种。林语堂认为自己最大的长处,是对外国人讲中国文化,而对中国人讲外国文化。在外国人面前,他常以"中国通"的面貌出现;而在中国人面前,他又常以"外国通"的面貌出现。他曾把萧伯纳的剧本《卖花女》、罗素夫人的《女子与知识》、勃兰兑斯的《易卜生评传及其情书》等译成中文,又把不少古文小品、传奇、寓言译成中文,这就是他引以为豪的"两脚踏中西文化,一心评宇宙文章"。由于林语堂在中外文化交流领域的独特贡献,国际笔会1975年推举他为副会长。同年,他又名列诺贝尔文学奖候选人,虽然落选,仍表明他有相当的国际影响力。

然而,尽管林语堂是中国现代作家中屈指可数的双语作家之一,但他的主要贡献却不在于翻译,而在于创作。他晚年颇为自信地说:"我的雄心是要我写的小说都可以传世。我写过几本好书,就是:《苏东坡传》《庄子》;还有我对中国的看法的几本书,是《吾国与吾民》《生活的艺术》;还有七本小说,尤其是那三部曲:《京华烟云》《风声鹤唳》

《朱门》。"不过，学术界目前对上述作品的评价尚未臻一致，如有人认为《吾国与吾民》宣扬了历史循环论，《京华烟云》有模仿《红楼梦》之志而乏《红楼梦》作者之才。

在中国新文学史上，林语堂散文的影响实际上超过了他的小说。郁达夫在《中国新文学大系·散文二集导言》中说："林语堂生性憨直，浑朴天真……《翦拂集》时代的真诚勇猛的，是书生本色，至于近来的耽溺风雅，提倡性灵，亦是时势使然，或可视为消极的反抗，有意的孤行。周作人常喜引外国人所说的隐士和叛逆者混处在一道的话，来作解嘲；这话在周作人身上原用得着，在林语堂身上，尤其是用得着。"

如上所述，林语堂是一位有突出成就的作家，但也是一位在思想、性格、爱好、志趣等方面充满矛盾的作家。他《八十自叙》的第一章标题就叫"一团矛盾"。矛盾之多，多到一团，可见其复杂。长期以来，由于林语堂坚持反共立场，扬言"对法西斯蒂和共产党没有好感"（《八十自叙》），因此中国大陆出版的有关现代文学论著侧重将他作为右翼文人的代表人物予以批判，而对他的功过缺乏详细的分析和科学的评估。近年来，林语堂研究的禁区已经突破。林语堂本人的著作和研究论著陆续问世。林语堂之女林太乙女士的《林语堂传》已在大陆出版。不仅林语堂的英文小说 *Moment in Peking*（《京华烟云》）和 *The Red Peony*（《红牡丹》）成为书摊上的畅销书，而且台湾拍摄的电视连续剧《京华烟云》也出现在大陆的屏幕上。林语堂散文的各种选本也颇受读者欢迎，如《林语堂文选》《梁实秋林语堂妙语集萃》《林语堂散文选》等。英国有位批评家评论拜伦的诗作时说，孤立地读，拜伦的诗也不见得每首都好，但综合阅读拜伦全部诗作，则可感受到一种磅礴的气魄和活跃的生命。对林语堂的散文也可作如是观：孤立阅读，可能感到不足为奇，但通盘审视，则可领略到这位幽默大师的独特风采。

林语堂在81年的漫长人生中，有论敌，也有文友。有不少作家始终跟他保持着友善的感情，如徐訏、简又文、马星野。也有人跟他始于友善，终于决裂。比如，林语堂夫妇跟美国作家赛珍珠夫妇的友谊曾流传为国际佳话，赛氏夫妇的约翰·黛公司先后出版了林语堂的13部著作，使林语堂蜚声海外，后因版税纠纷，他们持续20年的友谊终以破裂终结。林语堂与鲁迅的关系，也是一波三折，颇具戏剧性。林语堂在《悼鲁迅》一文中说道："鲁迅与我相得者二次，疏离者二次，其即其离，皆出自然。"这一概述，符合林语堂与鲁迅交往的实际情况。需要补充的是，两人疏离时亦有契合，相得时亦有分歧。

林、鲁第一次"相得"约在1925年冬至1929年秋。仅据鲁迅日记记载，这4年中，他们的交往共88次。其间经历了女师大风潮、三一八惨案，以及语丝派与现代评论派的论争。林语堂跟鲁迅的基本立场一致，以致两人同被北洋军阀政府列入了通缉的黑名单。此后，鲁迅应林语堂之邀赴厦门大学任教，然而学校当局克扣文科经费，违背了出版鲁迅学术著作的诺言，再加上人事关系复杂，致使鲁迅改变了在厦门大学任教两年的计划，南下广州，任中山大学教职。1927年元旦，林语堂作《译尼采论"走过去"——送鲁迅先生离厦门大学》，借尼采的笔痛斥当时充满市侩气息的厦门大学：这里"充满着压小的灵魂，褊狭的胸膛，尖斜的眼睛，沾粘的指头"，这里"充满着自炫者，厚颜者，刀笔吏，雄辩家，好大喜功者"，"这边血管里的血都已秽臭，微温，起沫"，成了"天地间渣滓泡沫漂泊沸腾之处"！

1929年元旦，林语堂又在《北新》半月刊第3卷第1期发表《鲁迅》一文。在这篇论文中，林语堂将鲁迅称为"现代中国最深刻的批评家""叛逆的思想家""《少年中国》之最风行的作者",他的作品中有"闪烁的文笔,放浪的诙谐和极精明的辩证"。文中提供了鲁迅在厦门大学经历的第一手资料,并最先指出,鲁迅在广州发表题为《魏晋风度及文章与药及酒之关系》的著名讲演,要旨在于用公元前3世纪的文学状况影射现实。文章还将鲁迅比喻为"白象"。鲁迅夫人许广平在《鲁迅先生与海婴》一文中说:"林语堂先生似乎有一篇文章写过鲁迅先生在中国的难能可贵,誉之为'白象'。因为象多是灰色,遇到一只白的,就为一些国家所宝贵珍视了。这个典故,我曾经偷用过,叫他是'小白象',在《两地书》中的替以外国字称呼的其中之一就是。这时他拿来赠送海婴,叫他'小红象'。"可见鲁迅一家对这一比喻的喜爱。在第一次"相得"期间,鲁迅与林语堂之间也发生过论争,最著名的一次是关于"费厄泼赖"(fairplay)问题。鲁迅在《论"费厄泼赖"应该缓行》一文的"解题"部分单刀直入地说明,此文是由林语堂在《语丝》第57期发表的《插论语丝的文体——稳健、骂人及费厄泼赖》引发的。林语堂认为不打落水狗足以补充"费厄泼赖"的意义,而鲁迅则认为咬人本性不改的落水狗"未始不可打,或者简直应该打"。这场辩论发生在女师大风潮和北京市民反对皖系军阀的"首都革命"之后。段祺瑞卵翼下的一些政客纷纷化装逃往天津避匿,伺机卷土重来。所以,是否应该"打落水狗"的辩论,直接牵涉到对现实生活中那些本性不改的敌对势力是采取"恕道"("犯而不校")、"枉道"("不打落水狗,反被狗咬了"),还是应该奉行"直道"("以眼还眼,以牙还牙")的问题。现有资料证明,主张不打落水狗并非林语堂的首倡。此前吴稚晖就认为当时批评章士钊"似乎是打死老虎"(《官欤——共产党欤——吴稚晖欤》,1925年12月1日《京报副刊》),周作人也认为打落水狗"是不大好的事"(《失题》，1925年12月7日《语丝》第56期）。鲁迅的文章发表之后，林语堂心悦诚服地接受了批评，修正了观点。他亲笔画了《鲁迅先生打落水狗图》，接连写出了《讨狗檄文》《打狗释疑》《泛论赤化与丧家之狗——纪念孙中山逝世周年》等与鲁迅相呼应的文章，又在《打狗释疑》一文中公开声明："现在隔彼时已是两三个月了，而事实之经过使我益发信仰鲁迅先生'凡是狗必先打落水里而又从而打之'之话。"可见林、鲁之间的这场论辩，是诤友之间的论辩，而并非敌对势力之间的交锋。

林、鲁之间的第一次"疏离"大约始于1929年秋，终于1932年年底或1933年年初。鲁迅1929年8月28日日记记载："晚霁。小峰来，并送来纸版，由达夫、矛尘作证，计算收回费用五百四十八元五角。同赴南云楼晚餐，席上又有杨骚、语堂及其夫人、衣萍、曙天。席将终，林语堂语含讥刺，直斥之，彼亦争持，鄙相悉现。"这是一场斗鸡式的争吵。这次晚宴的目的，原本是调解鲁迅跟北新书局老板李小峰之间的版权纠纷。作为当事人之一的鲁迅，并未道出林语堂"讥刺"的内容，而另一当事人林语堂却认为冲突发生是鲁迅酒后多疑所致："他是多心，我是无猜，两人对视像一对雄鸡一样，对了足足一两分钟。"（《忆鲁迅》）作为在场者之一而又是鲁迅友人的郁达夫在《回忆鲁迅》中记叙了这场风波的经过：林语堂席间言谈中责备同样跟李小峰有矛盾的张友松，鲁迅理解为林语堂讥刺他跟北新书局的纠纷出自张友松的挑拨，所以气得脸色发青。郁达夫总结道："这事当然是两方的误解，后来鲁迅原也明白了；他和语堂之间，是有过一次和解的。"郁达夫的回忆和判断，目前已为林语堂和鲁迅的研究者普遍接受。

查鲁迅日记，在林、鲁第一次"疏离"的三年多时间里，两人无任何直接交往。不过，林语堂的某些作品，仍与鲁迅的观点遥相呼应。如他在1932年10月1日发表的《中国何以没有民治》一文中，就援引了鲁迅《灯下漫笔》中的观点，批判中国人的奴性，指出在"想做奴隶而不得"和"暂时做稳了奴隶"的历史循环中，民治无从实现。（《论语》半月刊第2期）

林、鲁的第二次"相得"期始于1933年年初，终于1934年秋。据鲁迅日记记载，在这一年零七个月中，两人交往有30次。促使两人恢复交往的重要原因，是中国民权保障同盟的成立。林语堂和鲁迅均被推举为同盟的执行委员。林语堂还是同盟的发起人之一并兼宣传主任，比鲁迅担负了更多的实际工作。在《又来宪法》一文中林语堂阐述了他的民权观："须知宪法第一要义，在于保障民权。民权何自而来，非如黄河之水天上来。凡谈民治之人，须认清民权有二种。一种是积极的，如选举、复决、罢免等。一种是消极的，即人民生命、财产、言论结社出版自由之保障。中国今日所需要的，非积极的而系消极的民权。选举复决之权，乃使民众做官之权，结果未中选时是民，中选后是官，仍然与吾民无与。保障人民性命财产自由之权，乃真正的民权。此种民权，所以难于实现，非民不愿享，乃官不愿与。盖民权与官势，暗中成为正面冲突。百姓多享一种权利，则官僚剥夺一种自由。言论可自由，则报馆不能随时封闭；生命可自由，则人民不得非法逮捕；财产可保障，则政府不得随意没收。故民自由则官不自由，官自由则民不自由。故今日中国民治之真正障碍，官也，非民也。"（1933年1月1日《论语》半月刊第8期）这篇文章，深刻揭露了当时的政权机构与民众所处的对抗状态。

鲁迅与林语堂在中国民权保障同盟期间协同作战，突出表现在为林惠元惨案呼冤。林惠元是林语堂的堂侄，任福建龙溪抗日会常委，因台籍商人简孟尝假借地方名义采购大宗日货,林惠元主张严办并将其游街示众。然而,当地十九路驻军特务团团长李金波却以一纸名片将林惠元请入军营,诬以通共罪名,即时枪决。冤案发生后,林语堂以同盟成员和死者亲属的双重身份召开了记者招待会。鲁迅又与林语堂等二十多名知识界知名人士联名发表了抗议宣言。同年年底十九路军发动以反蒋为旗帜的"福建事变",宋庆龄、鲁迅都对此采取了冷淡乃至谴责的态度,认为这是狗抢骨头的争斗,看来跟林惠元冤案造成的印象不无关系。

第二次"相得"期间,林语堂对鲁迅的赞扬和支持表现得更为充分。1933年,刘半农编辑的《初期白话诗稿》出版,林语堂亲拟广告在《论语》半月刊发表,特别指明"唐俟(即鲁迅)之诗稿是周岂明代抄的,尤为宝贵"。1933年2月至7月,林语堂主编的《论语》就发表了鲁迅的6篇杂文,1篇讲词。此外,《论语》还大胆转载了一批鲁迅的作品,如《论语》第11期转载了《航空救国三愿》,文末有林语堂亲拟的按语;第13期转载了《从讽刺到幽默》《从幽默到正经》;第17期转载了《现代史》。鲁迅的杂文《王化》,内容为批评国民政府对少数民族实行怀柔加镇压的政策,初以"何干"为笔名投给《申报·自由谈》,被国民党新闻检查处查禁,但林语堂却甘冒风险,刊登于《论语》半月刊第18期。

当然,林、鲁第二次"相得"期间,也仍然存在分歧、争议。他们在文学问题上的分歧将另外论述。这里仅谈谈两人在保障民权问题和翻译问题上的不同意见和不同态度。

众所周知,参加中国民权保障同盟的人士流品不齐,立场不一。比如鲁迅在1927年之后,即站在反对国民党政府的立场,所以他跟宋庆龄一样,在保障民权过程中所侧重保护的是当时尚处于非法状态的共产党人和第三国际人士,亦即保护推翻现政府的革命权;而胡适则是基于人道主义立场参加中国民权保障同盟的活动，他反对提出不加区分地释放一切政治犯、并使他们免于法律制裁的要求，因而实际上同时也在维护镇压敌对势力的政府权。林语堂在这两种政治力量之间持摇摆态度，这一点在开除胡适问题上表现得更为鲜明。中国民权保障同盟的活动因该组织的总干事杨铨被国民党特务暗杀而夭折。几乎令人人自危的白色恐怖迫使林语堂收敛起"叛徒"的锋芒而以"隐士"现身。宋庆龄和鲁迅都不满于他的畏怯，而林语堂晚年则声称他参加同盟活动是"蒙在鼓里，给人家利用"（《记蔡子民先生》），实际上是对他当年的这一经历表示了忏悔。

在翻译问题上，林语堂的态度也曾引起鲁迅的不快。鲁迅在1934年8月13日致曹聚仁的一封信中这样写道："语堂是我的老朋友，我应以朋友待之，当《人间世》还未出世，《论语》已很无聊时，曾经竭了我的诚意，写一封信，劝他放弃这玩意儿，我并不主张他去革命，拼死，只劝他译些英国文学名作，以他的英文程度，不但译本于今有用，在将来恐怕也有用的。他回我的信是说，这些事等他老了再说。这时我才悟到我的意见，在语堂看来是暮气，但我至今还自信是良言，要他于中国有益，要他在中国存留，并非要他消灭。他能更急进，那当然很好，但我看是决不会的，我决不出难题给别人做。不过另外也无话可说了。"对于鲁迅的这封信，林语堂有所辩解。据陶亢德回忆，林语堂对他说，他收信后复信对鲁迅表示谢意，并无讥刺鲁迅"暮气"之意——"我的原意是说我的翻译工作要在老年才做，因为中年的我另有把中文译成英文的工作。孔子说，四十而不惑，五十而知天命，现在我说四十翻中文，五十译英文，这是我工作时期的安排，那里有什么你老了只能翻译翻译的嘲笑意思呢！"（《林语堂与翻译》，《逸经》第11期）不过，鲁迅劝林语堂译名著，目的是要他放弃"无聊"的小品文。然而鲁迅眼中的"无聊之作"在林语堂看来也许并不"无聊"。所以他们在谈翻译时暴露的分歧并非单纯的误会或源于第三者的挑拨。

从1934年秋至1936年鲁迅去世，是林、鲁之间的第二次"疏离"期。

这期间林语堂的名字已从鲁迅日记中消失，表明他们彻底断绝了直接交往；但在这两年零两个月中，他们之间却发生了两次文字交锋。

一次是关于"西崽"问题。1935年5月20日，林语堂在《人间世》第28期发表《今文八弊（中）》，批评当时文坛的八种弊病，其三为"卖洋铁罐，西崽口吻"。他认为所谓"西崽"流风，表现之一是"不问中国文法，必欲仿效英文"，如分"历史地"为形容词，"历史地的"为状词。表现之二是"今日绍介波兰诗人，明日绍介捷克文豪，而对于已经闻名之英美法德文人，反厌为陈腐"。林语堂指责的现象，其一涉及翻译技巧问题，其二涉及翻译取向问题。

在翻译技巧上，鲁迅主张直译，"信、达、雅"三方面以"信"为主。他希望译文不但要输入新的内容，也要输入新的表现法，以精密的语法来改变中国人不精密的思路。基于这种追求，他反对以图爽快为目的，使译文完全中国化。而林语堂非常反对洋化的中文。他认为翻译的艺术所倚赖的，第一是译者对于原文文字及内容透彻的了解；第二是译者有相当的中文程度，能写清顺畅达的中文；第三是译事上的训练，译者对于翻译标准及技术问题的正当见解。此三者之外，绝对没有什么纪律可为译者的规范，像英文文法之于英文作文。他嘲笑"单数、复数必分，主动、被动须别"的译法，说这种译风是"的、地、得、滴到头疼，他、她、它，忒儿搂鼻涕"。在中国的翻译文学方兴未艾之际，对于翻译的方法、技巧出现上述分歧，完全是一种正常现象，这一问题必将随着翻译文学的日趋成熟而获得更加广泛的共识。

在翻译取向上，林语堂与鲁迅有很大不同。林语堂的英文造诣极深，在中国现代作家中属凤毛麟角，但他在中外文化交流领域的贡献，主要表现在用英文撰写了7部长篇小说，以及撰写了若干介绍中国文化的专著。他编写的《开明英文读本》《当代汉英词典》，也拥有广大的读者群。但是，在翻译外国文学名著方面，林语堂并未取得显著的成绩。

鲁迅生前没有将中文作品译为外文，却翻译介绍了14个国家90多位作家的200多种作品，印成了33个单行本，总字数超过250万字。1958年出版的《鲁迅译文集》，洋洋10大卷，与《鲁迅全集》互相辉映。鲁迅的翻译活动跟他的创作活动一样，具有鲜明的革命功利性。他一反"欧洲文学中心论"的观念，侧重译介俄国、波兰和巴尔干诸小国的作品，从异邦的被损害民族中寻求叫喊和反抗的雄声，意在激发国人的斗志，以改变旧中国遭受异族奴役和列强欺侮的悲惨状况。据统计，他评介过密茨凯维支、显克微支等5位波兰作家，杨·柯拉尔、基希等15位捷克作家；翻译过波兰显克微支的诗歌，捷克凯拉绥克的论文。所以，当林语堂将"今日绍介波兰诗人，明日绍介捷克文豪"讥为献媚时，鲁迅在《且介亭杂文二集·"题未定"草（三）》中愤而反驳道："'绍介波兰诗人'，还在三十年前，始于我的《摩罗诗力说》。那时满清宰华，汉民受制，中国境遇，颇类波兰，读其诗歌，即易于心心相印，不但无事大之意，也不存献媚之心……世界文学史，是用了文学的眼睛看，而不用势利眼睛看的，所以文学无须用金钱和枪炮作掩护，波兰捷克，虽然未曾加入八国联军来打过北京，那文学却在……"

鲁迅在《且介亭杂文二集·"题未定"草（二）》中，用漫画笔触勾勒了洋场上的西崽相，这些西崽（如租界上的中国巡捕）"倚徙华洋之间，往来主奴之界"。因懂洋话，近洋人，自以为高于华人；又系黄帝子孙，有古文明，深通华情，有时又自以为胜洋鬼子。在中国大陆的现代文学界，先有人以"西崽相"来概括林语堂的形象，后有人以此作为鲁迅尖酸刻薄的证据。事实是，"西崽"一词的首先提出者并非鲁迅，而是林语堂；林语堂也并非一般地反对崇洋媚外，而是笼统攻击"普罗之文诘屈欧化"，尤其不顾历史条件对鲁迅的翻译活动进行了影射嘲讽。当然，"西崽相"也不等同于林语堂的自画像；相反，林语堂是一位"西洋头脑中国心"的爱国主义者。他爱国的方式不是党派式的，而是平民式的、学者式的。他热爱中国。1959年11月间，美国参议院发表对亚洲政策的《康隆报告》，其中提出了"建立台湾独立国"的荒谬建议，林语堂立即联合10余名旅美学者发表声明，痛予驳斥。声明的英译本由林语堂推敲润饰并领衔签署，交美参议院存照。他厌恶西服领带，厌恶外国食物，称纽约为"地狱"。他的长女相如是在德国怀的。为了不使女儿成为德国人，他不顾博士学位能否获得即带家属乘船归国。他热爱中国文化，主张将本国文化融入世界文化，以现代文化为世界共享共有之文化。为把渊深的中国文化通俗化地介绍给世界，他作出了坚韧不懈的努力。虽然他的作品广泛地针砭过中国的痼疾，前期作品中谈及中国文化和中国国民性时更有偏激之词，但正如他在《〈吾国与吾民〉自序》中表明的那样："我堪能坦白地直陈一切，因为我心目中的祖国，内省而不疚，无愧于人。我堪能暴呈她的一切困恼纷扰，因为我未尝放弃我的希望。中国乃伟大过于她的微渺的国家，无需乎他们的粉饰。"

林语堂与鲁迅第二次"疏离"期的另一次交锋，是围绕"文人相轻"问题展开的。

1935年1月，林语堂在《论语》第57期发表《做文与做人》一文，把"文人相轻"比拟为女子间互相评头品足，又把"白话派骂文言派，文言派骂白话派，民族文学派骂普罗，普罗骂第三种人"统统划归"文人相轻"范畴，并认为源其心理均为要取媚于世。同年4月14日至9月12日，鲁迅连续撰写了7篇文章反驳这类混淆黑白、掩护着文坛的昏暗的观点。其中前两篇完全针对林语堂，其余几篇则针对魏金枝、沈从文等人。鲁迅在"论"和"再论"中指出：文坛之争是有是非之分的。就连主张"无是非"的庄子，也在《天下篇》里历举了别人的缺失。作为文人（包括批评家），不仅应分是非，有爱憎，而且跟常人相比，应该是非愈分明，爱憎愈热烈："像热烈地拥抱着所爱一样，更热烈地拥抱着所憎——恰如赫尔库来斯（Hercules）的紧抱了巨人安太乌斯（Antaeus）一样，因为要折断他的肋骨。"（《且介亭杂文二集·再论"文人相轻"》）林语堂和鲁迅第二次"疏离"之后，双方都对对方作过理智的评估。1936年5月，鲁迅在回答斯诺提出的最优秀的杂文作家是谁这一问题时，举出了周作人、林语堂、陈独秀、梁启超和他5人作为代表，并将林的名字置于自己的名字之前。1936年9月20日，鲁迅、林语堂等联名发表了《文艺界同人为团结御侮与言论自由宣言》，号召作家不分新旧派别，为抗日救国而联合。

同年10月19日鲁迅在上海病逝，其时林语堂在纽约，见20日Herald-Tribune电信，深感惊愕。11月作《悼鲁迅之死》，指出鲁迅与其称为文人，无如称为顶盔披甲、持矛把盾的战士，并表明他对鲁迅始终不渝的敬意。晚年又作《记周氏弟兄》《忆鲁迅》二文，指出"鲁迅冷嘲热骂，一针见血，自为他人所不及。中国那种旧社会，北洋那些昏头昏脑武人，也应该有人，作消极毁灭酸辣讽刺的文章"；又肯定鲁迅"文章实在犀利，可谓尽怒骂讥弹之能事"，"他机警的短评，一针见血，谁也写不过他"。但也批评鲁迅"为领袖欲所害"，"要做偶像，平添多少烦恼、刺激，也实在排脱不开"。

鲁迅与林语堂文艺观的分歧，突出表现在幽默和小品文的问题上。

在中国，"幽默"二字最早见于屈原的《九章·怀沙》："孔静幽默"。但此处的幽默仅含幽远静默之意，并非一个美学范畴的概念。在西方，幽默原指"决定人类健康并形成人不同气质类型"的"体液"（如血液、黏液、黄胆汁、黑胆汁），直到十六、十七世纪其内涵才逐渐向艺术领域转移，被理解为怪诞、逗乐、诙谐、戏谑。1906年，国学大师王国维在《屈子文学之精神》一文中，将"幽默"译为"欧穆亚"，认为是人生观的一种，但未作理论阐述。

第一个唤起中国人注意"幽默"的是林语堂。大约是1924年3月间，徐志摩在《晨报副刊》征求译英文诗数首，而符合要求的来稿甚少。林语堂感到，将英文的白话译成中文难度都很大，更何况翻译英文诗。于是他在同年5月23日《晨报副刊》发表文章《征译散文并提倡"幽默"》。他提供了同年5月17日刊登于《东方时报》英文版的一篇文章《亚力山大战马的露天香闺》，内容是报道北京南池子路旁经常拴着马匹，因为马的主人贿赂了巡警，因此马路变成了马厩。该报记者跟他的朋友赌了5块钱，看此文发表后路旁的马究竟会不会被牵走。林语堂以这篇英文报道作为征求翻译的试题，并在文中指出，中国人虽然富于"幽默"，而在文学上却不知如何来运用它、欣赏它，所以，在中国，"正经话"与"笑话"遂分道扬镳：正经话太正经，不正经话太无体统。在此文中，林语堂对什么是幽默的问题卖了一个关子，仍未作正面阐述。

同年6月9日，林语堂在《晨报副刊》发表了第二篇谈幽默的文章：《幽默杂话》，解答了关于幽默的8个问题。他说："幽默二字原为纯粹译音，行文间一时所想到，并非有十分计较考量然后选定，或是藏何奥义。"他强调，提倡幽默要反对"板面孔"和"鄙俗不文"两种倾向。"凡善于幽默的人，其谐趣必愈幽隐，而善于鉴赏幽默的人，其欣赏尤在于内心静默的理会，大有不可与外人道之滋味。"

对于"幽默"的译名，开始有人持有异议。鲁迅认为容易被误解为"静默""幽静"意思；李青崖主张改译为"语妙"；陈望道拟改为"油滑"；唐桐侯翻译为"谐穆"。但反复比较，终于找不出比"幽默"二字更适当的字眼，所以林语堂的音译遂沿袭至今。

此后，林语堂在文章和讲演中又对幽默理论加以发挥。他指出，幽默有广义和狭义之分。广义的幽默常包括一切使人发笑的文字。西方所谓幽默刊物，刊登的大多是格调低下，甚至不堪入目的笑话。而狭义的幽默则区别于浅薄的滑稽和辛辣的冷嘲。因为幽默固然能收到谐谑的效果，但对所谑的对象却充满了同情悲悯，并非止于尖酸刻薄的讥刺。此外，幽默引发的笑不是低级的笑谈，其中应包含人生的至理。幽默家视世察物，独具只眼，不肯因循，发言立论，自然不落窠臼。以其新颖，人遂觉其滑稽。1932年12月9日，侍桁在《申报·自由谈》发表《谈"幽默"》一文，指出真正理解"幽默"这两个字的人，一看见它们，便会极自然地在嘴角浮现出一种会心的微笑。你若听见一个人的谈话或是看见一个人的文章，其中有能使你自然地发出会心的微笑的地方，你便可断定那谈话或文章中，包含有幽默的成分。林语堂一周后在《论语》第7期发表《会心的微笑》一文，同意侍桁为幽默所作的界说，肯定幽默就是中国人之所谓"相视莫逆"而来的"会心的微笑"。在上述理解的基础上，林语堂进一步阐述了幽默的真谛，指出幽默是一种精神、一种心态、一种人生观和应付人生的方法。他认为人类都是有罪的，但人们也都是可以被宽恕的，幽默就代表了这种知罪而又宽谅的爱心，一种严于责己、轻于责人的宽容。幽默代表了一种同情的人生观，以一种游戏和玩笑的眼光把人生视为一出大趣剧的处世态度。

对于作为一种语言风格和文学表现手法的幽默，鲁迅从来未持否定排斥的态度。他本人不仅译介过日本鹤见祐辅的《说幽默》，赞赏过萧伯纳、马克·吐温的幽默风格，支持过日本友人增田涉编译《世界幽默全集·中国篇》，而且还在创作中形成了一种鲁迅式的幽默风格，即憎爱热烈，是非分明，戚谐统一，笑中出理。当林语堂提倡的幽默文学在1934年大塌其台的时候，鲁迅还仗义执言，反对把"一切罪恶，全归幽默"（《花边文学·小品文的生机》），指出骂幽默并不像洗澡，可以借此使自己原不洁净的身体忽然变得干净起来。

鲁迅与林语堂在幽默问题上的主要分歧在于：一、在20世纪30年代的中国是否适合于大力提倡幽默？二、幽默与履行社会批评使命的讽刺是否互不相容？三、对幽默的社会功能与艺术功能如何估计才恰如其分？

众所周知，随着中国改革开放步伐的加速，对幽默的需求就像对其他领域的审美需求一样，也在悄然升温。人们不仅需要用幽默来调整个人心理和人际关系，而且在经商、公关、演讲、辩论、写作、艺术表演过程中也需要运用幽默的技巧以增强效果。但是在20世纪30年代的中国，"风沙扑面，虎狼成群"，"炸弹满空，河水漫野"，"榆关失守，热河吃紧"，大力提倡幽默，极易产生使社会痛苦趣味化的弊端。所以鲁迅认为他生活的时代，是一个失掉了笑的时代，也是一个读者无暇读幽默文字的时代。他在1933年6月20日致林语堂信中说："重重迫压，令人已不能喘气，除呻吟叫号而外，能有他乎？"鲁迅所谓"中国没有幽默"也就是这个意思,不能曲解为鲁迅无视中国民间文艺和文人创作中的幽默传统。

对于讽刺与幽默的关系,林语堂与鲁迅也有各自不同的理解。鲁迅认为,讽刺的生命是真实。只要社会上存在可笑、可鄙、可恶的不合理现象,揭露这种被人们熟视无睹的不合理现象就成了讽刺作家的长期任务。讽刺作家的出发点是善意的,其目的在于改善种种不合理的现象,而绝非要将讽刺的对象统统按到水底。所以,我们不能将有善意的讽刺混同于无善意、无热情的冷嘲。而林语堂的偏颇,就在于要将原本很难绝对区分的幽默与讽刺对立起来。他认为讽刺"热烈甚至酸腐",是幽默的魔敌,"幽默而强其讽刺,必流于寒酸,而失温柔敦厚之旨"(《今文八弊》)。他还把讽刺作品比喻为"无花有刺之花",认为"在生物学上实属谬种"(《无花蔷薇》,《宇宙风》第1期)。因此,他以替幽默争独立地位为己任。但是,林语堂本人的创作实践就足以反驳他的上述观点。林语堂的散文小品之中,固然有不少篇章缺乏严肃的社会内容和深刻的思想哲理,仅仅以一种机敏的笔触将一些平凡琐事趣味化;但其中也确有将幽默与社会批判结合起来的上乘之作,如《粘指民族》《谈言论自由》《萨天师语录》《论政治病》等。可见幽默与讽刺的结合并非一律导致"酸腐"。

对于幽默的社会功能与艺术功能,鲁迅与林语堂的估计有很大不同。鲁迅从小就喜爱充满着幽默与诙谐的目连戏,他认为穷苦百姓在困苦萧条的人生道途上,能以幽默的微笑表示对当权者的蔑视和对社会上假、丑、恶事物的批判。鲁迅翻译的鹤见祐辅《说幽默》一文更进一步指出:"倘无幽默,这世间便是只好愤死的不合理的悲惨的世界。"这也就是说,幽默能使人们从社会重压之下舒半口闷气。另一方面,鲁迅也清醒地看到，在专制政体之下人的幽默感必然遭到扼杀，因此不应对幽默的作用过分夸大，不要去造那种"轰的一声，天下无不幽默和小品"的势头。

林语堂是一个非中庸主义者，他习惯于用偏激的言辞宣传自己的主张。他的《生活的艺术》一书，就是宣扬幽默力万能观点的代表作。比如他说德国在第一次世界大战中之所以战败，就是因为德皇威廉二世缺乏笑的能力；又说派遣五六个世界上最优秀的幽默家去参加一个国际会议，给予他们全权代表的权力，就能防止战争，缔造和平，世界便有救了。在科幻小说《远景》中，泰诺斯奇岛上的居民不仅以幽默的态度对待生活，而且以幽默的态度解决非常严重的事情。林语堂如此不惜笔力地渲染幽默的功能，简直是故意跟鲁迅关于不能靠幽默来解决国政、"布置"战争的观点唱对台戏了。

在五四新文化运动中，散文创作是一个收获至为丰饶的领域，但其在发展过程中，又呈现出双水分流的趋势。以鲁迅为代表的散文作家继承了先秦诸子、唐宋八大家载道与言志并重、个人与社会融合的传统，俄国散文的写实手法、讽刺艺术，以及日本随笔"于本国的微温，中道，妥协，虚假，小气，自大，保守等世态，一一加以辛辣的攻击和无所假借的批评"（《译文序跋集·〈出了象牙之塔〉后记》）的"霹雳手"精神；而以周作人为代表的散文作家则深受明代"公安""竟陵"派及其遗绪张岱的散文与英国随笔小品的影响。20 世纪 30 年代文坛关于小品文的论争，实际上反映了上述两大散文流派散文观念的冲突。从散文观念的源流来看，林语堂完全属于以周作人为代表的散文流派。1934 年 4 月 5 日，林语堂在《人间世》的发刊词中正式提倡"以自我为中心，以闲适为格调"的小品文，并强调小品文的内容包罗万象："宇宙之大，苍蝇之微，皆可取材。"

林语堂的所谓"自我"亦即明万历年间公安派的所谓"性灵"。公安派的主要人物是袁宗道、袁宏道、袁中道，因他们的籍贯为湖北公安县而得名。他们主张"独抒性灵，不拘格套"，强烈反对"文则必欲准于秦汉，诗则必欲准于盛唐"的模拟蹈袭之风。"性"者个性也，"灵"者心灵也。这种主张，要求文章不为格套所拘，不为章法所役，用个人的笔调充分表达真知灼见，抒发真声真情，畅述由衷之言，是对形式主义、复古主义文风的反动。追求个人意识的自由表述，实际上是散文本体精神的一种表现。郁达夫曾经指出，现代散文的最大特征乃是个性的增强（《中国新文学大系·散文二集导言》），作家的性格、嗜好、思想、信仰、气质，无不在散文中得到纤毫毕现的流露。因此，跟小说相比，散文更具自叙传色彩。从这个意义上说，林语堂的观点有其积极合理的一面。此外，林语堂又指出提倡幽默必先提倡解脱性灵。因为幽默的发展是和心灵的发展并进的。幽默是人类心灵舒展的花朵，是心灵的放纵或曰放纵的心灵。因此，有人认为，林语堂提倡"性灵"之功要超过其提倡"幽默"。

然而，林语堂对"性灵"的阐述带有主观神秘主义的色彩和个性至上主义的偏颇。如他所说，寄托文学命脉的"性灵"是一种"惟我知之"的东西，"生我之父母不知，同床之吾妻不知"。此外，林语堂宣扬"以自我为中心"，目的在于排斥纪律，排斥群众，远离社会，远离政治，在淡泊虚静中追求作家的内心自由。这种主张与意大利克罗齐反理性主义的哲学和直觉主义的艺术观一致，符合近代文学之个人主义的原则，自然为主张"处处不忘自我，也处处不忘自然与社会"的左翼文坛所不取。

鲁迅认为没有超然于社会之外的"性灵"，只有带社会性的"性灵"。

他也反对那种与穷苦大众的命运不相关的自我的喜怒哀乐。鲁迅指出，从明初到明末的历史，就是一部"以剥皮始，以剥皮终"的历史：明成祖即位时剥旧臣景清之皮，张献忠曾将人"从头至尻，一缕裂之"，大臣孙可望也曾剥御史李如月之皮。面对这种从皇帝到大臣至流贼无人不剥人皮的令人毛骨悚然的现实，只有不闻不问、麻木不仁的人才能保持洒脱超然的"性灵"。事实上，明代的性灵文学中也有不平，有讽刺，有攻击，有破坏，只不过这些夹着感愤的文字在文字狱时被销毁了，以致剩下的只是天马行空似的超然的"性灵"。所以，对明代的历史应全面看待，对明人小品也应全面看待。如果忽视历史的整体性，就必将受到历史的嘲弄。

林语堂鼓吹"以闲适为格调"，即提倡散文中的"闲谈体""娓语体"。他认为无论题材如何重大，仍然可以用一种漫不经心的、悠闲的、亲切的态度来表现。以轻松的笔调吐露真情，既有益又有味，读来如至友对谈，推心置腹，互诉衷曲。他对以英国散文始祖乔叟为代表的闲谈体称颂备至，就是因为此派"行文皆翩翩栩栩，左之右之，乍真乍假，欲死欲仙，或含讽劝于嬉谑，或寄孤愤于幽闲，一捧其书，不容你不读下去"（《小品文之遗绪》，《人间世》第22期）。

对于作为一种叙述方式和艺术风格的"闲谈"，鲁迅与林语堂之间并无分歧意见。鲁迅历来主张在行文中夹杂些闲话或笑谈，使文章增添活气，使读者增加兴趣，不易疲倦。鲁迅是一位深刻的思想家，也是一位"闲谈的妙手"。他的《春末闲谈》《门外文谈》等文，均属"闲谈体"的上乘之作。

林语堂也有不少用亲切闲适的娓语式笔调写成的散文，如《读书的艺术》《秋天的况味》等。问题在于，"闲适"需要有一种"闲适"的心境。物质匮乏固然不会有精神的余裕，物质丰富而人际关系紧张也不会有精神的余裕。鲁迅说，"采菊东篱下，悠然见南山"是陶渊明的佳句，但要在上海租一所有竹篱的院子，可以种菊，租金、巡捕捐两项每月就需银114两，相当于159.6元。作家单单为了采菊，他就得每月译作净53200字，伙食费尚不在内。所以，执着于现实的"杭育杭育派"，是不会以"闲适"作为艺术支撑点的。

林语堂为了追求"闲适"格调，在取材上主张无所限制："宇宙之大，苍蝇之微，皆可取材"，这句话之所以为文坛诟病，并不是因为文字本身有什么问题。散文领域本来可以无所不谈，即使是微末的细菌、昆虫，也能引发散文家的思考，从不为人注意的事物中悟出某些真理。鲁迅说得好："想从一个题目限制了作家，其实是不能够的。"（《准风月谈·前记》）鲁迅翻译过《月界旅行》《地底旅行》，用科幻小说的生动形式介绍宇宙之大；又描写过苍蝇、跳蚤、蚊子、蚂蚁、细腰蜂……以意象化、象征化、符号化的手段针砭现实生活中的某一类人。然而，受林语堂影响的某些小品作家，取材却只见"苍蝇之微"，而不见"宇宙之大"。林语堂本人的不少文章，也钻进牛角尖，成为"小摆设"，不仅为左翼文坛不取，就连他的友人也不以为然。徐訏在《追思林语堂先生》一文中说："语堂'无所不谈'的散文在台湾发表的时候，很多作家对它并不重视。有一次我到台湾，就听到许多人对他的批评，一种是说'中央社'发这类文章，太没意义……至少总该刊登与国际政治经济以及时局有关系的文章。有的则说语堂的文章总是那一套，没有什么新鲜的东西。我记得陈香梅女士就同我说，语堂先生似乎是关在太狭小的圈里。外国的作家同礼会与世界有各方面的接触，所以不会像他那样偏狭。"（《大成》第49期）可见问题不在于写不写"苍蝇之微"，而在于能不能以小见大，

"以寸龙表现全龙",达到"一粒沙里见世界,半瓣花上说人情"的艺术境界。

林语堂提倡幽默,鼓吹性灵,宣扬闲适,原因是多方面的。闽南坂仔的青山绿水,简单淳朴的农家生活,使他逼近自然,向往一种遗世独立的生活情趣和超脱凡尘的处世态度。父亲诙谐的性格,使他从小被幽默气质所熏染,以至成年后厌恶长篇大论,偏好杂沓乱谈。更重要的因素,乃是五四退潮后的中国社会,迫使他的生活态度由"入世"向"出世"转化。林语堂跟中国历代"以天下为己任"的知识分子一样,曾经"细读《论语》,精读《论语》而咀嚼之"(《思孔子》,《论语》半月刊第58期),深受儒家面向社会、面向人生的入世精神的影响,确信"儒家思想不失为颠扑不破的真理"。他还自小爱孟子,认为"孟子是儒家中的理想主义者,文字中有一种蓬勃葱郁之气"(《孟子说才志气欲》)。1927年以前,林语堂是一位政治色彩很浓的作家。他认为新月社文人以不谈政治为规则是一种怪现象,他草拟的复兴民族精神的六个条件中有一条就是"必谈政治"。他在《剪拂集》时代的文字中披肝沥胆、慷慨激昂地批判北洋军阀治下的种种黑暗状况,以致跟鲁迅同时被段祺瑞政府列为通缉对象。在大革命的高潮中,他又满腔热忱地奔赴武汉,出任革命政府外交部的英文秘书,其职权相当于外交部次长。经过外交部与英国交涉,政府收回了汉口、九江的英租界,这其中也应有林语堂的一份功劳。宁汉分裂后,林语堂虽然表示做厌了官,并且看透了革命的"喜剧",想以一个著作家的姿态现身,但政治问题仍经常萦绕在他的脑际。1933年他应《东方杂志》之约撰写的《新年之梦——中国之梦》一文,实际上道出了他最高和最低的政治理想。他的理想境界是实现民治,修明内政,建立代议制度,监察院行使职权,建设道路,兴办大学,培养政治人才、文学天才……而他目睹的现实，却是军阀不但砍人头，而且以25元的价格强行将头卖与死者家属；军舰被用于运鸦片，而禁烟局长就是鸦片烟鬼；政府对外妥协，临时开会抗日也要被军警干涉……

面对浓重的黑暗，林语堂不是挺身而出的勇士，也不是蜷伏在堑壕里的战士。他坦率地承认自己"不想杀身成仁"（《编辑后记——〈论语〉的格调》，《论语》半月刊第6期）。他在《〈剪拂集〉序》中解释自己心境趋于冲淡，神情趋于麻木，态度趋于沉寂的原因，是"头颅只有一个"，"死无葬身之地的祸是大可以不必招的"。在《〈有不为斋丛书〉一序》中他又剖析过自己矛盾的心态："一人做人须竖起脊梁，不可像蜗牛一样，逢人见面，只顾把头缩到壳里去，蜷做一团。然而在此世事纷扰的当儿，多一种名目，总是多惹一层是非。"（《论语》半月刊第48期）"不想当蜗牛，又怕惹事生非"——为了克服这一矛盾，林语堂终于从儒家思想中找到了一条通往道家思想的隧道："道不行，乘桴浮于海。"儒家这种独善其身的超然精神，跟本质为田野哲学的道家思想完全相通。林语堂领悟到，许多中国传统知识分子其实都是在"入世"与"出世"两种观念的消长起伏中徘徊：成功发达而得意的时候是孔教徒，失败受挫的时候是道教徒。道家崇尚原始的淳朴，提倡返璞归真，重返自然，以获得精神的自由，保持精神的纯洁与生命的尊严，这正是一帖抚慰受伤灵魂的镇痛剂。林语堂说："究孔子之所以温温无所试，而成其幽默之态度，乃因其理想与现实相离太远，不得用世……"（《思孔子》，《论语》半月刊第58期）显然这也是幽默大师林语堂的夫子自道。林语堂提倡"幽默—性灵—闲适"，正是在文学上对现实的逃避和退隐，是他由"载道派"向"言志派"转化的标志。不过这种转化和退隐是出于无奈，不得已而为之。正如《论语》半月刊《创刊缘起》所说："我们无心隐居,迫成隐士……"一个"迫"字,道破了林语堂和论语派同人的隐衷。所以,如果不了解20世纪二三十年代中国的历史背景,就不能深刻理解论语派产生的社会原因。

然而,在"言志派"与"载道派"之间并没有一条不可逾越的鸿沟。鲁迅在《南腔北调集·听说梦》中深刻指出:"志"并不是一个空洞无物的东西,可以与"道"完全隔绝。孔子赞成弟子曾点所言的"志"("暮春者,春服既成。冠者五六人,童子六七人,浴乎沂,风乎舞雩,咏而归"),就是因为曾点的"志"合于孔子之"道"的缘故。以"言志派"自居的林语堂一方面极力赞许以道家思想为代表的"幽默派",尤其推崇以陶潜为代表的"闲适怡情的幽默",但他自己在创作时并非都能有超脱的心态、旁观的眼光,在现实的利害关系中作局外人想。林语堂在《论语》半月刊上发表了不少政治性鲜明的散文、杂文、诗歌,如为抗议刘煜生血案撰写了《适用青天》,在《得体文章》中讽刺了空洞无物的国民党四届三中全会宣言,在《梳,蓖,剃,剥及其他》一文中揭露了军匪官僚搜刮百姓之残酷,在《民国二十二年吊国庆》中描绘了"农村空九室,学校半户开""文通忌姓马,御寇亦罹灾"的黑暗现实。在《人间世》《宇宙风》上编发的文章不少都有讽世之意。比如在《关于北平学生一二九运动》一文中,林语堂就旗帜鲜明地声援爱国学生运动,严词谴责了侵略中国的日本帝国主义和放弃华北主权的国民政府。他在七七事变之后创作《京华烟云》,是为了"纪念全国在前线为国牺牲的勇男儿,并非无所为而作也"。所以阅读"幽默大师"的文章,有时令人感到并不"幽默"。

林语堂在《鲁迅之死》中谈到他跟鲁迅的"相得"与"疏离",基于"所见相左""绝无私人意气存焉"。这种表述基本上是符合实情的,而鲁迅与林语堂在一系列文艺问题上意见相左，又跟他们的政治理念和人生哲学紧密相连。

林语堂说过，他基本上是一个道家和无政府主义者，而厌恶流行的法西斯主义和共产主义——不过，相对而言，他表示共产主义还比较能引起他的尊重，因其理想毕竟以博爱平民为主旨，而法西斯主义则根本上就瞧不起平民。但随着1934年以后左翼文坛对他火力愈来愈猛的批判，他对共产主义的抵触也愈来愈深，对左翼文坛的反击也逐步升级，充满了冷嘲热讽之词，完全违背了"幽默大师"悲天悯人、心存忠厚的理论宣言。他跟鲁迅感情上的对立因而也随之加剧。林语堂在《鲁迅之死》一文中写道："《人间世》出，左派不谅吾之文学见解，吾亦不愿牺牲吾之见解以阿附……鲁迅诚老而愈辣，而吾则向慕儒家之明性达理，鲁迅党见愈深，我愈不知党见为何物，宜其刺刺不相入也。"

以人生哲学而论，鲁迅与林语堂都是个性主义者，但两者的个性主义性质又有所不同。可以说，林语堂的个性主义是一种"个人主义的人间本位主义"。一方面，他心系人间，与不食人间烟火的"深林通世者"不同；另一方面，他又希望"带一点'我佛慈悲'的念头"，冷静超远地看待人生。因为"心系人间"，所以他踯躅于"十字街头"；因为要冷静超越，所以他用心造了一座"塔"，将自己与街头的众生相隔离。这种个性主义一半属于儒家入世的人生观，一半属于道家避世的人生观。1927年以后，林语堂更多地接受了道家的消极影响，由鄙弃狭隘功利主义而走向极端，淡漠参与意识，鼓吹绝对自由，甚至走向放浪形骸、玩世不恭。这是不足取的。

鲁迅的个性主义则是一种具备现代哲学意义的个性主义。他汲取了西方个性主义思潮中敢于"独异"的现代人格精神，同时又强调个体对群体的历史责任，以使个性高度发展，并日臻完善。他鄙弃在闲适中咀嚼苦味的生存方式，而甘愿直面惨淡的人生，肉搏空虚的暗夜。面对绝望与虚无，他偏作绝望的抗战；面对厚重的苦痛，他"硬唱凯歌，算是乐趣"（《两地书·二》）。即使被生活中的飞沙走石打得遍体鳞伤，他也会像一匹受伤的狼，悄然钻入草莽，舔尽自己的血迹，而不会仿效肥胖臃肿的企鹅，躲进礁石的缝隙中去逃避风暴。他营造的是壕堑，而不是象牙之塔。正因为如此，在各种思潮纷至沓来、各种流派竞相出现的时候，鲁迅始终特立独行，保持了创作和学术上的鲜明个性以及政治上的原则、立场。林语堂在《鲁迅之死》中说得好："德国诗人海涅语人曰，我死时，棺中放一剑，勿放笔。是足以语鲁迅。"

中国现代史上的五四时期，是一个新旧文化转换的时代，是一个文化多元并存、多维发展的时代，也是一个需要巨人而且产生了巨人的时代。鲁迅和林语堂就是五四新文化运动中两位很有代表性的作家，为中国文学的现代化作出过各自的贡献。他们的"相得"与"疏离"，反映了语丝派的集结与分裂，以及新文学阵营内部不同作家各不相同的人生追求和文化抉择。从这个意义上说，研究他们的交往史就成了考察20世纪二三十年代中国文艺思潮史和文学流派史的有机组成部分，对于总结中国现代文学的历史经验和繁荣当前的文艺创作都有不可低估的意义。

第七讲 "交谊至深,感情至洽"
——鲁迅与郁达夫

每当出现无端贬损鲁迅的文化现象,或者鲁迅作品在现行教材中"大撤退",维护鲁迅的人们就习惯于援引一段名言:"没有伟大的人物出现的民族,是世界上最可怜的生物之群;有了伟大的人物,而不知拥护、爱戴、崇仰的国家,是没有希望的奴隶之邦。"这段文字出自郁达夫的《怀鲁迅》一文,原载1936年11月1日出版的《文学》杂志第7卷第5号。

曹丕的《典论·论文》中有一句流传至今的话:"文人相轻,自古而然。"但这并不适用于鲁迅和郁达夫。1932年,日本的增田涉负责选编《世界幽默全集·中国篇》,原选收《今古奇观》《儒林外史》《笑林广记》及民间文学作品共8篇,近代作品只收了鲁迅的《阿Q正传》《幸福的家庭》。鲁迅在同年5月22日致增田涉信中建议增补郁达夫的小说《二诗人》,以及张天翼的《轻松的恋爱故事》。为了帮助增田涉译好郁达夫作品,鲁迅不仅寄去了《郁达夫全集》第6卷,而且耐心地为增田涉进行讲解。比如《二诗人》中有一些外国人难懂的专有名词,如"滴笃班""亭子间""中南小票""角子""细钿""臭豆腐""结拜兄弟""油炸馄饨""三鞭壮阳酒",译者都难以理解;还有一些中文的日常用语,如"搁起了腿""急得什么似的""痴不像痴傻不像傻",译者也不能准确把握其含义。鲁迅为了给增田涉释疑解惑,不但用中日两国文字耐心说明，而且还在有些词语旁边手绘了图示，以加强直观性。1934年，美国的伊罗生提议编译一本英文版的中国现代短篇小说集《草鞋脚》，委托鲁迅和茅盾提供选目并撰写简介。鲁迅认为这是一部显示中国"文学革命"实绩的作品集，译介到西方很有意义，便又推荐了郁达夫的小说《迟桂花》——这篇诗意盎然、意境幽远的小说，是郁达夫小说中技巧最为圆熟之作。1936年4月、5月间，美国记者斯诺采访鲁迅，问到五四以来中国最优秀的小说作者是谁，鲁迅提供了8个人名，其中就有郁达夫。

对于鲁迅的作品，郁达夫更为推崇。早在1928年8月16日，郁达夫就在《北新》半月刊第2卷第19期发表了《对于社会的态度》一文。鉴于国民党刊物《青年战士》对鲁迅等革命作家进行攻击，郁达夫明确指出："至于我对鲁迅哩，也是无恩无怨，不过对他的人格，我是素来知道的，对他的作品，我也有一定的见解。我总以为就作品的深刻老练而论，他总是中国作家中的第一人者，我从前是这样想，现在也这样想，将来总也是不会变的。"1933年1月，针对有人（包括革命文艺阵营内部的人士）攻击、否定鲁迅的小说，郁达夫写了一首七绝《赠鲁迅先生》："醉眼朦胧上酒楼，《彷徨》《呐喊》两悠悠。群盲竭尽蚍蜉力，不废江河万古流。"对于鲁迅、许广平的《两地书》，郁达夫认为是"味中有味，言外有情"；对于鲁迅的杂文，郁达夫的评价是"能以寸铁杀人，一刀见血"。对于鲁迅思想，郁达夫也有一番十分精辟的论述："当我们见到局部时，他见到的却是全面。当我们热衷去掌握现实时，他已把握了古今与未来。"即使对鲁迅并未完成的历史小说《杨贵妃》，郁达夫也认为其构想"妙不可言"，如果写出，一定会在小说界辟一新生面。1936年12月郁达夫访问台湾，在跟文学青年的座谈会上指出"《阿Q

正传》一定会流传后世"。1939年年初，郁达夫赴南洋编辑《星洲日报》副刊，经常撰写和登载弘扬鲁迅业绩的文字。但是，他并不赞成仅仅在文体和文风上机械模仿鲁迅，而主张继承和发扬鲁迅的爱国热忱。

正是在这种相互尊重与理解的基础上，鲁迅与郁达夫在创作上有过成功的配合。1928年8月8日，《申报》刊登了《咖啡座·上海咖啡》一文，作者署名"慎之"，说上海有一家革命咖啡店，是文艺界名人理想的乐园，出入者有孟超、潘汉年、叶灵凤等，也有鲁迅和郁达夫，他们在那里或高谈，或沉思。郁达夫读后撰写了《革命广告》一文予以批驳。因为创造社、太阳社的批评家不但在文章中把鲁迅说成是"的确不行了"的"老头子"，并且滥用"阶级""革命""意识形态"等新名词，所以郁达夫用讽刺笔调写道，"因为'老'，就是不革命，就是反革命"，所以"不革命的老人鲁迅"是不会迈进"革命咖啡店"的。郁达夫还援引了鲁迅挖苦这类肤浅的"革命文学家"的话："你若要进去，你须先问一问，'这是第几阶级的？'否则，阶级弄错了，恐怕不大好。"更值得注意的，是郁达夫说自己也是"一个不革命的小资产阶级"，"有"的只是"有闲"，"有闲"，失业的"有闲"，乃至第几十几X的"有闲"。凡熟悉"革命文学论争"的读者都会知道，"闲暇，闲暇，第三个闲暇"是成仿吾"以无产阶级之名"讽刺鲁迅的用词，鲁迅曾选编《三闲集》一书予以反击。成仿吾跟郁达夫同为创造社的发起人，早在1918年就结下了深厚的文字因缘。但在这场论争中，郁达夫却坚定地站在了鲁迅一边。鲁迅也写了一篇回击"慎之"的杂文《革命咖啡店》，跟郁达夫的《革命广告》一文堪称双璧。在跟梁实秋的论争过程中，鲁迅跟郁达夫的配合显得更为默契。梁实秋的《卢梭论女子教育》发表之后，鲁迅撰写了批驳文章《卢梭和胃口》《头》。郁达夫的批驳文章写得更多，如《卢梭传》《卢梭的思想和他的创作》《翻译说明就算答辩》《关于卢梭》，以致遭到了梁实秋的人身攻击。

鲁迅与郁达夫的成功合作，更突出表现于合编文学月刊《奔流》。该刊1928年6月20日创刊，1929年12月20日停刊，共出15期。这是一份侧重翻译介绍外国革命文艺作品和理论的刊物，编辑意图是想"把那些犯幼稚病的左倾青年，稍稍纠正一点过来"（郁达夫《回忆鲁迅》）。郁达夫在该刊共发表译文及答读者问12篇（其中小说《幸福的摆》分上、下篇），几乎每期目录页都会出现他的名字，其中重要的译文有《伊勃生论》《托尔斯泰回忆杂记》等。鲁迅对郁达夫的观点和努力给予了充分肯定。如郁达夫认为德国作家鲁道夫·林道的《幸福的摆》有世界主义和厌世主义倾向，鲁迅在《集外集·〈奔流〉编校后记·二》中指出，"这是极确凿的"。郁达夫翻译的《托尔斯泰回忆杂记》刊登时，鲁迅在编校后记中更予以高度评价。对于鲁迅为《奔流》付出的艰辛劳动，郁达夫也给予了充分肯定。他坦率承认：《奔流》名义上是他跟鲁迅合编的刊物，但约稿、校对、寄发稿酬……这些琐事都是鲁迅一人出的力。

鲁迅和郁达夫在美术领域也有过合作的范例。1933年秋，上海良友图书公司赵家璧先生约请鲁迅、郁达夫译介比利时木刻家麦绥莱勒的木刻。鲁迅译介了《一个人的受难》，郁达夫译介了《我的忏悔》。麦绥莱勒十分感动地说："这是全人类四分之一的人对我艺术的支持。"不过也有一些合作计划未能实现。比如，1924年，鲁迅建议跟郁达夫合编一部小说选，专收各地定期刊物发表的新人新作。后来，郁达夫去武昌执教，鲁迅南下厦门，"大家走散了"，这项计划遂成泡影。又如，1930年4月20日，鲁迅致函郁达夫，建议合译《高尔基全集》，每人翻译两本，后来因为鲁迅"忙得几乎没有自己的工夫，达夫似乎也不宽裕"

（1929年11月8日致章廷谦），这项计划又未实现。

在谈到鲁、郁之间的合作和友情时，自然还要提到跟郁达夫有关的那几首鲁迅旧体诗，如五绝《无题》（"烟水寻常事"）、七绝《无题》（"洞庭木落楚天高"）、七律《自嘲》、七绝《答客诮》等，其中关系最为直接的是鲁迅那首著名的七律《阻郁达夫移家杭州》。原作无题，高疆先生在1934年7月20日出版的《人间世》半月刊第8期发表《今人诗话》时添加了此题。杨霁云先生辑录《集外集》时又加以沿用。因为《集外集》出版之前鲁迅曾经过目并撰写"序言"，所以研究者据此认为这个题目是经过鲁迅审定的。我初读《今人诗话》时有一种直觉，感到署名"高疆"者是一位跟郁达夫和周氏兄弟交情都不浅的人，嗜好抽烟，文笔幽默，怀疑就是该刊主编林语堂的化名，但至今并无确证，不排除有妄测的可能。

这个诗题带来了一个疑问：鲁迅为郁达夫当时的妻子王映霞书写此诗是1933年12月30日，而郁、王二人移居杭州是在此前的8个月，即当年的4月25日。有研究者因此怀疑这个诗题的合理性：既成事实，再"阻"何用？我认为，这是对"阻"字的狭隘理解。通观全诗，鲁迅是认为杭州当时的生存环境跟吴越王钱镠的时代一样黑暗，根本不适合进步文化人居留。他对郁达夫既可劝阻于前，也可劝阻于后；更何况在1936年春"风雨茅庐"建成之前，郁达夫常奔波于沪杭两地。郁达夫回忆，他因不听鲁迅的忠告，终于搬到杭州去住了。由这句话推测，鲁迅有可能言谏于前，诗谏于后；也可能先有诗作，后书条幅。总之，这些都无妨于对本诗主旨的把握，似不必深究。

对诗中"何似举家游旷远"一句中"旷远"一词的理解，研究者也有分歧：张向天在《鲁迅旧诗笺注》中解释为"天高皇帝远的上海租界",陈梦韶在一篇诠释文章中解释为"遥远的解放区"(《投给敌人的匕首 敲醒友人的警钟——鲁迅〈阻郁达夫移家杭州〉诠释》,《文史哲》1978年第3期),还有人解释为"广阔的革命斗争";更有一位研究者说,这暗示鲁迅希望郁达夫"举家去苏联游历一次"(《试谈鲁迅赠郁达夫的两首诗》,《语文教学研究》1979年第4期)。其实,"旷远"就是杭州之外的其他广阔遥远之地,意即逃脱了政治高压,郁达夫才能有所作为。但这个"旷远"究竟在哪里,鲁迅心中并没有实指。鲁迅曾说,他规劝老朋友林语堂不要一味玩幽默,但"并不主张他去革命,拼死";"他能更急进,那当然很好,但我看是决不会的,我决不出难题给别人做"(1934年8月13日致曹聚仁)。同样,鲁迅也决不可能给郁达夫出难题,让他去苏联或解放区。

郁达夫对鲁迅的深情厚谊不仅表现在平时的合作,尤生动表现在动乱岁月或非常时期。1932年1月28日上海爆发战争,鲁迅一家突陷火线中,在日本友人内山完造先生的帮助下离寓避难,一时下落不明。郁达夫化名"冯式文",以鲁迅亲戚的身份在1932年2月3日的《申报》上刊登寻人启事,希望能尽快取得联系,表现出超越亲情的友情。1936年10月19日,鲁迅溘然去世。当时郁达夫在福州担任福建省政府参议。那天晚上,郁达夫在福州仓山区南台岛一家餐馆吃饭,同席一位日本记者告知这一噩耗,他开始以为是谣传;席未终即至报社,从中央社电稿中才证实了这一消息。郁达夫立即通过《申报》给许广平拍发了唁电:"骤闻鲁迅噩耗,未敢置信,万请节哀,余事面谈。"他当晚打点行装,翌日凌晨就匆匆跳上三北公司的靖安号轮船返回上海。途中手书一条幅:"鲁迅虽死,精神当与我中华民族永在。"22日上午10时船刚靠岸,他就跑到胶州路万国殡仪馆,将热泪抛洒在鲁迅灵前，又亲自送葬至万国公墓。郁达夫的上述表现，跟某些"鲁迅战友"当时的表现形成了强烈对照。

鲁迅去世之后，郁达夫撰写了一些纪念鲁迅、缅怀鲁迅的文字，其中最重要的是1939年3月至9月刊登于上海《宇宙风乙刊》的《回忆鲁迅》一文。这篇片断式的文章大约15000字，从鲁迅丧事写起，回忆了他在北京、广州、上海时期跟鲁迅交往的一些重要片断。文中偶有小误，比如他说跟鲁迅初见是在北京西城"砖塔胡同一间坐南朝北的小四合房子里"，而实际上是在1923年2月17日周作人做东的一次午宴上；有些看法也还可以商榷，如文中援引一位学生的话，说鲁迅"不穿棉裤，是抑制性欲的意思"。但总体而言，内容十分真实，其中回忆鲁迅在北洋政府教育部"做官"，以及对章士钊提起诉讼的心态，跟现代评论派和创造社的纠葛，与周作人绝交的原因，尤具参考价值。还有一些内容，对澄清目前鲁迅研究领域的一些问题也颇有裨益。比如有人说鲁迅临终前曾断然表示"日本我是不去的"；而郁达夫几次提到，鲁迅跟他约好于秋天同去日本看红叶。又有人说北洋政府和国民党党部行文通缉鲁迅纯属子虚乌有，而郁达夫则证实"南京的秘密通缉令，列名者共有六十几个，多半是与民权保障自由大同盟有关的文化人。而这通缉令呈请者，却是在杭州的浙江省党部的诸先生"。这份通缉名单中，既有鲁迅，也有郁达夫。郁达夫还进一步谈到，"各地党部的对待鲁迅，自从浙江党部发动了那大弹劾案之后，似乎态度都是一致的"。由此可见，轻率否定国民党浙江省党部呈请通缉鲁迅是站不住脚的。

谈及鲁迅跟郁达夫的情谊，不少人都会感到奇怪，因为他们的性格、气质、文艺观点、创作风格的确存在很大的差异。在性格、气质方面，鲁迅坚韧峻急，不惧悝生活的风沙和灵魂的粗糙。郁达夫虽然有时也呈现出个性刚毅的一面，但在外来攻击面前常常表现得神经纤细，异常脆弱。鲁迅生活态度十分严肃，宁自虐而不放纵，而郁达夫则作风浪漫，甚至伪装颓唐。在人际交往上，鲁迅跟郁达夫的爱憎好恶有时截然相反。比如，鲁迅十分憎恶现代评论派的正人君子，乃至扩大打击面，把丁西林、李四光、陈翰笙这样的进步学者都视为"论敌"，而郁达夫却跟现代评论派成员保持着良好关系，并一度希望创造社能跟《现代评论》合作。鲁迅特别反感徐志摩的诗作，而郁达夫跟徐志摩在杭州府中学同班又同宿舍，两人感情甚笃。鲁迅文艺思想形成和发展的脉络比较清晰，后期尤自觉学习新兴文艺理论，而郁达夫的文艺思想则相当庞杂：法国法朗士的"作品是作家自叙传"的观念，卢梭的"反归自然"说，德国麦克斯·施蒂纳的个性主义和自我表现意识，18世纪英国文坛的感伤主义，特别是自然主义影响下产生的日本"私小说"，都在郁达夫的作品中留下了斑驳的艺术投影。鲁迅坦率承认，"对于文学的意见"，他跟郁达夫"恐怕是不能一致的"（《伪自由书·前记》）。比如郁达夫认为杜甫律诗的创作成就超过了他的古体诗，而鲁迅则认为杜甫的律诗尚可模仿，而其古体风力高昂，无法企及。对于郁达夫的小说《迷羊》，鲁迅也公开表示过反感。就创作成就而论，鲁迅是杂文第一，小说第二，诗词散文影响第三。而郭沫若、刘海粟等认为，郁达夫是诗词第一，散文第二，小说第三，评论第四。林语堂认为鲁迅首先是一位战士。他在《鲁迅之死》一文中写道："德国诗人海涅语人曰，我死时，棺中放一剑，勿放笔。是足以语鲁迅。"而郁达夫却在中国民权保障同盟成员聚会时对美国记者史沫特莱说："我是作家，不是战士。"（I am not a fighter, but only writer.）我相信这是肺腑之言。

既然有如此之大的差异，鲁迅为什么还能跟郁达夫保持十几年如一日的友情呢？对以上设问，鲁迅方面的解释是：郁达夫虽是创造社元老，但却稳健和平，无"创造气"——意即没有那种"唯我独左""唯我独革"，似乎连出汗打喷嚏也全是"创造"的神气。郁达夫谈到他之所以能跟鲁迅缔交，"一则因系同乡，二则因所处的时代，所看的书，和所与交游的友人，都是同一类属的缘故"（《回忆鲁迅》）。

我以为，除了以上原因，包容和宽厚是维系他们友情的一根强有力的纽带。包容并不是不辨是非，而是以平和的心态对待文化差异，在学术、文艺的范畴进行切磋，虚怀若谷，互相尊重，取长补短，相得益彰。1927年5月1日，郁达夫在《洪水》第3卷第32期发表了《日记文学》一文。他认为作家用"第三人称"描写人物的心理状态，会让读者产生疑心——"何以这一个人的心理状态，会被作者晓得这样精细"，从而产生一种"幻灭之感"。相比之下，在散文类作品中，最真实、最具有自叙传性质的是日记体，其次是书简体。鲁迅读后，写出了《怎么写——夜记之一》，从另一角度提出了异议。他以清代郑板桥的《板桥家书》、李慈铭的《越缦堂日记》以及近人胡适的日记为例，说明日记体、书信体的文字一旦做作，或做假，则更容易令读者产生幻灭之感，"因为它起先模样装得真"。鲁迅认为作家不应该因体裁而削足适履，读者阅读文艺作品也不应"只执滞于体裁，只求没有破绽"。1935年7月，郁达夫在上海北新书局出版了《达夫日记集》。在这本书的代序中，他一开头就肯定了鲁迅的上述观点："文学作品的写实与读者的幻灭，不限于作品的体裁，即在读日记时，若记载虚伪，读者也同样可以感到幻灭，此论极是。"郁达夫做事有些疏懒，为了督促他克服这种积习，鲁迅有时"诱以甘言"，有时又予以鞭策。比如，郁达夫在《奔流》杂志第7期译载了高尔基的《托尔斯泰回忆杂记》。该文以极简洁的笔触，生动再现了托尔斯泰的两面性。鲁迅在同期编校后记中热情推荐了此文。但《托尔斯泰回忆杂记》后面还附录了一封高尔基致托尔斯泰的书信，写得也非常好。鲁迅多次动员郁达夫一并译出，合成一本书出版；但拖了3个月，郁达夫迟迟没有动笔，于是鲁迅就将此事写在《奔流》第9期的编校后记，公诸于众，作为"又一回猛烈的'恶毒'的催逼"。在这些文字中，鲁迅对郁达夫的赞赏和期盼溢于言表。

郁达夫的文化性格似乎比鲁迅更有包容性。前文提及，郁达夫最初结识鲁迅是通过周作人，因而能够穿梭于"老虎尾巴"和"苦雨斋"之间。鲁迅跟周作人散文风格有同有异，后来异大于同，但郁达夫却能够以持平的态度对待。他对鲁迅与周作人的区别看得非常清楚：就思想观念而言，"鲁迅是一味急进，宁为玉碎的，周作人则酷爱和平，想以人类爱来推进社会，用不流血的革命来实现他的理想"；就艺术风格而言，"鲁迅的是辛辣干脆，全近讽刺，周作人的是湛然和蔼，出诸反语"。1935年8月，郁达夫选编的《中国新文学大系·散文二集》由上海良友图书印刷公司出版，其中收录了鲁迅的24篇作品，同时收录了周作人的57篇作品，这也反映出郁达夫文化择取眼光的广博。

鲁迅和郁达夫之间的友谊更有一个坚实的基础，那就是对专制暴政决不调和的政治立场。1927年4月8日，郁达夫在《洪水》第3卷第29期发表了《在方向转换的途中》一文，针对国民党右派制造"介石补天"一类对蒋介石个人崇拜的神话，郁达夫尖锐地指出："我们要知道，光凭一两个英雄，来指使民众，利用民众，是万万办不到的事情……若有一二位英雄，以为这是迂阔之谈，那么你们且看看，且看你们个人独裁的高压政策，能够持续几何时。"郁达夫还极有预见地指出，当时的"革命的军队"，"苟对于革命没有了解"，"反过来就可以继承旧日的军阀，而再来压迫民众"。郁达夫的这些论断，很快就被上海"四一二"的枪声和广州"四一五"的屠杀一一证实；国民党1928年执政之后的所作所为，也证实了蒋介石的个人独裁使中国革命走向了"一条黑暗之路"。郁达夫的这些政论不仅受到了国民党御用文人如孔圣裔之流的恶毒攻击，而且也不被创造社的同人理解。郁达夫暴露广州政治阴暗面的文章《广州事情》就遭到了郭沫若的非议。跟郁达夫立场最为接近的是鲁迅。1927年4月10日，也就是郁达夫写出了《在方向转换的途中》的两天之后，鲁迅撰写了《庆祝沪宁克服的那一边》，指出在"红中夹白"的广州，"反革命者的工作也正在默默地进行"；号称"革命的策源地"的广州，其实转瞬之间也可以成为反革命的策源地。当郁达夫的文章受到"围剿"之后，鲁迅在《而已集·扣丝杂感》和《三闲集·怎么写》等文中为他进行了辩护，指出他的文章并无恶意，决不会有害于国家。

在大革命失败后的腥风血雨中，郁达夫和鲁迅先后参加了中国共产党影响下的革命团体中国济难会（后改名为中国革命互济会）、中国自由运动大同盟、左翼作家联盟、中国民权保障同盟。1927年10月19日，郁达夫跟鲁迅等共同出席了中国济难会举行的晚宴，并担任会刊《白华》的编辑。在《中国自由运动大同盟宣言》上，郁达夫名列第一，鲁迅名列第二，可见他们在该组织中的地位和影响。1933年1月，鲁迅和郁达夫都参加了中国民权保障同盟，先后被选为同盟上海分会的执行委员。同年2月14日，郁达夫在《申报·自由谈》发表了《非法与非非法》一文，为同盟北平分会的合法性辩护。郁达夫虽然于1930年11月16日被"左联"作为"投机和反动分子"开除，但此后他仍利用其兄郁华担任江苏高等法院第二分院刑庭庭长的关系，积极营救被捕革命作家，此类事情，他能忆起的"不只十件八件"。鲁迅对"左联"开除郁达夫的粗暴做法十分反感。他对冯雪峰说：极左最容易变右，右的也可以变化。郁达夫不能写什么斗争文章，国民党对他也不会好的。

鲁迅与郁达夫政治立场的一致性，还表现在他们联名签署的一些宣言与函电。据不完全统计，除已经提及的《中国自由运动大同盟宣言》外，还有《上海文化界告世界书》（1932年2月）、《中国著作家为中苏复交致苏联电》（1932年12月）、《为横死之小林遗族募捐启》（1933年5月）、《为林惠元惨案呼冤宣言》（1933年6月）、《中国著作家欢迎巴比塞代表团启事》（1933年8月）……长期以来，人们多把郁达夫视为一位喜爱"自我暴露"的浪漫文人，而往往忽略了他反帝反封建的坚定立场。这种看法应该予以纠正。

从以上简述可知，研究鲁迅与郁达夫的关系，不仅是深入研究这两位重要作家的需要，而且也会牵动中国现代文学研究的全局。然而相对鲁迅研究而言，郁达夫研究尚有诸多不足，比如对郁达夫的文论和政论，就都研究得不够充分。有些读者根本不知道郁达夫是最早把阶级斗争观念引入文艺理论领域的人，有些读者更想不到在皖南事变发生之后，郁达夫曾领衔发表《星华文艺工作者致侨胞书——反对投降妥协坚持团结抗战》，谴责国民党制造"轰动中外的解散新四军的惨痛血案"。研究郁达夫跟同时代人（包括鲁迅）的关系，也是一个薄弱环节。所以当中国文史出版社的友人将丁仕原先生的这叠书稿交给我征求意见，我未及翻阅，就断定这个课题极有学术意义。后来看到目录，更感到作者视野的开阔，设想的宏大。分上、下编着笔，不仅能比较详尽地介绍鲁、郁二人的直接交往，而且更有助于从文体创作上对这两位作家进行深入探讨。初读之后，觉得全书内容丰赡，说明作者的确下了一番不小的功夫。但仍有一些论断可以进一步斟酌，对于鲁、郁二人的交往史实也还有进一步开掘的必要。此外，书中平行性的表述较多，而对鲁、郁二人思想创作的交汇点未能紧紧抓住，充分加以阐发。但这是任何书稿都难以完全避免的局限，我相信作者不会把《鲁迅与郁达夫》这本书的出版作为他对这一课题研究的终结。

第二章 重读鲁迅经典

第八讲　鲁迅经典作品的阅读

关于《呐喊》

《呐喊》是鲁迅的第一本小说集，也是中国现代小说的奠基之作，显示出五四文学革命的实绩。初收录鲁迅1918年至1922年创作的小说15篇，1923年8月由北京大学新潮社出版，列为"新潮社文艺丛书"之一。1924年5月第3次印刷时起，改由北京北新书局出版，收入作者主编的《乌合丛书》。1930年1月第13次印刷时，抽去《不周山》，后改名《补天》，另收入《故事新编》。此后各版均收14篇。

关于《呐喊》的书名，作者在《自序》中解释道："在我自己，本以为现在是已经并非一个切迫而不能已于言的人了，但或者也还未能忘怀于当日自己的寂寞的悲哀罢，所以有时候仍不免呐喊几声，聊以慰藉那在寂寞里奔驰的猛士，使他不惮于前驱。至于我的喊声是勇猛或是悲哀，是可憎或是可笑，那倒是不暇顾及的……"

说《呐喊》是中国现代小说的奠基之作，并非因为它出版时间最早。1921年10月，上海泰东图书局出版了郁达夫的《沉沦》。1922年2月，上海泰东图书局出版了张资平的《冲积期化石》。1922年3月，上海商务印书馆出版了叶绍钧的《隔膜》。1923年5月，上海商务印书馆出版了冰心的《超人》。但鲁迅的《呐喊》因其"表现的深切和格式的特别",在读者中引起的反响远远超出了此前出版的小说集。

鲁迅在《我怎么做起小说来》中回忆说,陈独秀是催促他做小说最着力的一个。这种说法从1920年9月陈独秀致周作人的一封信中可以得到证实。信中建议:"豫才兄做的小说实在有集拢来重印的价值,请你问他倘若以为然,可就《新潮》《新青年》剪下来自加订正,寄来付印。"五四前驱者之一的李大钊也认为《呐喊》是"中国最好的一本小说"。

《呐喊》"表现的深切"集中体现为"人的发现"。鲁迅指出,"东方发白,人类向各民族所要的是'人'"(《随感录·四十》)。而在封建重压下,中国人经历的只有"暂时做稳了奴隶"和"想做奴隶而不得"这两种时代,向来都没有挣得"人"的应有地位。《呐喊》开篇《狂人日记》即是一篇"人"的解放宣言,奏响了五四新文化运动的最强音。《呐喊》告诉读者,"人"不应该像孔乙己、华老栓、七斤那样受到精神戕害,更不应该像阿Q、闰土那样受到物质和精神的双重戕害。中国人应该有一个光明的"明天",中国的新生代应该过着一种他们的前辈未曾经历的新生活。要实现这一目标,不仅需要改造国民劣根性,而且也需要比辛亥革命更为彻底的制度改革,否则封建复辟可能发生,七斤头上那根刚剪去的辫子又会重新蓄上。

《呐喊》"格式的特别"表现为对短篇小说体裁的实验性追求。《呐喊》有的是日记体,有的类似于随笔和速写,有的议论多于描写。其中有《阿Q正传》这样的炉火纯青之作,但有些也不够丰厚精致。这反映的正是中国现代短篇小说初创期的特点。

1933年3月2日,鲁迅作五绝《题〈呐喊〉》:"弄文罹文网,抗世违世情。积毁可销骨,空留纸上声。""空留纸上声"是鲁迅的谦辞。事实上,《呐喊》不仅在国内历版不衰,而且产生了广泛的国际影响,特别是小说《阿Q正传》,已经产生了世界性的影响。主人公阿Q跟哈姆雷特、堂·吉诃德等著名文学典型一样,大步迈入了世界文学经典的殿堂。法国著名作家罗曼·罗兰说:《阿Q正传》是一篇高超的现实主义艺术杰作。在法国大革命时期,也有类似阿Q的农民。

关于《彷徨》

《彷徨》是鲁迅的第2部小说集,收入1924年至1925年创作的小说11篇。其中《孤独者》《伤逝》两篇在结集前未曾在报刊上发表。《彷徨》于1926年8月由北京北新书局初版,列为鲁迅主编的"乌合丛书"之一。卷首引录了屈原《离骚》中的诗句:"朝发轫于苍梧兮,夕余至乎县圃;欲少留此灵琐兮,日忽忽其将暮。吾令羲和弭节兮,望崦嵫而勿迫;路漫漫其修远兮,吾将上下而求索。"

鲁迅特别欣赏《彷徨》的封面。他在1926年10月29日致设计者陶元庆的信中说:"《彷徨》的书面实在非常有力,看了使人感动。"在《题〈彷徨〉》这首五言绝句中,鲁迅写道:"寂寞新文苑,平安旧战场。两间余一卒,荷戟独彷徨。"

这首诗跟作者援引的《离骚》诗句遥相呼应。前两句是写五四新文化阵营的分化,后两句写的是作者的苦闷、思考,以及对社会和人生前景的执着求索。"荷戟"二字,生动凸显了鲁迅永不休战的精神状态。

《彷徨》的艺术成就首先表现在"脱离了外国作家的影响"(鲁迅《中国新文学大系·小说二集序》)。《呐喊》中的《狂人日记》,虽然比果戈理的同名小说"忧愤深广",但明显借鉴了果戈理同名小说的体裁和构思。《药》的尾声"也分明的留着安特莱夫式的阴冷",将《药》跟安特莱夫的《默》对照,这一点一目了然。但《彷徨》中的小说具有中国作风和中国气派,标志着中国现代小说这株"新苗"既由鲁迅播种,也在鲁迅手中成熟,结出了硕果。

鲁迅在同一篇序言中说,《彷徨》中的小说"技巧稍为圆熟,刻划也稍加深切",并以《肥皂》和《离婚》作为例证。《肥皂》中对伪君子四铭内心隐秘的深刻揭露,《离婚》中爱姑使用的辛辣言辞,表现出鲁迅塑造人物手法的多样性。其他诸篇,也都做到了艺术上张与弛、悲与喜、冷与热、虚与实、隐与显的辩证统一。

说《彷徨》"一面也减少了热情",主要表现在《孤独者》《在酒楼上》这类以知识分子为题材的作品中。吕纬甫感受到生存的百无聊赖,魏连殳感受到梦醒了而无路可走,都表现出生命价值无法实现的内心苦痛。这种苦痛是时代造成的,但也反映了鲁迅对自我灵魂的严酷拷问。

《呐喊》在鲁迅生前就再版了20余次,鲁迅去世至今的版本更是多得难以精确统计。相对而言,《彷徨》在鲁迅生前只重印了10余次,所以为鲁迅留下了"不为读者们注意"的印象。但实际上,《彷徨》中的作品跟《呐喊》中的一样不朽,像《孤独者》《伤逝》这类名篇更是鲁迅在艺术道路上的新跨越。

关于《故事新编》

《故事新编》收入鲁迅1922年至1935年所作的历史小说8篇。1936年1月上海文化生活出版社初版,列为巴金主编的《文学丛刊》第1集第2种。从开篇《补天》至末篇《起死》,时间跨度长达13年。《故事新编》跟鲁迅其他作品一样，充满了孤独情怀、独战力量和复仇精神。

茅盾在《〈玄武门之变〉序》中指出："用历史事实为题材的文学作品，自'五四'以来，已有了新的发展。鲁迅先生是这一方面的伟大的开拓者和成功者。他的《故事新编》，在形式上展示了多种多样的变化，给我们树立了可贵的楷式；但尤其重要的，是内容的深刻，——在《故事新编》中，鲁迅先生以他特有的锐利的观察，战斗的热情，和创作的艺术，非但'没有将古人写得更死'，而且将古代和现代错综交融，成为一而二，二而一。"

有专家认为，在鲁迅作品当中，最难读懂的是文言论文、《野草》和《故事新编》。其实这三类作品难点并不相同。文言论文难懂的是词语，《野草》难懂的是哲理，《故事新编》难懂的是文体、"油滑"之处和创作方法。

《故事新编》是什么文体？当然是历史小说。鲁迅本人将这本书定义为"神话，传说及史实的演义"（《南腔北调集·〈自选集〉自序》）。"演义"就是小说。他在1935年12月4日致王冶秋信中说他"现在在做以神话为题材的短篇小说"，更明确了这部作品文体的性质。将《故事新编》统称为"历史小说"，因为鲁迅写的都是古人，创作时博考了大量文献资料，如《山海经》《国语》《列子》《淮南子》《太平御览》《博物志》《史记》《楚辞》《孟子》《尚书》《论语》《庄子》《韩非子》《吕氏春秋》《古岳渎经》《水经注》《吴越春秋》《墨子》《战国策》《绝越书》《列士传》《孝子传》《列异传》《搜神记》等，用力甚勤。有人提出质疑，不过是因为其中也撷取了一些现代素材，穿插了一些现代生活的细节。这表现的正是鲁迅天马行空的创造精神和古为今用的创作态度，因而显示出这部作品的先锋性和实验性。如果一定要用文学概论中的既定术语去界定，那是一种削足适履的做法。文艺理论落后于创作实际，这是文学史中的常态。

鲁迅在《故事新编·序言》中说其中的作品"仍不免时有油滑之处"，又在1936年1月18日致王冶秋的信中，说《故事新编》"内容颇有些油滑"。鲁迅所说的这些"油滑"之处，是自谦，还是自责？是长处，还是短处？评论界长期以来说法不一。其实，"油滑"之处就是采用漫画化手法，在作品中穿插一些现代生活的细节，如吃面包、谈稿费、服维他命、做时装表演……或者让古人说一些插科打诨式的现代语言，如"OK""古貌林""好杜有图"……这种涉笔成趣的文字，是作者用古今交融手法服务于现实斗争的一种尝试，很难用优点或缺点一言以蔽之，只能说是一种特点。

对于《故事新编》的创作方法，也是众说纷纭。有专家认为基本上是现实主义，有专家认为属于浪漫主义范畴，实际上这两种创作方法兼而有之。前不久又有专家认定《故事新编》是表现主义创作方法的产物，这种观点同样有削足适履之感。鲁迅的确关注过表现主义的理论，也收藏了一些表现主义的美术作品，但鲁迅对表现主义理论从来有褒有贬，贬多于褒。在对待艺术流派的态度上，鲁迅从来是兼收并蓄，为我所用。他绝不会刻意运用某一种创作方法去写一篇作品。再说，表现主义的出现也是一种复杂而矛盾的艺术现象，其中有鲜明的社会抗议、底层关怀和人道主义倾向，也有悲观颓废和扭曲现实相结合的因素。所以，当创造社批评家成仿吾贬低《呐喊》中的其他作品而只肯定具有表现主义倾向的《不周山》为杰作时，鲁迅愤而从《呐喊》中抽出了这篇作品。

关于《野草》

《野草》是一部散文诗集，收录了鲁迅1924年至1926年的作品（连同《题辞》）共24篇。原刊于《语丝》周刊，1927年7月由北京北新书局初版。

鲁迅在《南腔北调集·〈自选集〉自序》中说明了《野草》的时代背景、创作心态和体裁特征："后来《新青年》的团体散掉了，有的高升，有的退隐，有的前进，我又经验了一回同一战阵中的伙伴还是会这么变化，并且落得一个'作家'的头衔，依然在沙漠中走来走去……有了小感触，就写些短文，夸大点说，就是散文诗，以后印成一本，谓之《野草》。"

然而，《野草》并不是即兴之作，比如，《野草》中的《死火》，原型为《火的冰》，《风筝》的原型为《我的兄弟》，均刊登于1919年北京《国民公报·新文艺》，从酝酿到成熟，历时五六年。鲁迅对文友说，《野草》中的《过客》一篇，更酝酿了10年之久。

《野草》初版时有一则广告词："《野草》可以说是鲁迅的一部散文诗集，用优美的文字写出深奥的哲理，在鲁迅的许多作品中是一部风格最特异的作品。"以鲁迅跟北新书局的关系判断，这则广告即使不是出自鲁迅手笔，也是得到了鲁迅首肯的。

说《野草》文字优美，是因为虽不讲对仗，不拘韵律，不求格式整齐，但语言精练，句法峭拔奇警；尤善于运用转折词，抑扬顿挫，充满音乐感和感染力。作品中多写梦境，奇谲怪诞，幽远深邃，增强了作品的神秘感，被读者称为"奇书"。

早在1925年，章衣萍就在《古庙杂谈》一书中回忆，鲁迅明确告诉他，自己的哲学都包括在这本书当中。如果说鲁迅的杂文是一部中国的"人史",那么一部《野草》可视为鲁迅的"心史"。鲁迅生活在一个"明与暗,生与死,过去与未来"相互交织、相互矛盾的大时代,他在现实的重压下产生了大苦闷、大痛苦,产生了灵魂的大搏斗。作为一个在明暗之间的彷徨者、人生歧途上的探寻者、绝望与希望之间的抗争者,鲁迅把个人的愤怒与悲痛跟历史的愤怒和悲痛融合在一起,在情感的火山口喷发出炽热的岩浆。跟黑暗捣乱,向庸众宣战,与绝望抗争,谱成了这部散文诗的主旋律。其中也有感伤虚无的情调,即鲁迅力图驱除的灵魂中的"毒气和鬼气",所以鲁迅在肯定《野草》"技术并不算坏"的同时,也承认"心情太颓唐"了,希望青年人"脱离这种颓唐心情的影响"(1934年10月9日致萧军)。

从创作方法来看,《野草》是一部写实主义与象征主义相结合的作品,大量运用了象征主义手法,不仅大量描写梦境以象征现实,而且很多人物与意境都具有象征意义。《野草》中的有些素材无疑源于现实生活,但一旦被熔铸为形象和典型之后,这些细节和素材就会跟原型剥离,因而不能将其中的人物或意象跟现实生活中的人物直接对号。这是在阐释《野草》时要防止的一种误读。

关于《朝花夕拾》

《朝花夕拾》是一部回忆性散文集,原计划写11篇,后完成10篇。前5篇写于北京,后5篇写于厦门,时间都在1926年。这组文章在《莽原》半月刊连载时总题为《旧事重提》。"旧事"表现出作者的反顾,"重提"表现出作者对现实的执着。《朝花夕拾》1927年7月由作者亲自编定,

1928年9月由北京未名社初版，1929年2月再版。1932年8月第3版由上海北新书局重排出版。书中除收文章10篇外，另有《小引》《后记》各一篇。

《朝花夕拾》的文体特征是"史"与"诗"的结合。"史"指作品的文献性质，"诗"指作品的文学价值。

鲁迅是一位十分自谦的作家。他仅在作品的外文译本之前写过极其简短的自传。而《朝花夕拾》用叙事、抒情、议论相结合的手法，展现了作者的童年生活、求学生涯、教学经历，是撰写鲁迅传记、年谱的必读资料。文中还通过作者个人的生活轨迹再现了近代中国的时代风云。其中关于迎神赛会、无常、女吊的描写，是生动的乡风民俗史料，关于绍兴中西学堂和南京水师学堂、矿路学堂的描写，是变法维新之后重要的教育史料。

所谓"诗"是指作品中的某些事件或细节只具有象征性意义，不宜一一考证坐实。因为所收诸篇的内容经过了记忆的筛选，正如作者在《小引》中所言，"与实际容或有些不同"，所以其中哪些是艺术虚构，哪些是无意失真，无法予以准确判断。比如《藤野先生》一文中关于"幻灯片事件"的描写，就跟鲁迅当年日本同窗的回忆或有出入。最典型的例子是对"百草园"的描写。在周作人笔下，百草园是一处"荒园"，有"一座大的瓦屑堆"，"靠门是垃圾堆，再往北放着四五只粪缸"，"无生物"，"长着一株皂荚树"，"最为儿童所注意的，是黄瓜和萝卜"（《鲁迅的故家·百草园》）。以上是一个老年人的纪实性描写。而在鲁迅笔下，百草园内有"碧绿的菜畦，光滑的石井栏，高大的皂荚树，紫红的桑葚"，"鸣蝉在树叶里长吟，肥胖的黄蜂伏在菜花上，轻捷的叫天子（云雀）忽然从草间直窜向云霄里去了"（《从百草园到三味书屋》）。

这一幅生机盎然的画卷，是童心世界中的"百草园"，跟枯燥乏味的三味书屋形成了两个天地。周作人笔下呈现的是生活的真实，亦即"史"；鲁迅笔下呈现的是艺术的真实，亦即"诗"，这也相当于鲁迅记忆中儿时吃过的菱角、罗汉豆、茭白、香瓜，那滋味会胜过成年后吃过的所有美味佳肴。

只有把握了"史"与"诗"的结合这一根本特征，才能读懂《朝花夕拾》这部作品。

关于鲁迅杂文

鲁迅驾驭的文体主要是杂文。在鲁迅文化遗产的宝库中，杂文占有最主要的位置。据一般统计，从《坟》至《集外集拾遗》，鲁迅杂文共有 16 种。但如果加上现行《鲁迅全集》中辑佚的《集外集拾遗补编》，总计应为 17 种。

在中国古代，杂文有广义、狭义之分。刘勰在《文心雕龙》中把"典诰誓问""览略篇章""曲操弄引""吟讽谣咏"都归入"杂文之区"。而狭义的杂文则指兼具"议论"和"叙述"两方面内容，并用文学笔调予以表述的文章，即《汉书·艺文志》中所说的"杂说"之类。总之，中国古代的"杂文"指各类文体作品的结集，具有文体的不确定性。

然而，经过鲁迅的倡导和创作实践，中国现代杂文已经成为一种独立的文体。这种文体虽然吸收了外来随笔和小品的特点，又跟中国古典散文——特别是魏晋文章有着深刻的历史渊源，但它毕竟是中国 20 世纪初期至 30 年代中期思想文化战线尖锐急邃斗争的产物。它既是诗和散文，又是时评和政论；既有感时愤世的抒情性，又有锐不可当的思想锋芒；既是作家个人生活留下的痕迹，又是那个大时代的百科全书。鲁迅之于杂文，相当于荷马之于史诗，托尔斯泰之于小说，莎士比亚之于戏剧。又由于鲁迅杂文自诞生之日就受到明明暗暗反对者的明诛暗杀，特别是后期杂文累遭当局的删削查禁，这些文章也留下了"中国文网史上极有价值的故实"（《准风月谈·前记》）。

鲁迅早期杂文多为进行文明批评的"短评"，矛头主要指向传统文化的弊端。自1925年之后，鲁迅杂文社会批判的色彩日浓。虽然文章直指陈西滢、章士钊一类个人，但"实为公仇，决非私怨"。《而已集》是鲁迅在广州"看见了许多血和许多泪"之后思想转变的界碑。此后他的杂文更自觉地运用唯物辩证法观察社会问题和文艺问题，带上了鲜明的阶级论色彩。在创作手法上，鲁迅"论时事不留面子，砭锢弊常取类型"，其语言风格是纵意而谈，深刻泼辣，从鲁迅早期杂文到后期杂文，一以贯之的是他从痛苦的人生经验和深刻的社会观察中形成的战斗精神。这些作为"感应神经和攻守手足"的作品既燃烧着热烈的爱，也燃烧着神圣的憎。鲁迅在《且介亭杂文二集·后记》中总结道："我从在《新青年》上写《随感录》起，到写这集子里的最末一篇止，共历十八年，单是杂感，约有八十万字。后九年中的所写，比前九年多两倍；而这后九年中，近三年所写的字数，等于前六年……"的确做到了愈战愈勇，永不休战！

阅读鲁迅杂文，必须"知人论世"。"知人"就是要了解鲁迅的同时代人，他身边的敌、我、友；"论世"就是要了解这些杂文产生的历史背景和特定语境。否则，鲁迅这些针对性极强的作品就成了对空击拳，仰天吐唾。阅读鲁迅杂文，还必须把他的创作视为一个整体，联系起来读，融会贯通。比如，阅读《两地书》，就有助于读者对《华盖集》和《华盖集续编》的理解。通过鲁迅不同作品之间的互证，达到拓展鲁迅作品阐释空间的目的。阅读鲁迅杂文，还应该"跳出鲁迅"，多接触一些他同时代人的相关著作。只有这样，才能以鲁迅为坐标和参照系，对他杂文涉及的人和事作出恰如其分的历史评价。

关于鲁迅诗歌

鲁迅有诗人的气质和天赋，但无心摘取诗人的桂冠。出于积习，他创作了不少旧体律诗、绝句；为了替前驱者擂鼓助阵，他勉力创作了6首新诗；"左联"时期提倡文艺大众化，作为左翼文坛盟主的鲁迅也写了《好东西歌》《公民科歌》《"言词争执"歌》一类民歌民谣体的作品。鲁迅早年译文有"意译"的成分，所以有人把周氏兄弟某些译文中的诗歌（如《进兮歌》）也视为鲁迅的诗作。各种鲁迅诗歌选注本择取的标准不同，所以所收内容也不尽相同。大体而言，总数约50余题，60余首。

1934年12月20日鲁迅致杨霁云信中说"一切好诗，到唐已被做完"；又说"旧诗非所长，不得已而作"，但论者认为鲁迅的律诗绝句"追踪汉魏，托体风骚"，颇有唐人风韵，这是很有见地的。《楚辞》中那种"放言无惮"的反抗混浊现实的精神，为实现理想而上下求索的顽强意志，以及那种离奇瑰丽的浪漫主义的幻想，都给予鲁迅思想和艺术的丰富滋养。鲁迅诗作中出现的《楚辞》中的大量词汇，更为我们探讨这种师承关系提供了直接证据。鲁迅诗作"追踪汉魏"，主要是追踪汉魏诗人彪炳千秋的"风骨"。他诗作中爱憎分明的情感，苍凉遒劲的风格，尤其是那种"横眉冷对千夫指，俯首甘为孺子牛"的人格力量，都显示出鲁迅诗作的非凡风骨。在唐代诗人中，鲁迅喜爱杜甫、李商隐、钱起、崔颢等人，受李贺的影响尤深。

  鲁迅的诗歌创作大体可分为青少年时期、五四时期和"十年内战"时期这三个历史阶段。他青少年时期的诗作感时愤世，抒情性强，但题材相对狭窄。五四时期，鲁迅的诗作抒发了封建重压下开始觉醒的"人之子"的纯真情感，洋溢着狂飙突进的时代精神。"十年内战"时期，鲁迅的诗作已炉火纯青，既是当时风云变幻的史诗，也是记录鲁迅心路历程的心史。

第九讲　重读鲁迅经典的断想

开题

断想就是"随想",是一种在不同时间产生的不连贯的想法,想到一点就随手写下一点,或长或短,或深或浅,或文或白。我自知这种写法不符合当今学术规范,但谁又能说"断想"中就连一丁点儿"学术"都没有?我是旧历闰六月生人,由于天气酷热,生下来就没有受过襁褓的束缚,致使老年行文仍如断线风筝。真是秉性难改,呜呼!

经典与鲁迅经典

何谓经典?经典是人类文明传承的纽带,它既是稳定的,也是流动的。"稳定",是指它具有相对稳定的价值,凝聚了某种专业领域的非凡智慧;不但在特定历史时期可以作为思想、行动的标准,而且具有跨越时空的巨大能量。"流动",是指其具有常读常新的阅读效果,随着时代的变迁,其中的某些观念会因时代的需求而凸显,某些观点又会受到质疑和重新审视。这就叫作对经典的"渐进理解"。

经典大体可分为科学经典与人文经典。前者如亚里士多德的《论产生和毁灭》《物理学》，牛顿的《光学》《自然哲学的数学原理》，后者如中国的"四书五经"。科学经典解决的是现实问题，随着时代的进步，其实用性必然削减，因而可能会逐渐远离一般读者的视野，而仅在科学史上保留其崇高地位。但人文经典既执着于现实，又通过穿越往昔、走向未来而推动现实，所以人文经典的现实功能可能会超越科学经典。可以说，对人文经典的阅读和诠释，成为一项长远的时代使命。在一个日趋功利，学风浮躁，娱乐阅读、消遣阅读、实用阅读、浅表化阅读成为时尚的年代，人文经典的阅读就显得尤为重要。

人文经典必然具有多重价值。首先，它以其特有方式反映了自己的时代。马克思和恩格斯认为，古希腊悲剧作家埃斯库罗斯的作品是用戏剧的形式来描写父权制战胜母权制的历史，所以马克思几乎每年都要重温这位剧作家的作品。恩格斯又从另一位古希腊剧作家欧里庇得斯的作品中，了解到雅典全盛时期希腊妇女悲惨的社会地位。恩格斯还指出，莎士比亚的剧作《温莎的风流娘儿们》比全部德国文学包含着更多的生活气息和现实性；巴尔扎克的作品反映的1816年到1848年的法国历史要比他同时代作家作品中所包含的多得多。这些评价，都是着眼于人文经典的社会认识功能。人文经典的价值无疑还表现在它蕴含的深刻思想。比如，马克思和恩格斯就通过莎士比亚的《雅典的泰门》，对黄金的货币本质有了中肯的理解。1858年，当阿·卢格批评莎士比亚"没有任何哲学体系"时，马克思在致恩格斯的信中直斥这位批评者为"畜牲"。人文经典的价值虽然与其蕴含的政治文化意识形态有关，但又并非单纯取决于政治文化意识形态，因为它还具有相对独立的审美价值。据保尔·拉法格回忆，马克思还专门搜集莎士比亚作品中那些具有特殊风格的词句，分类编排，集中欣赏，这就是从审美角度阅读经典。

五四新文化运动时期是现代中国人心灵史上一个星光熠熠的时代，也是文学大师们为他们的后辈创造文学经典的时代。《尝试集》《女神》《志摩的诗》《胡适文存》《独秀文存》《茑萝集》《沉沦》《呐喊》《彷徨》《热风》……这一部部脍炙人口的作品穿越了历史的隧道，始终照彻读者心灵的夜空。鲁迅经典，就是中国现代文学宝库中的瑰宝、中国现代文学桂冠上的明珠。它在同时代众多经典作品的"系谱图"中占据了一个制高点。

鲁迅作品作为经典，必然有众多的阐释者，有广阔的阐释空间，这在世界文学史上早有先例。比如，对塞万提斯笔下的堂·吉诃德就有不同的阐释。屠格涅夫说，堂·吉诃德这个典型人物"首先是表现了信仰，对某种永恒的不可动摇的事物的信仰，对真理的信仰"。而捷克小说家米兰·昆德拉却认为"冒险"是这部小说的"第一大主题"，在堂·吉诃德身上体现的是人类的冒险精神。这种精神影响了马克·吐温，使他创造了哈克贝利·费恩的形象，成为美国文学的源头。

莎士比亚的作品也是经典。他为读者留下了38部戏剧，还有一些十四行诗和长诗。其代表作是《哈姆雷特》，在中国也被翻译成《王子复仇记》。据外国文学研究专家朱虹的文章介绍，自从这部作品出版以来，不断有评论著作问世。对这部作品的理解的确多如牛毛，所以有人说，"有多少读者，便有多少个哈姆雷特"。有人说这位王子是一个疯狂的复仇者，有人说他是一个具有"弱点"甚至"非道德倾向"的人，又有人说他是"一个美丽，纯洁，高贵而道德高尚的人"……

对鲁迅经典的阐释也未可穷尽。新论迭出总的来说是一件好事，不过，"新"是与"旧"相对而言的概念，而不能直接在"新奇"与"正确"之间画上一个等号。现在有人把鲁迅生命的后10年称为"中华民国的黄金时期",而鲁迅生活在这个"黄金时期""是这样的快乐","他不缺吃穿","娶了一位年轻的太太","经常去看美国大片","有很多朋友一天到晚到他家里聊天。昨天晚上打笔仗,今天又一同吃饭"。又有人说,鲁迅"不是一个原创性的思想家","他对农民还是比较隔膜的","对现实生活中的民众都是缺乏了解的","是把自己理念中的社会模式强加给社会"……(《"重读鲁迅"与当下意义》,《海风》2011年第5期)这些提法,新则新,至于对不对,则应该允许见仁见智。

鲁迅经典宜细读

我4岁启蒙,现已年逾古稀,跟书本打交道长达70余年。但的确是直到最近,我才知道阅读业已成为一门独立学科,中外均有这方面的专著。阅读方法更是五花八门,有什么快速阅读法、惊人速读术等。但根据我个人的实践,阅读其实主要是泛览(或曰"扫读""跳读")与细读(或曰"复读""精读")这两种方式。对于一般书报杂志,我只能像鲁迅所说的"随便翻翻",从中了解有关中外大事、社会新闻、文化资讯,以收开卷有益之效;而对于经典作品,特别是我的研究对象——鲁迅文本,则必须采用细读的方式,也就是所谓"慢阅读"。我想,古人所说的"读书百遍,其义自见",以及古人提倡的"十返不厌""十目一行",也都是强调细读在研究过程中的极端重要性。

我曾到山西阳泉市平定县参观女作家石评梅故居,顺便问及当地煤炭开采状况。东道主说:"恐怕过几年就会挖得差不多了。"这时,我忽然想起了鲁迅的一段话:"虽然有人说,掘起地下的煤来,就足够全世界几百年之用。但是,几百年之后呢?几百年之后,我们当然是化为魂灵，或上天堂，或落了地狱，但我们的子孙是在的，所以还应该给他们留下一点礼品。"经查阅，这段话出自鲁迅1934年6月4日撰写的《拿来主义》一文。我们过去主要是从文化摄取观的角度阅读这篇杂文，而忽略了跟当今科学发展观十分切合的这段议论。只有通过细读，才会加深对鲁迅当代意义的理解。

鲁迅的历史小说集《故事新编》中有一篇《奔月》，写的是古代传说中射落九日的英雄羿跟他妻子嫦娥的故事。长期以来，我们阅读这篇作品时单纯停留在对羿英雄性格的称颂和对嫦娥贪图享受的批判。作品中那位谋杀恩师的逢蒙，也被直接定位于跟鲁迅反目相向的狂飙社作家高长虹。但今天转换视角细读此文，看到羿先射完野猪长蛇，后射完野兔山鸡，最后几乎把动物射得遍地精光，害得嫦娥整年只能吃乌鸦炸酱面，被迫奔向冷清的月球，也会联想到人类对生存环境的过度破坏，必然受到大自然的报复，从中领悟到建设生态文明、实现人与自然和谐相处的极端重要性。同样，在社会上出现谣传时重读鲁迅的《谣言世家》，在"神舟十二号""嫦娥五号"同创历史建奇功的时候重读鲁迅的《〈月界旅行〉辨言》等，也都会有常读常新的感受。

细读鲁迅文本，还能找到鲁迅研究的若干学术生长点。有人觉得鲁迅研究史已长达七八十年，要想跨越前人的成就举步维艰。其实并不尽然。比如，鲁迅的第一本杂文集是《热风》，1925年11月北新书局初版。鲁迅在这本书的题记中说，他本想任这些写于五四前后的文字消灭，"但几个朋友却以为现状和那时并没有大两样，也还可以存留，给我编辑起来了"。那么帮鲁迅编《热风》的"这几个朋友"究竟是谁呢？长期以来这个问题并无人深究。通过细读鲁迅日记，我以为这几个朋友就包括王品青、李小峰和章衣萍。这就是我最近细读鲁迅在史实上取得的一点儿小收获。

除对重点作品反复阅读外，细读鲁迅的另一种方式是用不同文本进行对勘校读——主要是手稿与发表稿的校读、最初发表报刊与作品集的校读。比如用鲁迅《两地书》原信与公开发表文本进行校读，就不仅可以清晰地看到鲁迅对文字的锤炼过程，而且还可以从中发现一些被遮掩的史料。朱正先生的《鲁迅手稿管窥》（1981年6月湖南人民出版社出版）一书，就是通过鲁迅原稿与改定稿的对照，帮助读者进一步从鲁迅那里学到写作的方法。校读鲁迅手稿，我们还可以有超出于文本之外的获益。1933年，瞿秋白在上海从事文化工作期间，曾跟鲁迅合作写过12篇杂文，其中有些篇今天看来不无偏激之处。这些偏激之处是鲁迅受了瞿秋白的影响，还是瞿秋白受了鲁迅的影响呢？我把瞿秋白的原稿与鲁迅的改稿相对照，发现他们的基本立场是完全一致的。比如《王道诗话》，瞿的原稿中揭露军阀何键送胡适5000元程仪，"价钱不算小，这大概就叫做'实验主义'"。鲁迅修改时，干脆删去了"大概就"这三个舒缓语气的用字，直接斥为"这'叫做'实验主义"。这就表明鲁迅不仅认同瞿秋白的观点，而且对胡适的谴责比瞿秋白表达得更加直截了当。同样，鲁迅对瞿秋白《出卖灵魂的秘诀》也没有作观点方面的改动，只是增引了胡适《日本人应该醒醒了》一文中的一句话："九世之仇，百年之友，均在觉悟不觉悟之关头上"，意在加强对胡适的批判。有些改动表现出鲁迅比瞿秋白具有更加丰富的历史知识。比如《关于女人》一文谈到西汉末年妇女的打扮，瞿秋白的原文是"女人的眉毛画得歪歪斜斜"，鲁迅定稿时改为"女人的'堕马髻''愁眉啼妆'"，这就表达得更为准确，与《后汉书》和《风俗通》中的有关记载完全相符。有些修改也在不经意间表达了鲁迅自己的爱憎。比如《伸冤》（原题为《苦闷的答复》）

开头一句，瞿秋白的原文是"李顿报告书采用了中国孙逸仙博士的'国际合作以开发中国的计划'"，鲁迅定稿时改为"中国人自己发明的"，删去了"孙逸仙博士的"六个字，这就是避免读者把反苏反共、偏袒日本的李顿报告书跟孙中山的学说画上等号。这跟鲁迅尊崇孙中山的态度是相一致的。

记得杜甫诗中说："熟精《文选》理，休觅彩衣轻。"苏轼诗中也说："故书不厌百回读，熟读深思子自知。"这其实都是古人的细读经验谈，颇值得细读鲁迅的读者借鉴。

鲁迅经典中的人物

细读鲁迅经典，就会对鲁迅评骘的人物、事件及其思想作出更为全面的评价，使我们既能入于经典，又能超乎经典。记得"文化大革命"后期落实干部政策，毛泽东就引用过鲁迅关于"金无足赤，人无完人"，以及"剜烂苹果"的论述（《准风月谈·关于翻译（下）》）。鲁迅对众多中外人物的评价精彩纷呈，有的是一语中的，堪称"一字评"。

据说，法国启蒙思想家伏尔泰十分憎恶他的论敌。他在家中养了4只猴子，用他4个论敌的名字来为猴子命名，并不时用针刺猴子们的鼻孔，拧猴子们的耳朵，踩猴子们的尾巴，没有一天不施以拳脚。（马克思《斯普累河和明乔河》，《马克思恩格斯全集》第13卷）鲁迅一生论敌甚多：左翼有郭沫若、成仿吾以及"四条汉子"等，右翼有胡适、梁秋实、陈西滢等，此外还有章士钊、顾颉刚、高长虹诸人。鲁迅虽然说过对怨敌一个都不宽恕的话，但在实际生活中却原谅过不少曾经跟他发生过笔墨之争的人。比如他帮助创造社的批评家成仿吾跟党组织接上关系，公开宣布他跟郭沫若之间"大战斗却都为着同一的目标，决不日夜记着个人的恩怨"。鲁迅的论争文字都是在特定的时空条件下写成的，在特定问题上有明确的是非界限。然而鲁迅在这些文字中对论敌的具体评价，绝不能视为对他们的全面评价，更不能作为对他们的盖棺论定。作为一个有血肉之躯的人，鲁迅当然会有他的爱恨情仇。不过，对于鲁迅厌恶的人物我们应该有更全面的了解，这样才能跳出鲁迅作品的具体语境，从而对鲁迅嘲讽的对象以及对鲁迅作品本身作出更为客观的评价。

比如《热风》中有一篇《儿歌的"反动"》，是讽刺胡怀琛（字寄尘）的一首儿歌。这首儿歌假儿童之口，说有人偷去了半个月亮"当镜子照"，而镜子虽有各种形状，但没有半月形的。如果我们仅通过这篇杂文来了解胡怀琛，就会认为他只是一个"夙擅改削"诗歌的滑稽可笑的人物。但如果我们对胡怀琛有多一点的了解，就会有以下两点认识：一，鲁迅对他的嘲讽绝不是就诗论诗。因为胡怀琛是鸳鸯蝴蝶派的重要作家，后来他又接编过《小说世界》——这也是一份与文学研究会抗衡的鸳鸯蝴蝶派刊物。鲁迅在《关于〈小说世界〉》的通信中认为这份刊物呈现的是"蝇飞鸟乱"的文坛乱象，"连我们再去批评他们的必要也没有了"。二，胡怀琛在辛亥革命中曾协助柳亚子编《警报》，两人结为金兰。他一生著述甚丰，其学术领域涉及文学、方志、目录学、哲学、佛学，对中国诗歌、寓言、小说均有研究；他对陶渊明的研究尤其产生了广泛而又深远的影响。

又如，在鲁迅的《两地书》中，陈万里也是一个滑稽可笑的人物。他不但把自己拍摄的照片跟考古文物一起展出，而且常在集会上唱昆曲；鲁迅甚至用"优伶蓄之"这样的措词来讽刺他，意即陈万里是被厦门大学当局包养的"戏子"。鲁迅对陈万里的鄙薄，除因为陈的某些言行外，显然还跟他来厦门大学是由顾颉刚推荐有关，而顾是鲁迅众所周知的宿敌。但换一个视角，作为当时在厦门大学开设戏曲史课程的讲师，陈万里业余唱唱昆曲其实并无自玷人格之处。至于陈万里在文物界的重要贡献，更是早有定评。他撰写的《瓷器与浙江》《中国青瓷史略》为中国新瓷学研究奠定了坚实的科学基础，他被公认是中国新一代瓷器研究人才的宗师。他的摄影作品能否跟考古文物同时展出姑且不论，但他在中国摄影史上的成就同样有口皆碑。他在1923年组织了中国第一个摄影艺术团体"艺术写真研究会"（亦称"光社"）；1924年出版了中国第一部个人摄影艺术集《大风集》——这本书的序言，被称为中国第一个摄影艺术宣言；又于1926年在上海第一次举办了个人摄影展。他拍摄的《民十三之故宫》，不但艺术精湛，而且极具史料价值。所以，我们如果仅仅从鲁迅作品中来了解他评论的对象，那就难免产生片面性。

鲁迅经典中的事件

据对2005年版《鲁迅全集》统计，书中关于事件的注释多达近700条，大到"武昌起义""十月革命"，小到"禁止男女同场游泳""禁止女人养雄犬"……鲁迅对很多事件都有经典评价，如他指出民国初年"确是光明得多"（1925年3月31日致许广平），"那时的所谓文明，却确是洋文明，并不是国粹；所谓共和，也是美国法国式的共和，不是周召共和（按：西周时召公和周公二人摄政，号曰'共和'）的共和"（《坟·杂忆》）。他指出五四运动"扫荡废物"，"造成一个使新生命得能诞生的机运"（《译文序跋集·〈出了象牙之塔〉后记》）。此类精辟论断不胜枚举。

然而鲁迅有的信息来自新闻报道，或他人转述，因此就不免偶有误听、误信和误传的情况。

比如，1929年5月25日，鲁迅在致许广平的原信上说："丛芜因告诉我，长虹写信冰心的情书，已阅三年，成一大捆。今年冰心结婚后，将该捆交给她的男人，他于旅行时，随看而随抛入海中，数日而毕云。"虽有研究者根据高长虹的《情书十则》断定高长虹曾经暗恋冰心，但仍掩盖不住鲁迅这段文字中的诸多破绽：一，冰心与丈夫吴文藻1923年8月18日相识，1925年夏相恋，1929年6月15日在北平燕京大学临湖轩举行婚礼。鲁迅给许广平转述韦丛芜传播的小道消息时，冰心尚未结婚。二，冰心结婚后并没有乘船在海上"蜜月旅行"，而是在当年暑假回上海和江阴省亲，直到1935年至1936年冰心才跟丈夫去欧美寻师访友。三，冰心婚前的确收到过许多情书，她一看信封就可以确定。她一般的处置方式就是原封不拆，交给父母。父母也微微一笑就搁在桌上。所以冰心将高长虹写给她的一捆情书交给丈夫，丈夫随看随抛入海中，数日而毕，虽十分搞笑，但毫不可信。韦丛芜是未名社的成员，他提供的这段八卦变成了鲁迅和许广平私人通信的笑料。但《两地书》公开发表时，鲁迅把这段文字删除得一干二净，所以并没有继续扩大传播范围，对当事人造成伤害。

但鲁迅有些公开发表的杂文中，也有对事件介绍并不全面的情况。1933年2月5日，鲁迅在《申报·自由谈》发表了一篇杂文《航空救国三愿》。文中写道："看过去年此时的上海报的人们恐怕还记得，苏州不是有一队飞机来打仗的么？后来别的都在中途'迷失'了，只剩下领队的洋烈士的那一架，双拳不敌四手，终于给日本飞机打落，累得他母亲从美洲路远迢迢的跑来，痛哭一场，带几个花圈而去。听说广州也有一队出发的，闺秀们还将诗词绣在小衫上，赠战士以壮行色。然而，可惜得很，好像至今还没有到。"鲁迅这篇杂文的主旨，是反对国民党当局"攘外必先安内"的决策，特别是陈明一种愿望：莫杀人民！这当然是切中时弊的。不过，这篇杂文也有其片面性。文中提及的"去年此时"，指的是 1932 年 1 月 28 日发生的一·二八事变。这是一场中国人民遭受惨重损失的战争（据不完全统计，事变造成的损失达 16 亿元，上海市民被日军飞机大炮猛轰滥炸，死亡 6080 余人，2000 余人受伤，10400 余人失踪），但也是一场令中国人民抗日爱国激情高涨的战争，迫使日军大量增兵，三易主帅，也付出了重大代价。当时日本空军出动的战机约是中国的 12 倍，但中国空军仍奋力作战，血洒长空。广州的 6 架飞机飞到上海，奋勇参战。鲁迅所说的那位洋烈士是美国飞行员萧特（B.Short）。他原为运送中国购置的"宝灵"号飞机飞往南京，途经苏州，恰遇 6 架日机对挤满难民的苏州火车站进行袭击。为保护难民，他驾机驱敌，机身中弹焚毁，他以身殉难。这是中美两国人民友谊史上的一段佳话，值得铭记。

又如，鲁迅在《二心集·知难行难》中提到 1931 年 10 月蒋介石在南京召见丁文江、胡适，"对大局有所垂询"，依据的就是《申报》刊登的一则失实的新闻报道。胡适初见蒋介石是在武汉，时间为 1932 年 11 月 27 日。我已写过专文，故不赘述。

鲁迅经典中的思想观念

鲁迅是一位思想深刻的文学家，他的论述广泛而精辟。我曾编过一套《鲁迅锦言集》，共分六册：一、《细嚼黄莲不皱眉——鲁迅谈人生》；二、《明快的哲学——鲁迅的辩证法》；三、《人无完人——鲁迅论人物》；四、《汉唐气魄——鲁迅论文化》；五、《掀翻人肉筵席——鲁迅论旧社会》；六、《并非所有的中国人——鲁迅论中国人》。这些锦言确是充满睿智，博大精深；其中对中国人和中国社会的剖析尤其入木三分。

不过进入新时期以来，鲁迅的思想观念不断受到质疑和挑战。从"费厄泼赖"应该缓行还是应该实行，到认为"鲁迅思想没有什么新鲜的，特别是没有给国家民族指条明道"。

随着"国学热"不断飙升，鲁迅作品中对"王道"政治思想的批判也受到了挑战。在鲁迅看来，王道是一种十分虚伪的"驭民术"，就像马戏团驯兽的办法一样（《准风月谈·野兽训练法》）。鲁迅曾深刻批评孟子的"王道"观。孟子主张用"王道"而不用"霸道"统一天下。他认为齐宣王用小羊代替牛作为祭品是出于一种"仁术"（即仁慈的心术）。鉴于"君子之于禽兽也，见其生，不忍见其死；闻其声，不忍食其肉"，孟子提出了一个变通办法，那就是"君子远庖厨"（《孟子·梁惠王上》），意思是君子让厨房远离自己的视听范围，这样吃肉时就可以感到心安理得。在鲁迅看来，孟子提倡的这套"仁术"不过是骗人骗己的东西（《伪自由书·王道诗话》）。他进一步指出，在中国，"说先前曾有真的王道者，是妄言，说现在还有者，是新药"。"在中国的王道，看去虽然好像是和霸道对立的东西，其实却是兄弟"。孔子和孟子之所以宣传"王道"，"恐怕是为了想做官也难说"（《且介亭杂文·关于中国的两三件事》）。

然而，鉴于当今霸权主义在全球肆虐，有人提出中国传统文化当中的"王道"思想不仅是"中华文化的核心价值理念",而且是"一件值得世界各国参考的宝物"。"王道思想包括了对人与人、人与天、身与心、现实与未来的深刻观察与思考","今天我们挖掘'王道'的丰富内涵,意在多元世界的和谐和平"。论者还引用了孙中山关于"讲王道就是主张仁义道德"的观点,毛泽东强调"中国将来强大起来也不会侵略别人"的观点,邓小平提出"中国永远不会称霸"的观点,作为对"王道"思想当代意义的理论支撑。(许嘉璐《"王道"及不同文明的对话》,2012年1月9日《人民政协报》)。

不过,能否用当今论者对"王道"的评价来否定鲁迅经典中对"王道"的批判呢?我以为不能。判断一种思想的价值,不能脱离特定的历史过程和情境,不能不考虑社会生活的条件性、过程性和变化性。在"天有十日,人分十等"的等级制社会中,所谓"王道""仁政"只是一种善良的政治理想,从来就没有真正实行过,所以中国历史才会一直在"想做奴隶而不得"和"暂时做稳了奴隶"之间循环反复。"王道"思想能否成为当今拯救世界的万应灵丹,且容我们拭目以待。

鲁迅经典阐释中的文风

做学问有两种途径,一种是小题大做,另一种是大题小做。西方人喜欢小题大做。我买了两本书,一本叫《屎的历史》,另一本叫《乳房的历史》,都是综合蕴含了医学、民俗学、性学、历史学等多方面的知识,从某一个侧面讲述了人类文明的进化史。季羡林先生写《糖史》,两巨册,83万字,其实并不只是介绍作为调味品的糖(白糖、冰糖、水果糖),而讲的是一部东西方文化交流史。因为糖是从印度传到欧洲的,正如同咖啡、可可、啤酒是从国外传到中国一样。这就证明了人类相互依存，相辅相成。世界文化也是多元互补，而不是"一源起源"。这就是小题目中的大境界。

鲁迅的作品同样大多是深入浅出，以小喻大。他写的是蚤、蚊、蝇，斥的是禽兽不如的正人君子；写的是地上的路，喻的是人生之途；写的是小姐的香汗和工人的臭汗，论的是文学的阶级性；写的是用中国银行和交通银行的钞票打折后换得了现银，心存满足，概括的是几千年来"一治一乱"的中国历史。鲁迅的小说也是"袖里见乾坤"。《风波》写的是因剪辫引发的家庭矛盾，总结的是辛亥革命的教训；《头发的故事》写的是头发，总结的是一部中华民国建国史。我由此想到，阐释鲁迅经典，也应该从小见大，深入浅出，而不应反其道而行之。

在《〈蕙的风〉·序》中，胡适曾谈到"论诗的深度，有三个阶段：浅入而浅出者为下，深入而深出者胜之，深入而浅出者为上"。诗歌创作如此，经典阐释亦如此。我认同胡适"深入而浅出者为上"的观点。不过我想补充的是，比"浅入浅出者"更下的，是"浅入而深出"。意思是作者并无深刻见解，但偏偏用一种新潮理论包装自己，把一件极其简单的事情说得九曲十八弯，把一个极其明白的道理说得云山雾罩，"以震其艰深"。

其实胡适的观点也有其文化渊源。中国古人解读经典从来都是崇尚深入浅出。宋代大儒朱熹在《朱子语类·卷七十》说："大凡读书，只就眼前说出底便好，崎岖寻出底便不好。"意思是阐释儒家经典，应该用眼前之事、易明之理来解说，做到以今释古，以俗释雅，化玄奥为平常。所谓"崎岖寻出"，就是以深奥解释深奥，以古雅解释古雅，甚至把原本易解之事说得不可理解。遗憾的是，目前学术界的文风似乎有故作深奥的趋势。

比如，在 20 世纪六七十年代，以法国思想界为中心，开始传播一种被称为"空间转向"的理论。这种理论也影响到人文社会科学研究的范式。现代空间理论区分的空间类型极多，显示了空间的复杂性，其中主要的类型有自然物理空间、社会政治空间、精神文化空间、虚拟网络空间。记得在一次学术研讨会上，有位学者谈鲁迅作品中的室内空间与室外空间，说鲁迅厌恶前者而向往后者，所以他要冲破"铁屋子"，而喜好到开旷的河边野地去看社戏。我立即就想起了一个反证材料：鲁迅厌恶北京室外空间的灰土，希望在上海过"躲进小楼成一统"的室内生活，岂不又证明了鲁迅厌恶室外空间而向往室内空间？这就形成了一个悖论。事实上，人生活中的室内空间和室外空间是不可分割的，而空间本身是可以区分的。

又如西方 20 世纪 60 年代出现的叙事学，是对叙事作品的形式和功能进行研究。从多侧面、多角度研究叙事文本的内在形式，这无疑是一件有意义的事情。但总的目的，应该是把读者原来不明白的问题说明白，而不应该把原本容易理解的事情说得难以理解。比如鲁迅小说集《彷徨》中有一篇《离婚》，讲的是农村妇女爱姑因为要跟"姘上了小寡妇"的丈夫离婚，由父亲带着，求助于"和知县大老爷换帖"的七大人。仆人给七大人递上鼻烟壶，爱姑从没见过，只知道是"小乌龟摸样的一个漆黑的扁的小东西"。这种描写，既形象，又突显了爱姑与七大人身份地位的差距。这一点读者极易理解，本无须深究，另一位研究者却根据美国学者詹姆斯·费伦的叙事学理论，将这一细节上升到"知识/感知轴上的错误解读"和"不充分解读"的理论高度。然而除这位研究者本人之外，又有多少人能说清楚什么叫"知识/感知轴"呢？我由此感到，在阐述鲁迅经典的过程中，矫正学风和文风也是一件要事，应引起同人的重视。

阅读鲁迅经典要落实于养浩然之气

解读经典是一门关于生命的学问。读书的过程，就是观照自我的过程，就是用自己的生命体验跟经典作家精神沟通的过程，也是一个自身立德修身的过程。从这个意义上可以说，阅读经典，就是要从中寻求一种人格的力量。马克思就是从这个角度阅读但丁的《神曲》。在《资本论》第一版第一卷《序言》中，马克思就引用了这位"伟大的佛罗伦萨人"的一句名言："走你的路，让人们说去罢！"

中国古人有一条重要的阅读经验，就是"读书养气"。"气"原是中国古代哲学的一个概念，指的是构成世界万物的一种极细微的物质。后引申为"气质""气概""气量""气势""气节"等，蕴含着人的性情、操守、素质、风格，简而言之，就是人的精神状态。

在古代哲人中，孟子对"气"的问题谈得很多。他强调要"善养浩然之气"。这种浩然之气，"至大至刚"，充塞于天地之间，跟道义相融合。我想，文天祥《正气歌》中洋溢的那种万古长存的凛然磅礴之气，就是对孟子"浩然之气"的形象表述。魏高祖曹丕也谈论过"气"。在《典论·论文》中他有一句名言："文以气为主。"这里的"气"说的是作者的气质个性。南北朝时代的文艺理论家刘勰的《文心雕龙》一书，第四十二篇题为《养气》。这里的"气"，讲的也是"精神"。"气"决定于"志"，正如《孟子·公孙丑上》所言："夫志，气之帅也。"讲的就是理想和信念决定了一个人的精神导向。

古希腊剧作家索福克勒斯曾说:"强大的东西虽然多,却没有一件比人更强大。"(《安提戈涅》,第一场,第一合唱歌)鲁迅就是比一般人更为强大的人。他的作品中充溢了一个强大的气场,让读者从中受到感染激励。读鲁迅作品,我们都会感受到字里行间回荡着一股浩然正气,这种正气集中表现为他具有明确的是非、热烈的爱憎,对强权者的抗争、对被损害者的同情。简而言之,鲁迅的每一篇杰作都渗透了反抗旧世界的叛逆精神。

我曾写过一篇文章,题为《论鲁迅的多重意义》,内容是论述鲁迅经典的认识意义、现实意义和普适意义。此外,它还具有一种对社会行为的规范意义。这当然不是说鲁迅的价值观应当成为当今社会广大民众的行为规范,因为法律解决的才是国民行为的底线。但鲁迅经典却可以成为当今先进分子的行为规范,如他弘扬的"损己利人"精神,"甘为人梯"的精神,可以矫正我们人生的路标,成为当代先进分子的行为指南。阅读鲁迅经典最终达到提高国民素质的目的,才能真正实现鲁迅的遗愿。

第十讲　解密鲁迅日记中的"生活密码"

鲁迅日记的"无趣"与"有趣"

鲁迅日记给读者的第一印象是无趣。如1912年7月13日日记："雨。无事。"同年8月24日日记："上午寄二弟信。午后赴钱稻孙寓。"所以，有一位著名作家曾致函人民文学出版社鲁迅著作编辑室，认为出版鲁迅日记是浪费纸张，毫无意义。

但人民文学出版社的老社长、原鲁迅著作编刊社负责人冯雪峰却不这么看。他在第一部鲁迅日记的影印本出版说明中写道："这是研究鲁迅的最宝贵和最真实的史料之一，也是属于人民的重要文献之一。所以尽早地影印出版又是必要的，并且作为研究的材料，也是影印最能够免去铅印所可能有的排版上的错误。"这套影印本出版于1951年3月，时值中华人民共和国成立初期，国家财政尚有困难，所以初版只印了1050部，目前已成珍本。此后，鲁迅日记有多种精装本和平装本问世，并收入了《鲁迅全集》和《鲁迅手稿全集》。

鲁迅日记中牵涉许多人物、书刊、事件……仅日记中书刊、人物的注释条目索引就多达571页，即今《鲁迅全集》第17卷。要把原本"无趣"的鲁迅日记读得有趣，诀窍就是要把鲁迅日记跟其他体裁的作品对读，把鲁迅日记跟相关的文史资料对读，这样就能破译鲁迅日记中隐含的许多生活密码。

比如，鲁迅1927年10月19日日记："晚王望平招饮于兴华酒楼，同席十一人。"这不是一次普通的就餐，而是商办中国济难会（后改名革命互济会）刊物《白华》事。中国济难会，以营救被捕革命者、救济烈士家属为宗旨。1930年2月13日日记："晚邀柔石往快活林吃面，又赴法教堂。"这是参加中国自由运动大同盟的成立大会。不过，目前对于该同盟成立的具体地点尚有不同说法。1930年2月16日日记："午后同柔石、雪峰出街饮加菲（按：咖啡）。"他们去的地方是上海北四川路998号公啡咖啡店，内容是筹备成立中国左翼作家联盟。中国济难会、中国自由运动大同盟、中国左翼作家联盟是中国共产党领导的三个革命团体，鉴于当时白色恐怖严酷，鲁迅在日记中不能直言，只能含糊其词。所以，考证出这些活动背后的政治内容具有不能低估的意义。

鲁迅日记中有时会出现"夜失眠"这三个字，看似简单，但其实往往隐含着许多辛酸苦楚。鲁迅夫人许广平在《鲁迅先生的日记》一文中写道："有时为了赶写文稿，期限急迫，没有法子，整夜工作了。但是有时并不因为工作忙，而是琐屑之事，或者别人家一不留心，片言之间，毫不觉到的，就会引起不快，可能使他眠食俱废。在平常人看来，或者以为这是大可不必的，而对于他就觉得难堪了，这在热情非常之盛的人，是会这样的。"（1939年2月8日《鲁迅风》第5期）

但是我们也不能认为鲁迅日记中的所有字句都有微言大意，并非凡吃饭、喝咖啡都是在从事地下活动，凡失眠一定都是"心事浩茫连广宇"，凡"濯足"都有性暗示，那样考证下去就会走火入魔。

鲁迅的两种"日记"

在《华盖集续编·马上日记》一文中,鲁迅谈到有两种不同写法的日记:一种是写给自己看的流水账式的日记。如某年某月某日,得 A 信,B 来,收 C 校薪水,复 D 信。另一种是把日记当著述,写作之初就打算通过借阅或出版的方式给别人看。晚清李慈铭的《越缦堂日记》就属此类,它长达数百万字,涉及经史、纪事、读书、诗文等,是继顾亭林《日知录》后的又一座学术宝库。鲁迅应刘半农之约,在《世界日报副刊》连载的《马上日记》《马上日记之二》,以及在《语丝》周刊连载的《马上支日记》,应该也属第二种。其特点是一有感想就马上写下来,但因为动机是给别人看的,所以,对自己不利的事情未必会写。鲁迅还准备写一种"夜记",也应属第二种,惜未完成。

现存鲁迅日记是指鲁迅 1912 年 5 月 5 日从南京抵达北京当日,直至 1936 年 10 月 18 日(逝世前一日)在上海的日记,共计 24 年零 5 个多月。日记是用毛笔竖写在印有乌丝栏或朱丝栏的毛边纸稿纸上,每年合订为一本,共计 25 本。1941 年,李霁野联系许广平,准备在他筹办的《北方文学》上发表一些片段。许广平为稳妥起见,从银行保险箱中取出原稿,另行摘抄,准备用誊抄稿付印。不料当年 12 月太平洋战争发生,日军进驻上海租界,从许广平寓所抄走了这批手稿,并逮捕了许广平。翌年 3 月,许广平被保释,发还手稿时,丢失了 1922 年全年的日记。幸亏许寿裳编撰《鲁迅年谱》时摘录了 1922 年日记中的 47 则,另书账 1 则,现作为附录收入 2005 年版《鲁迅全集》第 16 卷。数十年前,我曾听到鲁迅 1922 年日记尚存人间的传言,有人说为日本某人收藏,有人说为上海某人收藏。我希望这些传言有朝一日会变成现实。

将鲁迅日记跟鲁迅本人的《马上日记》对读就会发现许多趣事。

鲁迅1926年6月28日日记："晴。上午往留黎厂。""留黎厂"即北京琉璃厂文化市场。而据《马上日记》记载，他当天上午从阜成门内西三条二十一号寓所出发，看见满街挂着五色国旗，军警林立，走到丰盛胡同中段就被军警赶进一条小胡同中，原来是交通管制。少顷，一辆辆军车驶过，隐约可见车中人戴着金边帽，但看不清人脸；士兵站在车边上，背着扎红绸的板刀。人群肃穆，直到军车开过，鲁迅继续赶往西单牌楼大街，满街也都是军警林立，挂着五色国旗。一群衣衫褴褛的小报童在卖"号外"，方知原来是欢迎吴佩孚大帅入京。回家后，鲁迅看报纸才知道吴佩孚率兵从保定起程之后有人为他算了一卦，说他28日入京大吉大利。所以，吴故意在途中滞留了一日。北洋军阀的嚣张气焰、愚昧心理，在鲁迅的上述描绘中跃然纸上。

同日日记："往信昌药房买药。"对照《马上日记》方知，买药是鲁迅此次出行的主要目的，买的是胃药。信昌药房是一家较大的药房，即使加上人力资本，药费也要比医院便宜3/4。不过同一药店同一配方的药，每次喝起来味道和疗效都会有些不同。药房有外国医生坐堂，店伙都是服饰洁净美观的中国人。店伙开价八毛五，八毛药费，五分瓶子钱，但鲁迅自带药瓶，便将售价砍到了八毛。鲁迅鉴于此前的教训，当场服用，发现稀盐酸分明过量，口感太酸。原因是店伙配药水懒得用量杯，这就是鲁迅批评的中国人办事儿的马马虎虎。好在酸了可加水稀释，鲁迅就没再说什么。

同日日记又云："访刘半农，不值。访寿山。"干巴巴的九个字，其实背后的经历颇有趣。刘半农是鲁迅《新青年》时代的老友，又是约他写稿的编辑，但看来彼此串门并不多。鲁迅当天到刘半农家吃了一个闭门羹，问小当差，说刘出门了，午饭后才能回。鲁迅饿了，想等一等，趁顿饭。小当差说："不成。"鲁迅有些尴尬，便掏出一张名片，叫小当差禀告刘太太。等了半刻，小当差出来回复："也不成。刘先生下午3点钟才回来，你3点钟再来吧。"鲁迅饥肠辘辘，只好顶着毒日，踏着尘土，来到另一位朋友齐寿山家，总算见到人了。齐寿山自己吃面，请鲁迅用奶油刮面包吃，还喝葡萄酒，另加四碟菜，结果鲁迅一扫而光。二人连吃带聊，直到下午5点。像这些生活细事儿，在鲁迅写给自己看的日记中当然不会出现。

"余怀范爱农"

"风雨飘摇日，余怀范爱农。"这是鲁迅《哀范君三章》的首句。该诗初刊于1912年8月21日绍兴《民兴日报》。附记中写道："我于爱农之死，为之不怡累日，至今未能释然。"可见鲁迅哀悼之情极深。14年后，鲁迅又创作了一篇回忆散文《范爱农》，初刊于1926年12月25日《莽原》半月刊第1卷第24期，后收入《朝花夕拾》，为读者广为传诵。

范爱农，名肇基，字斯年，号爱农，浙江绍兴人。从鲁迅的文章中可得知，他是徐锡麟所办大通师范学堂的学生，曾赴日本留学，性格孤僻高冷，归国后受着轻蔑、排斥、迫害，靠教几个小学生糊口。辛亥革命之后，他一度对光复后的绍兴抱有希望，但现实的绍兴是外貌虽有改观，但"内骨子是依旧的"，让范爱农的幻想迅速幻灭。

鲁迅任绍兴师范学校校长时，范爱农任监学，工作认真努力。鲁迅去南京教育部任职之后，校长由一个顽固派兼任，范爱农境遇困顿，于1912年7月10日落水而死。

1912年5月15日，鲁迅日记记载："上午得范爱农信，九日自杭州发。"幸运的是，这封信以及范爱农同年3月27日和5月13日的其他两封信都保存在北京鲁迅博物馆，从信中可以了解他跟鲁迅分别之后的真实情况。范在5月9日致鲁迅函中说，他在绍兴师范学校的监学一职已被"二年级诸生斥逐"，导火线是学校食堂的饭菜问题，但根本原因是傅励臣任校长期间敷衍了事，对学生放任自流，发生问题之后又处置不当，再加上一个叫何几仲的教员在背后挑唆，兴风作浪，致使局面难以收拾。当年4月28日，范显章与朱祖善这两名学生晚起，自己耽误了早餐时间，却叫厨役补做。厨役因未接到教务室及庶务员的指示，予以拒绝。双方产生了矛盾。4月29日一早，学生以饭中发现蜈蚣为由闹事，范爱农当即训斥了厨役，并调换了饭菜，但学生仍不依不饶，当天下午以饭冷菜少为由罢食。4月30日，学生再次以罢课手段进行要挟，迫使范爱农于5月1日辞职离校，一度漂泊到了杭州。

鲁迅在《范爱农》一文中写道："我至今不明白他究竟是失足还是自杀。"鲁迅怀疑的原因是范爱农生成傲骨，不肯钻营，又不善钻营，故不容于浊世。范爱农在1912年5月9日（夏历三月二十七日）致鲁迅信中写道："如此世界，实何生为？盖吾辈生成傲骨，未能随波逐流，惟死而已，端无生理。"现存鲁迅日记中这封信未见著录。

喧闹的端午节

鲁迅对端午节的印象似乎并不太好。鲁迅在北洋政府教育部工作期间经常被欠薪，他不仅参加了索薪斗争，并且以索薪为题材创作了一篇题为《端午节》的小说，发表于 1922 年 9 月上海《小说月报》第 13 卷第 9 号。

1925 年 6 月 25 日，鲁迅日记的记载是："晴。端午，休假。"这一天是星期四，因过节放一天假。单看"休假"二字这一天似乎过得平淡无奇，实际这一天鲁迅家中却是热闹无比，原因是来了四个叽叽喳喳的女生：许广平、许羡苏以及鲁迅租赁北京砖塔胡同六十一号时房东的女儿俞芬、俞芳两姐妹。

许羡苏和俞氏姐妹都是绍兴人，能陪鲁迅母亲说家乡话，还常帮她写信，所以深得"太师母"宠爱，难免"仗势欺人"。许广平是女师大风潮中的学生骨干，已被守旧的校长杨荫榆视为"害群之马"，在鲁迅面前也调皮捣蛋。

单凭日记上"端午休假"这四个字怎能了解休假的细节呢？开始，我试图去查《两地书》，想看鲁迅、许广平当时的通信，但《两地书·三二》仅存鲁迅致许广平的半封信，开头注明"前缺"，信末注明"此间缺广平二十八日信一封"，《两地书·三一》信末注："其间当有缺失，约二三封。"

这些信真"缺失"了吗？未必。多半是鲁迅当时不想公开示人。后来《两地书》原信公诸于世，我们才知道，鲁迅 1925 年 6 月 28 日致许广平信"前缺"的那一部分题为"训词"，完全是用开玩笑的口吻记述了端午节那天许广平等四位小姐大闹鲁迅府邸的情景。简而言之就是当天上午这四位小姐灌鲁迅酒，迫使他"喝烧酒六杯，蒲桃酒（编者注：即葡萄酒）五碗"，鲁迅酩酊之中按了许广平的头，又对俞家姐妹挥拳示警，吓得这四位小姐"抱头鼠窜"，跑到鲁迅寓所附近的白塔寺逛庙会去了。当天下午2点，鲁迅又喝了酒，自己去逛了白塔寺。鲁迅在《训词》中写道："且夫天下之人，其实真发酒疯者，有几何哉，十之九是装出来的……因为一切过失，可以归罪于醉，自己不负责任，所以虽醒而装起来。但我之计划，则仅在以拳击'某籍'小姐两名之拳骨而止，因为该两小姐们近来依仗'太师母'之势力，日见跋扈，竟有欺侮'老师'之行为。倘不令其喊痛，殊不足以保架子而维教育也。然而'殃及池鱼'，竟使头罩绿纱及自称'不怕'之人们，亦一同逃出，如脱大难者然，岂不为我所笑？"

这就是生活中有血有肉的鲁迅。

并不神秘的"H"君

有一位代号叫"H"的人，从1912年至1929年在鲁迅日记中总共出现了76次。有人神秘兮兮地说，在许广平之前，还有一位叫H君的女性出现在鲁迅生活中，这有鲁迅日记的记载为"证"。1925年7月1日鲁迅日记写道："晴。午后得许广平信。晚H君来别。"此后，鲁迅跟这位"H君"就改用书信方式联络。此说如能成立，鲁迅就成了在恋爱过程中"脚踏两只船"的人。

这就是典型的胡扯。其实鲁迅日记中出现的这位"H君"一点儿也不神秘，他就是周作人的妻弟羽太重九，在鲁迅日记中亦写作"重君"。周作人妻羽太信子出身贫寒，做过"下女""酌妇"，弟弟羽太重九身体不好，无固定职业，32岁尚未成婚，多年来一直受到鲁迅接济。即便在鲁迅跟周作人夫妇失和之后，这种接济也仍未间断。1925年8月26日鲁迅日记中记载："夜寄H君信。"同年鲁迅因支持北京女子师范大学学生运动被北洋政府教育部部长章士钊免去了佥事职务。鲁迅将此事函告羽太重九，同年10月13日鲁迅日记记载："得H君信。"这是羽太重九于10月7日写的复信，现存北京鲁迅博物馆。鲁迅将羽太重九称为"H君"，是因为在日文中"羽太"二字的发音近似"Hada"，"H"正是取其第一个字母。

羽太重九在信中写道："上月蒙兄长给予及时补助，非常感激。长期以来，有劳兄长牵挂，真是无言可对。对您长年以来的深情厚意和物质援助，真不知说什么才好。"又说："我打算在近期内开铺子做买卖；但是小本经营，不但生意很难做，也难以找到合适的地点。但无论如何，我还是想在十一月份做买卖。"羽太重九的具体想法是开一家专门经销新杂志的书店，如筹措1000元资金，据说可盈利一成到一成五左右。他希望鲁迅和他的朋友能协助订货。谈到鲁迅被免去佥事之职，羽太重九在信中写道："究竟为什么要罢免兄长这样的人呢？我不能不为教育部而感到惋惜。受到教育部的罢免，即使生活上不会有什么困难，但那些家伙实在叫人气愤。为了给那些混账东西一点颜色，望兄长今后更加努力奋斗。"可见，在羽太重九心目中，鲁迅是一位品德高尚的人。

蜜月旅行中的"电灯泡"

鲁迅1928年7月12日日记："晚同钦文、广平赴杭州，三弟送至北站。夜半到杭，寓清泰第二旅馆，矛尘、斐君至驿见迓。"

这里记载的是鲁迅跟许广平同居之后的一次蜜月旅行，也是他一生中难得的一次游憩。1909年，鲁迅从日本留学归国之后曾在杭州浙江两级师范学堂任教一年，但游西湖仅有一次，因为他对旅游不感兴趣，觉得西湖十景"平平而已",杭州吸引他的只有浙江图书馆里的孤本秘籍。此次来杭是受到许钦文、章川岛(矛尘)等青年朋友的"怂恿",也是对许广平婚后辛劳的一种回报。

鲁迅一行之所以选择乘坐夜车是为了避开日晒,图个清凉。不料车上却发生了一件让他们扫兴的事情。原来,车上有两个獐头鼠目的宪兵,从鲁迅的手提箱中嗅到一股香味,误以为是鸦片烟,便勒令开箱检查,遭到拒绝后,宪兵便自己动手揭开箱子盖,结果一无所获,悻悻而去。

清泰第二旅馆在西湖边,开窗即可欣赏洒在湖面的银色月光。章川岛跟他的妻子孙斐君事先在旅馆预订了一间楼上的三人间,并到杭州火车站迎接鲁迅一行。鲁迅担心川岛夫妇的孩子在家中无人照顾,便催促他们早走,而执意把许钦文留下当"电灯泡",跟他们同住一室。鲁迅跟许广平分睡一左一右的两张床,许钦文睡中间那张床,鲁迅跟许广平在杭州住了五夜,许钦文就在旅店一直陪伴了他们五个晚上。鲁迅坚持这样做,固然是因为许钦文是当地人,万一遇到意料不到的麻烦,他可以协助解决,但度蜜月让一个学生辈的青年挤在中间,多少总让人们觉得有些费解。不过,鲁迅跟许广平当时就是这样处理问题的。如果不读许钦文的回忆录《伴游杭州》,而只看鲁迅日记中几句简单记载,人们肯定不会了解这些历史细节。

同一件事的三种回忆

鲁迅1930年5月7日日记:"晚同雪峰往爵禄饭店,回至北冰洋吃冰其林(编者注:即冰淇淋)。""雪峰"即冯雪峰,爵禄饭店在上海西藏路、汉口路附近。单看字面意思这似乎是一次普通的吃喝休闲活动，殊不知其中有重大的政治隐情。

原来冯雪峰是陪同鲁迅去秘密会见中国共产党当时的领导人李立三。1928年至1930年，李立三曾任中共中央政治局常委兼秘书长、宣传部长，1930年3月至同年7月，李立三受共产国际错误主张的影响，在短期内推行了一条"左"倾路线，想通过攻打大城市等盲动行动掀起中国革命新高潮，并引发世界革命新高潮。

关于这次会见的内容，许广平在《鲁迅回忆录》中是这样记述的："在上海时期，就是自由大同盟成立的前后，党中央研究了鲁迅在各阶段的斗争历史以后，认为鲁迅一贯站在进步方面，便指定李立三同志和鲁迅见面。这次见面，对鲁迅有极其重要的意义。当时，党着重指示两点：一，革命要实行广泛的团结，只有自己紧密的团结，才能彻底打败敌人。二，党也教育鲁迅，无产阶级是最革命、最先进的阶级，为什么它最先进、最革命？就因为它是无产阶级。经过那次会见以后，鲁迅的一切行动完全遵照党的指示贯彻实行了。"《鲁迅回忆录》撰写于1959年，1961年公开出版，当时李立三任中共中央华北局书记处书记。许广平的回忆应该是根据李立三本人提供的情况，说明他会见鲁迅不是个人行为，而是组织安排。李立三对鲁迅是下达指示，鲁迅完全"贯彻实行"，可见当时接受教育的人是鲁迅。

然而作为当事人之一的冯雪峰又有另外一种说法。1972年12月25日，冯雪峰应北京鲁迅博物馆之邀接受了一次访谈。1975年8月，他又将这份访谈记录认真修改了一次。关于陪同鲁迅会见李立三的情况，冯雪峰是这样介绍的："李立三的目的是希望鲁迅发个宣言，以拥护他的'左'倾机会主义那一套政治主张。鲁迅没有同意。谈论中李立三提到法国作家巴比塞,因为在这之前巴比塞发表过一篇宣言似的东西,题目好像叫《告知识阶级》。但鲁迅说中国革命是长期的、艰巨的,不同意赤膊上阵,要采取散兵战、堑壕战、持久战等战术。鲁迅当时住在景云里,回来后他说:'今天我们是各人讲各人的。要我发表宣言很容易,可对中国革命有什么好处?这样我在中国就住不下去,只好到外国去当寓公。在中国我还能打一枪两枪。'"照冯雪峰的说法,这次会见不是李立三"指示"鲁迅,反而是鲁迅教育李立三了。

对冯雪峰的这次访谈是在"文化大革命"期间,他本人受到冲击,而李立三已于1967年去世。所以,李立三跟鲁迅的谈话即使有正确成分,冯雪峰也不可能如实进行转述。冯雪峰回忆中"在中国我还能打一枪两枪"这句话在胡愈之的回忆中又有了戏剧性的变化。同样是在1972年12月25日,在北京鲁迅博物馆的那次座谈会上,作为鲁迅和冯雪峰共同的朋友,胡愈之讲了另一番话。他说鲁迅曾经告诉他,李立三要在上海搞武装斗争,并要发给鲁迅一支枪,请他带队。鲁迅回答说:"我没有打过枪,要我打枪打不倒敌人,肯定会打了自己人。"如果真是这样,那李立三是委任鲁迅担任民兵队队长。胡愈之承认自己把鲁迅跟李立三的谈话内容漫画化了,因此疑点更多。

同样一件事三个人的回忆有三种版本,充分说明了对回忆录进行鉴别的必要性。

"失记"引发的风波

鲁迅写日记坚持不辍,毅力惊人,但也有"失记"的时候。比如1932年2月1日至5日,日记上就连续五次出现了"失记"二字。笔者近年来也在写极其简略的日记，同样也有失记的情况，主要是因为当天没有值得一记的事情或者没有静坐写日记的条件。但鲁迅是名人，受名人之累，因此，一旦日记中出现"失记"二字，就有些居心叵测的人绞尽脑汁做文章，力图颠覆解构鲁迅的形象。

1972年年底至1973年年初，香港报人胡菊人就在《明报》上连篇累牍发表文章攻击鲁迅，居然以"失记"为"罪证"，力图把鲁迅诬蔑为向日本当局提供情报的间谍。他煞有介事地质问：既然50天都有日记……为什么却唯独2月1日至5日"失记"呢？他因此作出两个判断：一，鲁迅自己真的没有记，他不想让人知道，甚至到死后也不想让人知道。二，鲁迅有记，但是被他的后人毁掉了，或者是被共产党编辑消灭了。

实际上，那"失记"二字是鲁迅的亲笔，并非鲁迅后人毁掉原件之后找人补写的字迹。许广平视鲁迅手稿为生命，甚至将他扔进纸篓的弃稿都妥善保存，这都是有目共睹的事情。笔者有幸参加1981年版的《鲁迅全集》日记部分的编注工作，所有工作人员对鲁迅作品的历史原貌都高度尊重。即以鲁迅日记为例，不但任何编辑人员都未擅改，就连日记中出现的古字、异体字乃至笔误都保留了原貌，至于说他记"失记"有什么不可告人的隐情，那更是荒谬。

当时的历史真相是：1932年一·二八事变爆发，鲁迅租赁的北川公寓对面就是日本海军陆战队的司令部。当晚11时许，鲁迅家突然停电，他跑到晒台上，只见战火弥天，子弹穿梭，回到房间，发现书桌旁有一颗子弹已洞穿而入。第二天，终日置身于枪炮声中。鲁迅说："中华连年战争，闻枪炮声多矣，但未有切近如此者。"（1932年2月29日致李秉中）第三天凌晨，大队日军冲进了北川公寓进行搜查，理由是发现有人在楼内向日军放冷枪。于是，鲁迅一家只得迁往内山书店三楼避难。直到2月6日，鲁迅一家连同三弟周建人一家才迁到英租界的内山书店支店避难。因逃难时鲁迅只"携衣被数事"，所以，日记"失记"是一件完全可以理解的事情，岂能成为鲁迅"里通外国"的"证据"！

"奴隶"之爱

作家萧军、萧红夫妇跟另一位"左联"作家叶紫组织了一个文学社团，命名为"奴隶社"，取意于国际歌中的首句歌词。萧军说："奴隶和奴才在本质上有所不同，奴隶要反抗，奴才要顺从。"他征询鲁迅的意见，鲁迅回答说："奴隶社"这个名称是可以的，因为它不是"奴才社"，奴隶总比奴才强！

1936年10月6日，即鲁迅逝世前13天，他日记中出现了这样一条记载："上午得芷夫人信，午后复，并泉五十。""芷"和"紫"谐音，"芷夫人"即叶紫夫人汤咏兰。汤咏兰致鲁迅信似未存，但鲁迅的复信现已收入人民文学出版社2005年版《鲁迅全集》第14卷第162~163页，全文是：

咏兰先生：

　　来信收到。

　　肺病又兼伤风，真是不大好，但我希望伤风是不久就可以医好的。

　　有钱五十元，放在书店里。今附上一笺，请持此笺，前去一取为荷。

专此布复，即颂时绥。

豫　上　十月六日

　　叶紫是一位湖南籍作家，虽然只有二十多岁，但要过饭，当过兵，行过医，做过教员和编辑，作品不多，但产生了国际影响。鲁迅在《叶紫作〈丰收〉序》中写道："作者还是一个青年，但他的经历，却抵得太平天下的顺民的一世纪的经历，在转辗的生活中，要他'为艺术而艺术'，是办不到的。"然而正是因为年轻，所以叶紫也办过一些不通世务的事情。比如，他不仅经常要求鲁迅为自己修改文稿，而且还让鲁迅为他的朋友写书评。那书名叫《殖民地问题》，而鲁迅对政治并无研究，更没有专门研究过殖民地的问题。所以，鲁迅感到像让他"批评诸葛武侯八卦阵一样，无从动笔"。叶紫甚至转请鲁迅为清华大学的一个文学社团写招牌，让鲁迅哭笑不得。在1936年上海文艺界的"两个口号"论争过程中，叶紫站在跟鲁迅对立的一方，以"谈公事"的名义，盛气凌人地约病中的鲁迅外出谈话，并在信中责备鲁迅未能及时回信。鲁迅在同年9月8日致叶紫的信中写道："我身体弱，而琐事多，向来每日平均写回信三四封，也仍然未能处处周到。一病之后，更加照顾不到，而因此又须解释所以未写回信之故，自己真觉得有点苦痛。我现在特地声明：我的病确不是装出来的，所以不但叫我出外，令我算账，不能照办，就是无关紧要的回信，也不写了。"

　　叶紫虽然不通人情事故，但由于他贫病交加，鲁迅仍持续不断地给他经济上的帮助。据统计，在鲁迅日记中有27次提到叶紫缺钱。叶紫只要向鲁迅求助，他都会帮忙解决，甚至怀揣刚出炉的烧饼来到叶紫租赁的亭子间，将还冒热气的烧饼分别递给叶紫两个饥肠辘辘的孩子。1936年10月6日，叶紫因肺病和肋膜炎并发住进医院，叶紫夫人汤咏兰再次写信向鲁迅求助。鲁迅虽然自己重病在身,而且当时跟叶紫的关系闹得很僵,但刻不容缓地通过内山书店送上五十大洋,这就展现出鲁迅丰富的人性,表达了他深厚的"奴隶之爱"。

第十一讲 鲁迅手稿，研究些什么？

研究作家手稿的意义何在？我们首先要了解鲁迅本人的见解。大约是1935年间，翻译家孟十还得到了一本俄文书，书名是《果戈理怎样写作的》，作者叫魏烈萨耶夫。鲁迅此前看过这本书的日译本，便建议孟十还据原文直接译出，并收入他准备编译的《果戈理选集》第六卷，附在《死魂灵》第二部的残稿后面。鲁迅为什么特别重视这部著作呢？因为这本书的第六章提出了一个观点，就是有志于创作的文学青年学习创作有两个途径：从大作家已经完成的作品中可以领会到"应该这么写"，而从大作家的未定稿本中可以学习到"不应该那么写"。一般读者从定稿本中并不容易看出好坏，反倒未定稿本（即原稿）的修改痕迹是写作教学的实物教材，读者能从中知道文章哪些部分应该删削，哪些部分应该浓缩，哪些部分应该改写。鲁迅1935年把他的上述见解写进了《不应该那么写》这篇杂文，收入《且介亭杂文二集》。其实，鲁迅早就思考过这个问题。1927年在《三闲集·怎么写——夜记之一》中，鲁迅就说过，写什么是一个问题，怎么写又是一个问题。1931年在《二心集·答北斗杂志社问》中，他又介绍了自己的8条创作经验。不过，他认为这种"小说法程""小说作法"之类的经验谈对提高写作水平不一定有效，反不如看作家修改的文稿来得切实。

作家的手稿常以三种形态呈现：一种是草稿本，一种是清稿本（包括作者助手的誊清稿本），还有上版付印时的上版稿本。在这三种文稿中，作家本人书写的草稿本当然最为重要，因为它不但是最重要的文物，而且还可以从作家的修改、增补、校订中了解作家的心路历程和作品的形成过程。像鲁迅辑校的《会稽郡故书杂集》，既有散抄手稿，又有整理完后的重抄手稿，还有一份木刻印刷前的付排抄稿。鲁迅辑录的《古小说钩沉》也有草稿本多种和最终的定稿本10册。鲁迅辑校《嵇康集》历时20年，校勘10次，留下了3种抄本，5种校勘本，12页校本，直至1932年3月才"清本略就"。

不过总的说来，鲁迅现存手稿修改痕迹并不多见，我们进行校勘时所做的多为规范标点和异体字的工作。原因之一是鲁迅动笔之前习惯于打腹稿，字斟句酌，经常迟疑不敢下笔。他书桌前那把旧躺椅就是他打腹稿的地方，饭前饭后都在那里构思，以至于影响了消化，加剧了他的胃病。"静观默察，烂熟于心，凝神结想，一挥而就"，这16个字很切合鲁迅的创作过程。原因之二是鲁迅向来对自己的手稿不珍惜，随写随扔，甚至流散到街头被小贩用来包油条。现在我们看到的手稿，很多是誊清稿。比如鲁迅拟编《集外集拾遗》时，就从原报刊上抄录了一些文稿。这种手稿只能偶见字、句的修改，基本上没有整段整页的删改。鲁迅手稿的书法虽然极具审美价值，但从研究作家的心路历程和构思过程来看，可供挖掘的地方并不很多。据北京鲁迅博物馆资料部统计，鲁迅著作手稿保存下来的有350篇，1916页，约占鲁迅创作总量的1/4，其中比较完整的是《朝花夕拾》《故事新编》——这个功劳应该归属于珍视鲁迅手稿的未名社。还有《两地书》的3种手稿，现均已重印出版。遗憾的是，《朝花夕拾》中有3篇手稿散失，《故事新编》的《补天》

一文中有许广平的手抄稿。鲁迅名著《阿Q正传》的手稿,现存只有1页。鲁迅杂文手稿中,也有代抄稿。鲁迅自作诗稿共有5首,抄录28首。鲁迅将自己的诗作《自题小像》书赠中外友人,个别字有改动。《汉文学史纲要》是鲁迅在厦门大学任教时的讲义,现存手稿41页,每页22行,每行26至28字不等,也有修改处,值得研究。

鲁迅杂文手稿现存167篇,有不少重要文章,如《死》《中国新文学大系·小说二集序》《门外文谈》《为了忘却的记念》等。其中有多重研究意义的是由冯雪峰起草、鲁迅修订的《答徐懋庸并关于抗日统一战线问题》。这篇文章全文共15页稿纸,其中4页1500字是鲁迅的手迹,其余部分是整理者冯雪峰的笔迹,但也经过鲁迅的修改。对于这份手稿,朱正先生和日本的丸山昇先生都有研究力作。站在今天的高度,当然还有进一步研究的余地。被编辑修改和被国民党检察官删削的文稿也值得研究。鲁迅概括说,编辑的改动主要是为了去掉些有政治忌讳的字句,但文气上下还能连贯(如《论秦理斋夫人事》),但检察官则是胡删乱改,不管文气能不能上下连接(如《过年》)。这种情况在《准风月谈》《伪自由书》《花边文学》中多有出现。

1981年6月,朱正先生在湖南人民出版社出版了《鲁迅手稿管窥》,虽然只点评了12篇文稿,但我觉得精华部分已经被他"窥察"得差不多了。要想有大突破,恐怕需要下大功夫。鲁迅还保存了几本书的校样,如《且介亭杂文二集》(18页)、《萧伯纳在上海》(82页)、《花边文学》(88页)。我没有翻阅过,其中如有校改笔迹,也应该纳入手稿研究范畴。

鲁迅手稿中还有两个特殊部分,一是日记,二是书信。日记手稿共2204页(包括书账)。从1912年5月5日起,至1936年10月18日止,其中1922年的日记于1941年被侵华日军查抄,至今下落不明。鲁迅日记的行款格式，我感到是受到了日本的影响。我见过日本20世纪初印制的日记本，形式设计跟鲁迅日记差不多。鲁迅日记是写给自己看的，隐含着很多他本人的生活密码，值得破译。但这是就鲁迅日记本身的内容而言，单从手稿的角度并看不出多少修改的痕迹。鲁迅书信手稿现存1388封2175页，也只占全部书信的1/4。其中最具研究价值的是《两地书》，早已有人出版了研究专著，要想在整体上突破恐怕连作者自己也很费力。鲁迅书信手稿中还有日文书信70多封，用日本汉学家竹内实的话来说，就是"一丝不苟，恳切周到"，只有个别处有改动。如鲁迅1934年12月29日致增田涉信，将"为出版物写点文章"改为"为报刊写点文章"，这是特例。

众所周知，作家研究的基本依据就是文本。但文章在流传过程中常有增删、脱误、改写，导致了不同版本的优劣精粗之分。因此，要通过校勘形成一种善本，就必须有可靠的依据，绝不能以意为之。那么鲁迅著作要形成一种原典文献版本，校勘时到底应该以什么作为底本？手稿？初版本？或其他善本？

在现行的鲁迅著作单行本中，有些版本堪称善本，比较明确。比如1930年1月上海北新书局出版的《呐喊》第13版，鲁迅在付印前亲自改正误谬45处，又抽去《不周山》，成为《呐喊》的定本。《中国小说史略》，当然应该以1935年6月上海北新书局出版的第10版为依据，因为这一版是这部专著的最终定稿本。鲁迅后期杂文的单行本版次不多，很难确定哪种是善本。不过有些杂文集出版后被查禁，再版时有删削，如《二心集》变成了《拾零集》，当然其初版就具有重要的校勘价值。《花边文学》《且介亭杂文》等书的初版本恢复了原载报刊上很多被国民党当局砍删的文字，也是研究中国现代文字狱史的重要资料。

可以断言，鲁迅著作的初版本虽然具有版本价值，但并不一定是善本，不能把初版都作为校勘的底本。比如鲁迅的杂文集《热风》，是几个青年朋友如王品青、李小峰等帮他收集编定的，初版本出现了一些硬伤。《随感录·三十九》至《随感录·六十五》，都是鲁迅1919年的作品，但《热风》初版都列在1918年项下。《随感录·五十六·"来了"》是鲁迅早期的一篇重要杂文，原刊中有一句："列宁主义不消说是过激主义了，然而我们这中国的残杀淫掠，究竟是根据着什么主义呢？"初版本把涉及中国的这23个字统统删去了。2005年人民文学出版社校勘时依据的是初版本，而不是依据初刊此文的《新青年》第6卷第5号，我不能判断这种选择是否正确。《野草》的初版本也出现了问题，封面出现了"鲁迅先生著"这五个字。"先生"二字是编者妄加的，鲁迅认为不合常规，无法赠人，直到第3版才略去"先生"二字。更为重要的是《野草》前6版均删去了《题辞》，不知是书店所为，还是当局所为。重印本有些经作者审定，要优于初版，但也有些反比初版多几个错字，这是鲁迅本人说的。

那么所有的手稿是否都能作为校勘的对本呢？恐怕也不行。有些手稿上文字优于通行本，如《坟·题记》中谈到编选这本书的缘由，"说起来是很没有什么冠冕堂皇的"，手稿为"说起来是很没有道理的"，当然是后者优于前者。有些则差不多，比如同一文说是为了把文章篇幅拉长只得"生凑"，手稿为"硬凑"，其实"生"与"硬"是同义词。有些一字之差，其实是两个意思。比如同一文中的"那编辑先生"和"那时编辑先生"就是两个概念。通行本的"那"是特指某编辑，而手稿中的"那时"是指出版界的一种时尚，如不能确知作者的本意，校勘者难免见仁见智，既然原报刊、初版本、再版本和手稿各有短长，校勘时就不妨采用一种"择善而从"的汇校法。不过采用这种办法也有风险，如果校勘者目光如炬，那就有可能校出一种优质的原典文献版本；如果校勘者"目光如豆"，那就可能违背作者初衷，误导当今读者。

现在我想把话题转向鲁迅译文手稿。我曾多次说过，不研究鲁迅译文，鲁迅研究就相当于跛了一条腿，我们对鲁迅的认识和评价就不会全面。研究鲁迅译文手稿，是研究鲁迅翻译活动的一个重要内容。据我理解，翻译就是把原著（亦称为"源语文本"）从文字上转换为"译入语文本"，使之能供其他国家的读者阅读。评价翻译水平的标准，不只是简单地看两种语言文字之间的词句是否能够对应，也就是常说的"翻译对了"或"翻译错了"，而且还要考察译者对原著思想内容和艺术风格的审美把握是否准确，看译本能否符合其他国度读者的阅读习惯。这就要求译者不仅能吸纳原著的语言信息和美感因素，而且还要在忠实于原著的基础上进行一种创造性的转换和再造。

在翻译领域，相对简单的是技术性的翻译，文学翻译则是一种十分艰难的工作，甚至可以说是一种完全达不到终极目标的事情，所以有人认为文学是不可能忠实翻译的。鲁迅的翻译宗旨，不仅是力图从域外运来供"奴隶起义"的"军火"，而且还想尝试通过外文严谨的语法改变中国人模糊的思想方式，使之趋于精密。这是一种更高的精神旨趣和审美理想。

据翻译界前辈戈宝权先生统计，鲁迅一生翻译了14个国家近100位作家的作品，印成了33个单行本，总字数超过250万字。但鲁迅决不可能通晓14个国家的语言文字，他精通的仅仅是日语，其次是德语和英语。他的大部分译著都是根据日译本转译的，因此日译本的失误也就必然株连鲁迅译著。像鲁迅早期的译本《月界旅行》《地底旅行》《造人术》，不仅内容文字跟原著有很大出入，甚至连原著的作者都弄错了，用句北京俗话说，就叫"吃了挂落"。

鲁迅的译文手稿现存39种1493页，主要有《小约翰》《毁灭》《死魂灵》3种：《小约翰》121页，《毁灭》360页，《死魂灵》601页。还有一些零星译稿。

跟研究鲁迅创作手稿一样，研究鲁迅译文手稿，并不是研究译文本身。我这样说，绝不是认为研究鲁迅译文本身没有学术价值，而是如果研究重点被置换，那鲁迅译文手稿研究就变成了鲁迅译文研究，手稿研究的特色就被淹没了。我最近拜读了李浩先生的阶段性研究成果《鲁迅译稿〈毁灭〉》。我感到这是一篇力作，以我的学术功底，写这样的文章是很吃力的。他的文章揭开了《毁灭》手稿的面纱：原来上海鲁迅纪念馆保存的《毁灭》译稿是一份送到大江书铺付印的誊写稿，因此从手稿本身看不出鲁迅如何以日译本为底本，又据英译本、德译本参校的情况。李文介绍了《毁灭》的翻译出版过程，特别是通过冯雪峰论文中有关《毁灭》的引文跟鲁迅译文的对照，说明鲁迅对日文的理解比冯雪峰准确，译文比冯雪峰流畅。至于鲁迅对译文的润饰，手稿只显示了一处，即把原作者"法兑耶夫"改译为"法捷耶夫"——后者更接近俄文发言，因而也更正确。我这样说，并不是认为李浩的文章有什么缺点。他的研究只能从现存鲁迅译文手稿的现状出发。是否可以说，鲁迅译文手稿可供研究的资源并不很多，这是一件令人遗憾的事情。

由于工作的关系，我曾组织人力对《鲁迅全集》和《鲁迅译文集》校勘过多次，发现人民文学出版社1958年出版的《鲁迅译文集》中存在的问题其实还很多。虽然孙用先生校勘鲁迅译文的单行本时，几乎每本都订正了上百处错误（包括标点），但由于译文手稿的流失，仍然存在不少悬而未决的问题。比如《月界旅行》一书中说阿兰陀号汽船10

月22日由法国烈伯布耳启航，10月22日到达了美洲。显而易见，启航日期应为10月2日，否则一艘船何以能一天之内就从欧洲抵达美洲？像这种误排，福建教育出版社2008年出版的《鲁迅译文集》一仍其旧。类似的错误还有不少，如《现代日本小说集》将"潸然泪下"排成了"潜然泪下"，"敬谢不敏"排成了"敢谢不敏"；《死魂灵》中将"不道德的戏文"排成了"不道德的剧文"；《域外小说集》将"新闻中曰"排成了"新报中阅"；《现代小说译丛》中将"医生那时"排成了"医生那空"。但更多的情况是《鲁迅译文集》中的有些文字跟单行本虽有出入，但含义相近，难分对错优劣。如《苦闷的象征》中的"混乱"单行本作"混杂"；《工人绥惠略夫》中的"混入"单行本作"混进"，"很分明"单行本作"非常分明"；卢那察尔斯基《艺术论》中的"富饶"单行本作"丰饶"；《一天的工作》中的"觅求"单行本作"寻求"；《十月》中的"登记处"单行本作"登录处"；《毁灭》中的"讨厌"单行本作"厌烦"。另一种情况是，《鲁迅译文集》中的文字跟单行本中的含义完全不同，必须联系上下文，或者找出其他的确证，才能判定正误。如译文集中的《一个青年的梦》"买给他"，单行本作"卖给他"；《爱罗先珂童话集》中的"胡蜂"，单行本作"蝴蝶"；《罗曼罗兰的真勇主义》中的"和村农"，单行本作"和农村"。这些问题如果能通过译文手稿的研究解决一部分，可谓功莫大焉。

鲁迅对他人译文的校订，也是研究鲁迅翻译活动的一个有机组成部分。现存周作人译《神盖记》11页，李霁野译《黑假面人》56页，韦素园译《外套》59页，任国桢译《苏俄文艺论争》71页，瞿秋白译《海上述林》668页，理应纳入我们研究的范畴。

鲁迅手稿中还有一些其他部分。据北京鲁迅博物馆资料部统计，鲁迅辑校古籍85篇8136页；后编成《鲁迅辑校古籍手稿》一书，共分6函，1986年至1993年由上海古籍出版社陆续出版，内收鲁迅辑录校订的古籍48种，包括大家熟知的《嵇康集》《唐宋传奇集》《古小说钩沉》等。其中最具研究价值的是《嵇康集》，因为历时20余年，校勘10次，鲁迅亲笔校勘本5种，另有校文12页。1931年鲁迅的定稿本共10卷，鲁迅手迹2卷，后8卷为许广平续抄。《古小说钩沉》写定本共10册500页；另有4册底稿59页，其整理过程也值得研究。有些古籍是他人辑校的，如章川岛校点的《游仙窟》，但其中也有鲁迅的很多校注。据章川岛说，鲁迅为此书所花的劳动并不比他少，因此应与鲁迅辑校古籍同样看待。鲁迅辑校石刻879篇3679页。1987年上海书画出版社出版了一部《鲁迅辑校石刻手稿》，共3函，18册，其中鲁迅摹写的石刻原文具有书法鉴赏价值，其眉批、夹注、按语极具研究价值。鲁迅做金石目录时专门做了《伪刻坿》，说明他在辨伪上下了一番功夫。整理拓片时留下的文字有修改痕迹，如将《六朝墓志目录》修改增删后改名为《六朝墓名目录》，这其中也隐含了鲁迅的研究心得。北京鲁迅博物馆还保存了一些鲁迅的笔记手稿，如留学日本仙台医专期间的《医学笔记》和听章太炎讲课的《说文解字》笔记。《医学笔记》已与日本东北大学进行合作研究，研究价值主要是反映日本当时的医学教学状况；《说文解字》笔记已与其他章门弟子的听课笔记汇总出版。北京鲁迅博物馆还保存了鲁迅收藏的汉画像600张，但我认为那是鲁迅收藏的文物，虽然应该研究，但基本上不属于鲁迅手稿研究范畴。

最后补充一个建议：鉴于目前拍卖市场常拍出天价，导致鲁迅手稿的赝品常有出现，而且作伪者的气焰越来越嚣张，手段越来越拙劣，希望将鲁迅手稿辨伪列为"鲁迅与手稿批评理论建设"的一项内容。

第三章 播撒鲁迅精神的种子

第十二讲　鲁迅是谁？应该如何为他立传？
——我为鲁迅作传的学术追求

本色鲁迅

研究一位作家，当然首先要研究他创作的文本，但同时也要了解他的生平和他生活的时代，这样才能做到"知人论世"，更准确地解读其文本。研究鲁迅的路径同样如此。

为鲁迅立传，就应该写出鲁迅的本色，为读者塑造一个确曾存在过的真实的鲁迅。那么，何谓"本色"，究竟能不能再现一个"真实"的鲁迅？

我认为，本色就是指本来面目。这是一个客观的存在，独立的存在，具有自身不变的性质。

鲁迅自幼喜爱美术，所以对色彩很敏感，对色彩的描写很准确。比如鲁迅谈司徒乔的画："深红和绀碧的栋宇，白石的栏干，金的佛像……紫糖色脸……"他使用"粉面朱唇"四个字描写绍兴戏里的女吊（按：即女吊死鬼），石灰色的脸，红彤彤的嘴唇，女吊的外貌特征顿时就刻印在读者的心上了。

那么，用什么颜色形容鲁迅的本色较为妥帖呢？我认为是红色与黑色。"红"象征鲁迅那种火焰般的创作激情，相当于冰谷中那团珊瑚色的死火，相当于地壳深层里的地火，"熔岩一旦喷出，将烧尽一切野草，以及乔木……"（《野草·题辞》），"黑"象征鲁迅冷峻的性格、坚毅的精神、复仇的意志。鲁迅的新编历史小说《铸剑》，写国王杀死了铸剑的工匠，工匠之子眉间尺为父报仇，势单力薄。有一位行侠仗义的黑色人，长得黑瘦，须眉头发都黑，穿一身青衣，背一个青包裹。他砍下自己的头，帮助眉间尺的头将大王的头咬得眼歪鼻塌，满脸鳞伤，直至断气。黑色人自称"宴之敖者"，这正是鲁迅的笔名，也是鲁迅自身形象的艺术写照。我认为这种理解大抵不错。鲁迅挚友许寿裳建议将鲁迅的《阿Q正传》和《祝福》比照对看，就能发现鲁迅冷热相融的特质。

再谈谈我对"真实"的理解。真是伪的对立面，所以古训提倡真善美，反对假恶丑。正因为真反映的是人的本色，所以古代又把人物肖像称为"写真"。"实"，也就是实际、实在、诚实，指真实存在的事物或情况。

但是东西方都有一种相对主义观念，表现在否定事物的客观性、稳定性，片面强调其变动性、不稳定性。在中国，老子和庄子的辩证思想中也包含相对主义的因素。庄子认为诸子百家的学说，"彼亦一是非，此亦一是非"。在庄子看来，要辩论出一个是非，那是对真理的全面性的歪曲。西方哲学史上也有以赫胥黎、休谟、康德等人为代表的"不可知论"，到了20世纪60年代，更出现了相对主义哲学和相对主义史学。

我认为，世界上只有尚未认识的事物，不存在不可认识的事物。同一事物有相对和绝对这两种既有联系又有区别的属性。人们对客观事物的认识，也是绝对和相对的统一。具体到鲁迅这个历史人物而言，他肯定是可以认识的，但又不是任何人能够一次性穷尽他的本质的；但可以通过对其本质不完全的、近似的、有条件的、相对正确的反映，逐步逼近他的本质。

从鲁迅本人的作品来看，他是反对相对主义的。1935年，魏金枝先生在《芒种》第 8 期发表了一篇《分明的是非和热烈的好恶》，认为是非难定，爱憎也就为难。有似是而非，也有非中之是。据物理学，地球上无论如何的黑暗中，总有 X 分之一的光。但在鲁迅看来，似是而非总体上就是"非"，而非中的是其实就是"是"。尽管黑暗中总有 X 分之一的光，但白天就是白天，黑夜就是黑夜。

鲁迅《故事新编》中有一个独幕剧，叫《起死》，就是借庄子的形象来批判相对主义和无是非观。剧中的庄子经过一片荒地，捡到一个 500 年前的骷髅，便请主管人生死寿命的司命大神让它还魂。结果骷髅变成了一个 30 多岁的乡下汉子，一丝不挂。汉子说他姓杨，小名杨大，学名必恭。他向庄子要衣服、包裹和伞，因为他出门时原来带了这些东西。庄子是主张相对主义的，便说："鸟有羽，兽有毛，然而王瓜茄子赤条条。此所谓'彼亦一是非，此亦一是非'……不能说没有衣服对……又怎么能说有衣服对呢？"汉子认为庄子说的是屁话，揪住庄子剥他的道袍，急得庄子赶紧报警。可见有衣服还是比没有衣服好，人还是应该穿衣服的。所以，凡事物都有其本色，真实也是可以逐步揭示的。否则，我们为历史人物立传，就成了信口开河，随意着墨，从而也就失去了传记的价值和意义。

要写好鲁迅传，首先要对鲁迅有一个比较准确的总体把握，也就是要正确回答"鲁迅是谁"的问题。在我的学生时代，这完全不成问题。因为毛泽东在《新民主主义论》中对鲁迅有十分明确的定位："鲁迅是中国文化革命的主将，他不但是伟大的文学家，而且是伟大的思想家和伟大的革命家。"但近三十多年来，对于上述定位的质疑之声时起时伏。我坦率承认，我研究鲁迅从刚开始直至今日，一直还是从这三个方面把握鲁迅的本质，从来没有动摇过。我认为，对鲁迅的质疑，只要是出于纯正的学术动机，都是好事。至于对不对则是另一回事。

其实，对于鲁迅是谁这个问题，在毛泽东发表《新民主主义论》之前就有人作出了种种回答。我手头有一部《鲁迅先生纪念集》，是1937年鲁迅先生纪念委员会编辑出版的，收集了鲁迅去世之后中外报刊发表的悼文、函电和挽联，基调是对鲁迅的颂扬和缅怀。

这本纪念集的众多作者首先众口一词地肯定了鲁迅作为伟大的文学家的存在，认为他的创作既吸收了西方文明，又保留了东方特质。蔡元培在《记鲁迅先生轶事》中指出："鲁迅先生去世，是现代文学界大损失，不但我国人这样说，就是日本与苏俄的文学家也这样说，可说是异口同声了。"周作人将鲁迅的文学贡献分为研究和创作两个部分：研究部分包括了辑校古籍、收集汉画石刻、撰写《中国小说史略》等学术专著，创作部分包括了鲁迅的小说和散文。周作人认为鲁迅创作成就有大小，但无不有其独特之处，极具原创性，这是周作人对鲁迅创作成就的最高评价。1936年10月2日，茅盾带了一位美国记者格兰尼奇到鲁迅家摄影。离开鲁迅寓所，格兰尼奇十分动情地对茅盾说："中国只有一个鲁迅，世界文化界也只有几个鲁迅，鲁迅是太可宝贵了！"日本评论家新居格指出，"《阿Q正传》不仅是普罗文学，而是更深广透彻人性根底的文学"。新居格还指出，鲁迅不仅是中国作家群峰中的高峰，而且是国际的大文学家。

鲁迅不仅是文学家，而且是思想家。这本纪念集收录了王瑶的《悼鲁迅先生》一文。他认为把鲁迅仅仅视为一位文人是歪曲了鲁迅，至少也是不了解鲁迅。日本评论界也认为，鲁迅之所以在中国文坛占有最高位置正是因为他具有的思想，他对于政治情势的远见卓识不是其他作家可以企及的。

鲁迅思想是一种资源性质的思想。2016年2月12日，著名艺术家阎肃去世，享年86岁。从20世纪50年代开始，阎肃创作了千余部作品，《西游记》主题歌《敢问路在何方》即是代表作之一。阎肃生前说，《西游记》的音乐编辑王文华找他写这首歌的歌词，说此前找了好几个人写，导演杨洁都不满意。他开头几句写得很顺，"你挑着担，我牵着马，迎来日出，送走晚霞"，下面就卡壳了。他在屋里踱步，走来走去，准备高考的儿子烦了，说："来回走什么呀？你看地面上都走出一条道来了。"这句话如醍醐灌顶，让阎肃想起了鲁迅《故乡》结尾的那句名言："其实地上本没有路，走的人多了，也便成了路。"他说对呀，路在哪里？路在脚下。敢问路在何方，路在脚下！阎肃说，他站在巨人肩上看世界，一下子就看得远了。所以鲁迅就是这种精神资源性的作家。

1998年，我为开明出版社编了一套《鲁迅锦言集》，共6册，分别收录了鲁迅谈人生、谈人物、谈文化、谈中国人、谈中国社会，以及辩证谈问题的"锦言"。所谓"锦言"，是指鲁迅作品中那些非常睿智、寓于哲理的语言，是精品中的精粹，宝藏中的瑰宝。仅此一套书，就能反映出鲁迅思想的深度和广度。现已出版的鲁迅研究著作中，有《鲁迅的教育思想》《鲁迅的哲学思想》《鲁迅的文学思想》《鲁迅的美学思想》《鲁迅的法律思想》《鲁迅的历史观》等，可见称鲁迅为思想家并非溢美之词。

除了文学家和思想家的身份，鲁迅是不是还可以称为革命家呢？在《鲁迅先生纪念集》中，邹韬奋、胡愈之等人就是侧重从民族民主革命的角度评价鲁迅，指出他是民族革命的伟大斗士，因而才成就了他在文学创作方面的伟大业绩；他是伟大的革命家，才能够在作品中充分反映中华民族解放运动的动向。鲁迅的生命史就是一部"有不平而不悲观，常抗战而亦自卫"的战斗史。他的斗争对象，对内是封建余孽，对外是帝国主义。革命有不同战线，鲁迅是在思想文化战线战斗。他有对革命的独特理解，也有其独特的战斗方式。

作为一位革命家，鲁迅对中国的政治革命持有什么看法呢？1933年至1936年，美国记者埃德加·斯诺多次访问鲁迅，并准备跟姚克合作，把《阿Q正传》翻译成英文。因为《阿Q正传》以辛亥革命为历史背景，他们就谈到了革命这个敏感的问题。斯诺问："你认为俄国的政府形式更加适合中国吗？"鲁迅的回答是："我不了解苏联的情况，但我读过很多关于革命前俄国情况的东西，它同中国的情况有某些类似之点。没有疑问，我们可以向苏联学习。此外，我们也可以向美国学习。但是，对中国说来，只能够有一种革命——中国的革命。我们也要向我们的历史学习。"（埃德加·斯诺《我在旧中国十三年》，三联书店1973年版）这回答得多好啊！在80多年前，鲁迅就指出中国革命具有中国特色，必须选择具有中国特色的道路，这正体现了一位革命家的政治远见！

在《鲁迅先生纪念集》中，从"三家"的角度全面评价鲁迅的是萧三。在《反对对于鲁迅的侮辱》一文中，萧三一开头就写道："鲁迅先生不仅是中国伟大的文学者，而且是有权威的思想者和英勇的民族革命斗士——这是无论他的友或敌都不能否认的。"萧三是中国左翼作家联盟驻国际革命作家联盟的代表，也是毛泽东青年时代的同学和友人。他的文章发表于1936年巴黎出版的中文报纸《救国时报》，而毛泽东的《新民主主义论》发表在1940年1月。也就是说，萧三对鲁迅"三家"的评价虽然没有毛泽东论述得全面、深刻，但却比毛泽东要早3年多。判断历史人物的功绩，不是根据他有没有提供现代社会所要求的某些东西，而主要是根据跟他的前辈相比，他提供了哪些新的东西。

在20世纪90年代中期，西方提出了一个概念，叫"破坏性创新"，或者叫"颠覆性创新"。比如数码相机颠覆了胶卷相机等。但是，要在社会科学领域内搞创新，情况就比较复杂。我们既不能邯郸学步，墨守成规，又不能因人废言，简单化地否定前人。1932年4月29日，鲁迅整理完自己的著译书目，写了一篇附记。他说："对于为了远大的目的，并非因个人之利而攻击我者，无论用怎样的方法，我全都没齿无怨言。但对于只想以笔墨问世的青年，我现在却敢据几年的经验，以诚恳的心，进一个苦口的忠告。那就是：不断的（！）努力一些，切勿想以一年半载，几篇文字和几本期刊，便立了空前绝后的大勋业。还有一点，是：不要只用力于抹杀别个，使他和自己一样的空无，而必须跨过那站着的前人，比前人更加高大。"对于鲁迅，我们不能光去做那种抹杀、颠覆的工作，也应该潜下心来做认真的研究，作出科学的评价。

真实传记

现代传记必须以人为中心，而写人又要厘清其精神脉络。鲁迅的精神世界是多重思想元素交融渗透而形成的复合体。其中有个人主义与人道主义的消长起伏，也有绝望和希望、消极和积极、阴暗和光明、求索和彷徨、苦闷和乐观、退避和抗争的撕扭。正是这些对立而又统一的因素有机地联系在一起，构成了这样一个伟大的启蒙者的光华四射的生命体。倘加取舍，即非全人；再加抑扬，更不真实。

不同人撰写鲁迅传，都应该体现自己的特色，这样才可能产生互补性。我是一个有自知之明的人，从来没有幻想单靠写一部传就能立下"空前绝后的大勋业"。我把我写的《搏击暗夜——鲁迅传》定位为普及性读物，以真实可靠和通俗可读为特色，可以推荐为文学青年和高校文科学生学习鲁迅的入门书。我不认为普及可以等同于肤浅，可以等同于没有学术性。相反，我断言，学术肤浅之人，绝不可能写出成功的普及性读物。

为了写好这部鲁迅传，我对如何处理好以下五方面的关系进行了一番思考：一、第一手资料和第二手资料的关系；二、鲁迅跟他同时代人的关系；三、历次论争中鲁迅与其论敌的关系；四、历史性与当代性的关系；五、真实性与文学性的关系。

一、第一手资料和第二手资料的关系

我理解的"第一手资料"是自己发现的新资料，具有独家首发的性质，"第二手资料"是利用和援引他人发现和整理的资料。史料一经公开披露，就成了社会公器。在鲁迅研究园圃中，鲁迅研究资料的挖掘和整理是一个成果至为丰硕且获得公认的领域。早就有学者说过，鉴于鲁迅研究资料业已大体齐备，今后不可能再有什么新的发现足以导致研究界对鲁迅作出颠覆性的评价，至多不过能够丰富鲁迅研究的内容而已。所以，一本成功的传记，既要吸纳前人优秀的学术成果，又要有原创性的观点和新挖掘的史料。

我这本鲁迅传虽然不足30万字，是2014年到2015年断断续续写成的，但也有我近半个世纪以来学习鲁迅的知识积累。比如这本传记第六章《寂寞新文苑，平安旧战场》，记述1912年5月至1926年8月鲁迅在北京的生活。对于这一段历史我长期进行过独立研究。早在1978年，我就在北京人民出版社出版了《鲁迅与女师大学生运动》，在天津人民出版社出版了《鲁迅在北京》。1981年，我又在天津人民出版社出版了《许广平的一生》——这是关于许广平的第一部完整传记，写序的就是周海婴先生。1983年，人民文学出版社陆续出版了四卷本《鲁迅年谱》，我是年谱中北京时期的主要执笔者和定稿人。鲁迅在北京生活的14年中，有两件事对他的一生影响至深，一件是1923年7月跟二弟周作人失和，另一件是1925年10月跟学生许广平恋爱。对于"失和"一事，周氏三兄弟都讳莫如深，但在社会上却有不少传闻。直到前些年，海外还发表了周作人儿子周丰一的信件，说他的舅舅羽太重九目睹了鲁迅跟他姐姐羽太信子有私情的一幕。我随即写了一篇《流言应止于智者》，发表在《中华读书报》，用史料证明1923年羽太重九远在日本，根本无法了解在北京八道湾发生的家庭纠纷。我在这本传记中列举了关于周氏兄弟失和的不同说法，结论是问题出在周作人的日本太太身上。证据之一，就是香港的赵聪写过一本《五四文坛点滴》，认为周氏兄弟失和，"坏在周作人那位日本太太身上"。1964年10月17日，周作人在致香港鲍耀明的信中承认赵聪的说法"公平翔实，甚是难得"，"去事实不远"。有了周作人本人的肯定，其他局外人就很难置喙了。周作人用《伤逝》为篇名翻译罗马诗人的作品，鲁迅用《伤逝》为篇名撰写小说，篇名中隐含了对兄弟情谊断绝的伤感，也是我的一个发现。

　　关于鲁迅跟许广平的婚恋过程，我也认真进行过长时间的考证，因为他们年龄毕竟相差18岁。我开始不理解，许广平为什么会一开始就爱上一个成熟型、师长型的"大叔"。她的青春是在激情飞扬的五四时期度过的，她在青春萌发时难道就没有浪漫情怀和情感经历吗？大约是20世纪70年代末，我读到许广平的一篇散文，题为《新年》，发表于1940年1月10日《上海妇女》杂志第4卷第2期，文章中有一段文字引起了我的好奇。许广平写道："到了第十八年纪念的今天，也许辉的家里都早已忘了他罢，然而每到此时此际，霞的怆痛，就像那患骨节酸痛者的遇到节气一样，自然会敏感到记忆到的，因为它曾经摧毁了一个处女纯净的心，永远没有苏转。""霞"是许广平的小名，家里人也都叫她"霞姑"，那么文章中提到的"辉"应该是一个令许广平刻骨铭心的人。这18年以来，每逢"辉"的祭日，许广平都会深情地在心中悼念他，就像一个风湿关节炎患者每遇到天气不好的时候都会感到锥心的酸痛一样。

为了解开许广平与这位"辉"的关系之谜，我走访了许广平在女高师的闺蜜常瑞麟（《两地书》中提到过她，鲁迅还给她的丈夫谢敦南写过信）。常阿姨告诉我，这位"辉"全名叫李小辉，是许广平的表亲，也是许广平的初恋情人，当时是北京大学的旁听生。1923年寒假，许广平住在常瑞麟家，不慎染上了猩红热。幸亏请到同仁医院耳鼻喉科的大夫来家诊治，方能起死回生。不幸的是，李小辉并没有许广平这样走运，他在探视许广平的过程中染上了猩红热，三天后即病故。待许广平从昏迷中清醒过来，才发现李小辉因为给她送西藏青果治嗓子，结果却丢掉了性命。从此，感激、悔恨和无法解脱的痛苦一直缠绕在许广平心头，每到新年之际她更为悲伤。

对于其他研究者近些年来发现的有关鲁迅研究的新史料，凡涉猎到而又确有价值的，我也尽量予以采用。比如鲁迅从日本留学归国之后，首先到杭州浙江两级师范学堂任职，为该校的日本教师担任翻译，并开设生理学课程。据当年同事夏丏尊1936年回忆，鲁迅教生理卫生，"曾有一次，答应了学生的要求，加讲生殖系统。这事在今日学校里似乎也成问题，何况在三十年以前的前清时代。全校师生们都为惊讶，他却坦然地去教了。他只对学生提出一个条件，就是在他讲的时候，不许笑。他曾向我们说：'在这些时候，不许笑是个重要条件。因为讲的人的态度是严肃的,如果有人笑,严肃的空气就破坏了。'大家都佩服他的卓见。据说那回教授的情形,果然很好"(夏丏尊《鲁迅翁杂忆》,《文学》第7卷第6期)。2014年,人民文学出版社让我编校一本《鲁迅科学论著集》,我在前言中强调鲁迅生理学讲义的原创性。但前些年有学者从鲁迅藏书中发现,这部教材主要是鲁迅根据日本教材《解剖生理及卫生》编译的,并没有什么原创性。不过在闭塞落后的中国开设生理学课程,在当时的社会环境中还是新潮的。

　　从这件事我受到一个启发。在20世纪五六十年代,鲁迅研究界一度对鲁迅的早期思想评价过低,而且扣上了一顶唯心主义大帽子,以偏概全。近几十年又有另一种倾向,即抬高鲁迅早期思想,贬低鲁迅后期思想。这是不符合事物发展规律的。鲁迅并不像他的老师章太炎,"原是拉车前进的好身手,腿肚大,臂膊也粗",到了晚年跟时代隔绝,拉着车屁股向后转了(《花边文学·趋时和复古》)。他的晚年正是他的成熟期,思想和作品怎么会反不如早年有价值呢?试想,鲁迅22岁到29岁留学日本,他在中国只学了几年西学,对于科学知识可以说只掌握了最基本的内容,日文尚在初学阶段,英文、德文、俄文大概只懂得一点皮毛。他对西方的了解大多是通过日文转译,而日本明治、大正时代对外国著作的翻译又很不严谨,这从鲁迅翻译的《月界旅行》《地底旅行》《造人术》就可以了解,不但日译本内容不完整,而且连原作者的姓名、国籍都搞错了。鲁迅在《集外集·序言》中谈到他自编文集时曾故意删掉介绍镭元素的那篇文章和另一篇《斯巴达之魂》,就是因为他记得自己那时的化学和历史程度并没有那样高,"所以大概总是从什么地方偷来的,不过后来无论怎么记,也再也记不起它们的老家"。所以鲁迅自己把这类文字说成"抄译",承认这些文章的内容可疑得很。

鲁迅的这些表白是坦诚的，是实事求是的。不过从鲁迅的翻译取向，可以看出他青年时代的政治抱负和学术追求，但无论如何，鲁迅的早期毕竟只能成为一个伟大人物的伟大起点。

二、鲁迅跟他同时代人的关系

在处理跟同时代人的关系上，我改变了以鲁迅的是非为是非的狭隘观念，采取了比较平实客观的表述方式。这一点在描写鲁迅厦门时期生活的章节中表现得最为明显。鲁迅原计划在厦门生活两年，共约730天，到1928年再离开。但由于有度日如年之感，由两年改为一年，再由一年改为半年，实际只待了135天。过去的解释，说厦门大学是一个金钱世界，校长尊孔，理科排挤文科，削减国学院经费；同时国学院的顾颉刚拉帮结伙，现代派势力侵入厦门大学，让鲁迅忍无可忍。这时，南方革命勃兴，成为革命策源地，于是鲁迅南下广州，投奔革命。

实际情况并非如此简单，我们不能单凭鲁迅在给许广平情书中的诉说来判断是非。比如鲁迅说厦门大学校长林文庆是英国籍的中国人，鼓吹"尊孔读经"。林文庆是新加坡人，新加坡当时是英国殖民地，所以他加入了英国籍。为了凝聚殖民地华裔同胞的人心，他运用了弘扬中华传统文化的方式。所以尽管林文庆的观点在鲁迅看来显得有些迂腐，但是他的"尊孔"跟袁世凯、张勋等封建复辟势力的"尊孔"有着本质的不同。厦门大学是爱国华侨陈嘉庚创办的一所民办大学，经费完全靠陈嘉庚做橡胶生意的利润支撑，以橡胶的售价折合成学校经费。20世纪20年代，全球正值第一次世界大战结束后的经济萧条时期。橡胶降价，学校经费自然就得削减。尽管如此，厦门大学仍按时支付教职员比较丰厚的薪酬，且校长林文庆捐出了他1927年在厦门大学全年的工资6000元，又将他在新加坡的土地捐赠厦门大学。大学理科的经费超过文科，跟文理科的不同性质有关,至今教育界的状况仍然如此。至于顾颉刚,他是胡适的崇拜者,也散播过鲁迅的《中国小说史略》剽窃日本盐谷温著作的流言,但他毕竟不是鲁迅所说的现代派人物。现代派这个提法就不准确。顾颉刚跟西方现代派全不搭界,是中国史学界疑古学派的代表人物;他也不是现代评论派的正式成员。所谓现代评论派成员本来就流品不齐。如果一定要分派,那么在现代文学界鲁迅和顾颉刚反倒都是语丝派成员。鲁迅说顾颉刚"日日夜夜布置安插私人",多达七人,情况有所夸大。顾颉刚所荐之人其实只有潘家洵和陈乃乾两位:潘家洵是翻译家,系厦门大学外语系急需的教师,而陈乃乾后来并没有来厦门大学任职。如果一定要说鲁迅跟顾颉刚之间有什么派别之分,那只能说在北京教育界英美派和法日派的矛盾纠葛中,顾颉刚倾向英美派,而鲁迅倾向法日派。那么鲁迅在厦门大学为什么郁郁寡欢?这固然跟他对南方的教学环境和生活习惯不适应有关,同时也跟异地恋带来的情绪波动不无关联。鲁迅当时在致友人信中就说过,厦门大学的教员中,凡太太在身边的,脾气都会好些。这句话看似说笑,实际上符合心理学原理。所以,我认为自己的传记再现了当年厦门大学职场的原生态,没有将鲁迅认为面目可憎、语言无味的同事们一个个漫画化,这是存真求实的做法。

三、历次论争中鲁迅与其论敌的关系

如何处理历次论争中鲁迅和他的论敌的关系,更是撰写鲁迅传过程中的一大难点。文化人有不同的文化性格,有的人性格峻急,是非分明,眼里容不得半粒沙子,遇到错误观点就予以批驳,行文不留情面,直到对方偃旗息鼓方肯罢休。另外一种类型的文化人性格平和,温文尔雅,习惯于正面陈述自己的看法,而回避跟他人的观点交锋。如杨绛女士曾借翻译英国诗人兰德的诗作写下了自己的心语:"我和谁都不争,和谁争我都不屑。"我认为对于不同的文化个性都应该尊重,不能以此判定他们人生境界的高下。

1998年,我编过一本《鲁迅论争集》,分上、下两册,由中国社会科学出版社出版,收录了鲁迅一生亲历的17次大大小小的论争,其中1927年以前的共6次,如批判甲寅派、学衡派、现代评论派;1927年以后的十余次,如革命文学论争,跟梁实秋围绕人性论、翻译观的论争,批判自由人、第三种人,以及"两个口号"的论争。还有个人之间展开的论争,论争对象有顾颉刚、高长虹、林语堂、朱光潜等。这些论争中,最为复杂、影响面最广的是发生在1935年至1936年的"两个口号"论争。

"两个口号"指周扬率先提出的"国防文学"口号和鲁迅、冯雪峰、胡风等为纠正"国防文学"口号的偏颇而提出的"民族革命战争的大众文学"口号。"国防文学"口号是1935年秋提出的,我原以为最先写文章的是周立波,1967年在编辑《鲁迅研究资料》的过程中我才发现最早写文章的是周扬,他当时使用的笔名叫"企",因为周扬名"起应","起"跟"企"同音同调。因为文章短,周扬本人也忘了,我发现后复印了一份请他验证,才唤起了他的记忆。

"国防文学"口号提出的背景,是共产国际第七次大会提出要在资本主义国家建立工人阶级反法西斯的统一战线,在殖民地、半殖民地国家建立反帝国主义侵略的民族统一战线。中国共产党驻共产国际代表团负责人王明起草了一份宣言,简称"八一宣言",以中共中央名义提出停止内战,共同抗日,组织国防政府和抗日联军等政治主张,标志着中共的国内政策由反蒋抗日逐步转变为建立以国共合作为基础的抗日民族统一战线。以周扬为首的上海文化界地下党组织看到相关文件,就自发地提出了"国防文学"主张,作为文化界建立抗日民族统一战线的口号。政治形势的急剧变化,中共政策的大调整,自然激活了人们的思想,使人们产生了不同意见,引起了激烈争论。正如同毛泽东1938年在延安对徐懋庸讲的那样:"这个争论,是在路线政策转变关头发生的。从内战到抗日民族统一战线,是一个重大的转变。在这样的转变过程中,由于革命阵营内部理论水平、政策水平的不平衡,认识有分歧,就要发生争论,这是不可避免的。其实,何尝只有你们在争论呢?我们在延安,也争论得激烈。不过你们是动笔的,一争争到报纸上去,就弄得通国皆知。我们是躲在山沟里面争论,所以外面不知道罢了。"毛泽东当年这番话是实事求是的。

今天看来,周扬等人提出"国防文学"口号在大方向上是正确的,所以在文学界获得了广泛赞同,虽然他们把写国防题材的作品作为参加抗日民族统一战线的"入场券"是片面的,容易导致关门主义;虽然某些"国防文学"的代表作也有倾向性的问题,比如夏衍的剧本《赛金花》,把一个"夜事夷寝"的妓女写成了救北京居民于水火之中的"九天护国娘娘",说她"替中国尽了很大的责任",受到了鲁迅的冷嘲,但无论如何都不是路线问题。周扬当年28岁,夏衍当年36岁,他们都很年轻。年轻人犯错误,上天也会原谅。

鲁迅当年被夏衍戏称为"老头子",但也只有55岁,在今天还可能被视为中年人。鲁迅1927年在广州见过国民党在清党过程中如何杀人,"血的游戏"曾经吓得他目瞪口呆。他担心有些"左联"成员会忘记仇恨,想借统一战线之名到新政权里去混个一官半职,从此由地下转到地上,思想上一时转不过弯。周扬等人一贯以党的领导自居,跟"左联"的党外人士缺少沟通,做出重大决策前也不跟鲁迅商量。夏衍直到晚年仍然说鲁迅毕竟不是党员，言外之意，就是凡党员都要比党外人士高明。鲁迅名义上被捧为左翼文坛盟主，实际上得不到应有的尊重，所以心情感到愤懑：愤就是愤怒，懑就是烦闷、压抑。这种心情跟他的病体形成了一种恶性循环。身体不好容易心情不好，心情不好更加剧了鲁迅的病情。我在鲁迅传中客观介绍了"两个口号"论争过程中双方的不同观点，以及不同人对同一件事的不同回忆，供读者进一步深入研究。在介绍"两个口号"论争的过程中我有一个感触，就是当时中共中央总书记张闻天曾说过的：宗派主义是一种罪恶。实在是至理名言。试想，当年左翼文坛内部如果没有宗派主义，不存在所谓"鲁迅派"和"周扬派"的对立，怎么会使一场正常的论争发展成一场恶斗？

中国文坛的宗派主义绝迹没有？我对当代文学的状况十分隔膜，没有发言权，但直到粉碎"四人帮"之后，文艺界在拨乱反正过程中，这种宗派情绪仍然存在。当时中国社会科学院文学研究所设有一个鲁迅研究室，所长是陈荒煤，北京鲁迅博物馆也有一个鲁迅研究室，馆长是李何林。这两个单位被称为"东鲁"和"西鲁"："东鲁"维护周扬，"西鲁"维护鲁迅、冯雪峰，在重新评价"两个口号"论争时仍然搞得剑拔弩张。今天回想起来，深感自己当时肤浅幼稚。

在介绍鲁迅经历的其他论争时，我行文也是力求客观持平。如介绍以章士钊为代表的甲寅派时，我否定了1925年之后主张"尊孔读经"的《甲寅》，同时肯定了在反对袁世凯复辟时期虎虎有生气的《甲寅》。在介绍鲁迅与现代评论派的论争时，我也肯定了陈西滢的两重性。在介绍鲁迅跟"自由人"和"第三种人"的论争时，我肯定了"自由人"胡秋原当年的进步倾向和晚年推动两岸和平统一的历史贡献。这些都是历史事实，作为一部史传理应如实再现。

四、历史性与当代性的关系

作为一本史传自然应该让读者读起来有一种历史感，但历史是往昔的存在，而对历史的书写则是在当下，因此又必然带有当下的"在场感"。我在撰写《搏击暗夜——鲁迅传》时，不仅没有回避当下现实提出的问题，而且积极予以回应。近些年来，围绕鲁迅有一些极不靠谱的说法，比如说鲁迅缺失母爱，主要论据就是鲁迅笔下的长妈妈、衍太太等都形象鲜明，而他却很少回忆自己的母亲。这位论者忘记了回忆文章的对象多为逝者，而鲁迅的母亲是在鲁迅去世之后7年才离开人世；又说鲁迅《琐记》中那个唆使他偷家里东西的衍太太兼具了母亲和情人的角色，因为16岁的鲁迅常去找她聊天，而忘记了这个人物的原型是鲁迅的一位叔祖母，而鲁迅同时还去找她的丈夫聊天。在鲁迅笔下，衍太太是一个流言家。18岁的鲁迅之所以决定走异路，逃异地，去寻求别样的人们，是因为看透了衍太太之流的嘴脸和心肝。

近些年来对鲁迅攻击最全面、最恶毒的人叫孙乃修。2014年他在香港出版了一部鲁迅传，书名叫《思想的毁灭——鲁迅传》。全书基本上没有学术气息，充斥的全是恶毒的咒骂，诬蔑鲁迅有钱，有闲，纵酒，招妓……扬言要把鲁迅这尊"用谎言垒砌的巨像"推倒，把鲁迅"阴暗偏狭的灵魂"撕开。然而支撑他全部著作的几乎都是谎言，所以在攻击鲁迅的过程中反倒暴露了攻击者自己阴暗偏狭的灵魂。

孙乃修的书中有一章，题为《对日军罪行保持缄默与亲日立场》，说鲁迅与日本人内山完造有着难见阳光的关系，即超乎友谊和商业性质之上的秘密政治关系，说白了，就是认为内山完造是日本政府的间谍，而鲁迅是这个间谍卵翼庇护下的臣民。孙乃修还曲解鲁迅致日本友人的书信，以证明鲁迅不仅不抗日，反而媚日。孙乃修的这种说法在某些人群中有一定影响而且颇具代表性。比如有人就在网上发帖子，说什么《鲁迅承认内山完造是日本间谍》，不仅责问鲁迅为什么不宣传抗日，而且责问鲁迅为什么不指名道姓地骂蒋介石。

针对这些歪理邪说，我特意在鲁迅传中增补了两节：一节题为《一位被视为"间谍"的日本朋友》，全面介绍了内山完造的生平及其与鲁迅的真实关系。事实上，内山完造不仅被国民政府迫害遣返，而且因客观介绍中国情况和掩护中国进步人士两次被日本特务课和警视厅拘押审讯。中华人民共和国成立后，我国政府驻日机构曾对内山完造的情况进行过调查，并没有发现他在政治上有什么疑点。相反，内山完造是日中友好协会的主要发起人和负责人之一，1959年应中国人民对外友好协会之邀参加中华人民共和国成立十周年庆祝活动，不幸因脑溢血病逝于北京。他跟夫人美喜子的骨灰合葬于上海万国公墓，即今宋庆龄陵园，真正做到了生为中华友、死葬中华土。

另一节题为《一个天方夜谭式的话题》，援引鲁迅近30篇杂文，证明鲁迅既宣传团结御侮，反对国民党当局"攘外必先安内"的政策，又宣传切实抗日，反对在国难时期营私利己，将神圣的抗日战争游戏化。至于责备鲁迅没有直接批判蒋介石，更是一种哗众取宠的说法，既跟事实有出入，又完全不顾鲁迅身处的险恶环境。1931年，上海《中学生》杂志社曾采访鲁迅，问题是："假如先生面前站着一个中学生，处此内忧外患交迫的非常时代，将对他讲怎样的话，作努力的方针？"鲁迅的回答是："请先生也许我回问你一句，就是：我们现在有言论的自由么？假如先生说'不'，那么我知道一定也不会怪我不作声的。"

我写上述为鲁迅辩诬的文字，有些好心的朋友觉得没有必要。他们认为这些贬损鲁迅的观点过于肤浅，认真反驳反而扩大了他们的影响，我也会由此自掉身价。我其实毫不在乎自己的"身价"。我记得《韩非子》一书中有一个故事。有人对魏王说，邯郸城里出现了一只老虎，魏王不信。又有第二个人说城里有虎，魏王仍表示不信。然而第三个人也说城里有虎，魏王就信了。其实当时邯郸城内确实没有老虎，只是传谣的人多了，就增强了谣言的蛊惑力。针对信谣传谣，鲁迅写过一篇《太平歌诀》，讽刺南京市民信谣传谣；还写过一篇《谣言世家》，说谣言可以杀人，人也可因谣言被杀，可见写点辟谣文章也许多少能正一些视听。

五、真实性与文学性的关系

在撰写鲁迅传的过程中，我还碰到了一个最为棘手的问题，即如何处理好真实性与文学性的关系。真实性是传记写作的基本追求，离开了真实性，史传即丧失了生命；而文学创作的特点是虚构，既源于生活，又高于生活。这两者之间其实存在着深刻的矛盾。"假中见真"是文学作品的特色。比如脍炙人口的《西游记》，只有唐僧这个人物有历史原型。像孙悟空、猪八戒、沙和尚、白骨精、太上老君、王母娘娘则通通是虚构的，但假得有趣，没有一个读者或观众会去较真，质问吴承恩：石头里面怎么会蹦出一个神通广大的猴子呢？更何况这部作品充满了信仰追求、宗教哲理、人生智慧和精神魅力，更加为读者喜爱。所以文学创作"假中见真"不足为奇。然而，号称真实的史传中如果出现了失实之处，那就叫"真中见假"，会因此失去读者对这部作品的基本信任，所以这种错误叫作硬伤。一个人伤痕累累会危及生命，一本传记硬伤随处可见必然被时间淘汰。

我这本《搏击暗夜——鲁迅传》可以说是无一字无来历，丝毫没有刻意创作的成分，不仅追求本质的真实，而且注重细节的真实。简单地讲，就是完全排斥想象和虚构。如果缺乏史料依据，我宁可让文字枯燥一点，也决不添油加醋，去追求故事性和可读性。

不过，为了使这本传记能吸引读者，我采用了三个补救措施：一，尽可能从现存史料中撷取那些生动的细节；二，竭尽绵力锤炼语言，使文字明白、晓畅、生动、传神；三，讲究叙述方式，避免平铺直叙。

比如，关于鲁迅临终的状况，我是这样描写的：

> 在鲁迅病榻旁照顾的是许广平和须藤医院的一名护士。鲁迅对许广平说："时候不早了，你也可以睡了。"许广平说："我不困。"好几次，两人默默无语，只深情对视着。鲁迅两腿冰凉，但上身不时出汗。许广平替鲁迅擦手时，鲁迅报她以紧紧地回握。……许广平怕鲁迅伤感动情，装作不知道，轻轻把鲁迅的手放开，给他盖好被子。

这里我用倒叙的手法回放了1925年10月鲁迅与许广平定情的那个夜晚，是许广平首先握住了鲁迅的手，鲁迅回报许广平以轻柔的回握，从此开始了他们相濡以沫的新生活，不知不觉有了11个年头。鲁迅去世之后，许广平责怪自己在鲁迅临终前没有紧握住他的手，没有紧紧地拥抱他。这成了她难以治愈的伤痛。鲁迅和许广平这两次握手的细节是生动感人的，又是确凿可信的，因为这不是出于我的虚构，而是源于许广平的两篇回忆录：一篇叫《风子是我的爱》，另一篇叫《最后的一天》。

在文学作品形式诸要素中，第一要素是文学语言。因为完全排斥了虚构，哪怕是合理虚构，我只能主要靠锤炼语言来增强这部传记的文学性。比如描写鲁迅去世的一段文字：

> 鲁迅安详地躺在卧室的床上。他额上的皱纹，是历史的大波留下的印痕；浓黑的双眉，好像勇士破敌的利剑。爱和恨的线条，交织在他刚毅的眼角。他面孔清癯，颧骨高耸，两颊下陷，

黑发中夹着缕缕银丝，显示着他坚忍倔强的个性和鞠躬尽瘁的品德。床边，是鲁迅打腹稿时常坐的破旧藤躺椅。靠门的旧式红漆木桌上，整齐地堆放着参考书，以及未完成的文稿；两支"金不换"毛笔挺然立在笔插里。鲁迅正是用这种价廉物美的绍兴土产毛笔，绵绵不断地写下了近千万字的译文和著作，好像春蚕在悄然无声地吐丝作茧，直到耗尽最后的一丝精力；好像耕牛紧拽着犁杖，在莽原上不知疲惫地耕耘……那衣橱中，依然挂着鲁迅最后出门时所穿的那件青紫色哔叽长袍。鲁迅生前，"囚首垢面而读诗书"，从不注意自己的穿着。直至最后一年，因身体瘦弱，不堪重压，才特地做了一件丝绵的棕色湖绉长袍，不料这竟成了他临终穿在身上的寿衣……

这一段文字，有描写，有比喻，有排比，从鲁迅面容写到他的躺椅、毛笔、长袍，使人回想鲁迅辛勤笔耕的一生，从而走出悲哀的氛围，进而缅怀他光辉的业绩。

叙事策略是增强文学性的一个重要手段，因而在西方文论中形成了各式各样的叙事学：有结构主义叙事学，后经典叙事学，社会叙事学，女性主义叙事学，等等。据我理解，叙事就是用语言——尤其是书面语言来表现一系列事件，有真实的，有虚构的。中国传统小说更讲究叙事的起承转合，以达到引人入胜的目的。宋元话本中的开头部分叫作"入话"，讲一点儿跟正文相似或相反的故事，作为引子，吸引人读下去或听下去。我这部鲁迅传没有虚构叙事，一般采用第三人称客观叙事模式，但又尽可能避免平铺直叙。比如介绍鲁迅与瞿秋白的友谊，就没有直接从他们的第一次见面写起，而是先写陈云到鲁迅家接瞿秋白夫妇转移的情景：

1932年12月23日晚约11时，当时担任全国总工会党团书记的陈云化名"史平"，乘坐了一辆黄包车，穿过弯弯曲曲的小路，奔向北四川路的拉摩斯公寓，去接送在鲁迅家避难的瞿秋白夫妇转移。这是一幢坐南朝北的四层平顶大楼。黄包车先在一路电车的掉头处停下。陈云把头上的礼帽帽檐压低到眉毛以下，悄悄地巡视四周，发现没有可疑的人盯梢，才去轻轻地敲鲁迅的家门。开门的是许广平，她热情地把陈云迎进来。这时，早已做好准备的瞿秋白夫妇走下楼来。秋白夫人杨之华挽着一个小包袱，里面只有几件换洗衣服，以及几篇文稿和几本书。陈云纳闷地问："就这些行李吗？怎么连提箱也没有一只？"秋白爽朗地笑出声来，说："我一生的财产尽在于此。"

陈云是党中央的负责同志，又是鲁迅与瞿秋白友谊的历史见证人。上述描写根据陈云以"史平"为笔名发表的一篇回忆文章，表现了秋白一生的清贫洁白，也表现了鲁迅对秋白的关怀备至。读完这段开头，读者就容易有兴趣了解鲁迅和瞿秋白友谊的始末。

以上讲了写作这本鲁迅传时我的一些学术追求，但追求并不等于现实。我清醒地看到，这本书必然还有很多缺点。例如其中一个不足是对鲁迅精神世界的揭示不够深刻。在有些鲁迅传记中，过度地渲染鲁迅的孤独、绝望和虚无，有意凸显他的精神危机与内心苦痛，而背离了鲁迅作为一个"绝望而反抗者"的主导方面。我没有准确把握和再现鲁迅精神世界的能力，深怕曲解了鲁迅，故回避了一些容易引起争议的描写。

不过，写鲁迅的精神世界，特别是揭示鲁迅深层心理动因，确实太不容易把握分寸。比如，鲁迅在厦门大学任教时，有一天看到有一头猪在啃相思树的叶子，就冲上前赶走这头猪。这件事被章衣萍写进他的一本随笔中。有人解释说，鲁迅之所以跟猪决斗，是因为他正在思念许广平，所以容不得有什么动物来祸害相思树。这样剖析鲁迅的心理动因虽然生动有趣，但你不是鲁迅，怎么知道鲁迅跟猪决斗时心里想着的是许广平呢？心理分析的方法固然深刻，但首先要有可靠的心理分析依据。我缺少这方面的科学依据，这是我为自己辩解的一个理由。

鲁迅在中国是一位家喻户晓的人物，人人心中都有一个专属他自己而且具有排他性的鲁迅，因此为鲁迅立传不可能受到众口一词的赞誉。我希望一部更好的鲁迅传记会出自中青年研究者的笔下，正如鲁迅所言："诚望杰构于来哲也。"（《中国小说史略·题记》）

第十三讲　吐纳中外，别立新宗
——鲁迅的中西文化观

绍兴，中国江南著名的水乡，自古以来文化灿烂，英俊辈出。距绍兴以北一百多里的杭州市余杭区，已发现距今5300年至4300年的良渚文化遗址。绍兴以东的余姚河姆渡，发现了距今约7000年的河姆渡文化遗址。绍兴界于这两个新石器文化遗址之间，说明它也是中华民族古代文化的摇篮之一。在近代，这里又濒临资本主义入侵的前沿，接触外来事物较多，甚得维新风气之先。

在《译文序跋集·〈会稽郡故书杂集〉序》中，鲁迅满怀乡土之情地写道："会稽古称沃衍，珍宝所聚，海岳精液，善生俊异。"从于越部族时代直至晚清的2000多年的历史中，绍兴涌现了许多出类拔萃的文化人，他们在中国文化史上作出了各不相同的贡献。他们当中，有批驳"天人感应"的唯心主义神学和坚持"今胜于昔"的进步历史观的东汉哲学家王充，有博学善文、堪称"中国科学史上里程碑"的北宋科学家沈括，有在南宋诗坛异峰突起的杰出爱国诗人陆游和清代启蒙思想家、浪漫主义诗人龚自珍，还有博大精深的学者兼反清民主革命家章太炎……

然而，在绍兴历代文化人中，代表了中华民族新文化发展方向和文化价值选择最高水准的是鲁迅。毋庸讳言，鲁迅并不是一位文化学者，也没有大部头的文化理论专著；但他一生追随世界先进文化潮流，极其广泛地吸取了中国文化和世界文化的滋养，因而使自己丰富的著作具有极其深厚的文化内涵。鲁迅熟识民族和地域的文化传统，又能对传统文化进行深刻的反思和否定性的批判；他最善于借鉴西方进步文化的经验，又最勇于阻拒域外文化中的逆流。鲁迅的创作实绩和文化思想，不仅在创作和理论两方面代表了中国新文化运动的最高水平，而且展现了近代世界无产阶级文化在东方结出的硕果。鲁迅在中国现代文化史和在世界文化史上的崇高地位，已逐渐为举世所公认。

鲁迅出生于一个封建士大夫家庭，从小就按照旧家庭的安排系统地接触了中国封建文化的典籍，几乎读过十三经的全部内容。但在故家败落的过程中，他体味到上流社会的虚伪和腐败，对传统教育灌输的一切产生了怀疑。鲁迅第一篇文言小说《怀旧》中，小主人公盼望塾师"能得小恙"，"死尤善"，因为先生"弗病弗死，吾明日又上学读《论语》矣"。这虽然是文学创作，但却折射出鲁迅童年时代的心境，表露出他从小就已萌生的对封建文化极度反感的情绪。与此相对照，鲁迅从小就对传统文化中的非正统部分表现出浓厚的兴趣。在传统文化体系中受到轻视的"经世之学"（如《花镜》《茶经》《野菜谱》《毛诗品物图考》等博物类书籍）帮助他打下了唯物主义自然观的基础，而大量的野史、笔记、通俗小说，又使他更真切地了解到"中国的灵魂"和"将来的命运"（《华盖集·忽然想到》），而不受到"涂饰太厚，废话太多"的"正史"的诓骗。

处于童年和青少年时期的鲁迅，理性批判能力未臻成熟，对于传统文化中的封建糟粕部分，他当然不可能完全识别和抵制。相比较而言，鲁迅对于儒文化漠视、压制、摧残个人存在价值和意义的思想毒素感受最深、识别较早。他回顾早年经历时明确说过："孔孟的书我读得最早，最熟，然而倒似乎和我不相干。"（《坟·写在〈坟〉后面》）鲁迅后来浮槎东渡留学于日本，也"正因为绝望于孔夫子和他的之徒"（《且介亭杂文二集·在现代中国的孔夫子》）。但庄周、韩非学说中的消极因素，也对鲁迅产生过影响，使他时而很随便，时而又很峻急。

18岁那年，鲁迅不顾守旧人们的奚落、嘲笑赴南京求学。当时，洋务派的"新政"在甲午战争之后彻底破产，资产阶级改良主义思潮正在勃兴。鲁迅冲出了封建文化的樊篱，在世界文化的广袤空间邀游。他不仅通过林纾的译述接触了小仲马、哈葛德、柯南道尔等西方作家的文艺作品，更重要的是通过《时务报》《译学汇编》等维新派报刊接触了卢梭、孟德斯鸠、斯宾塞，受到了资产阶级民主主义思想的浸润熏陶。这一阶段的求学生活改变和完善了鲁迅的知识结构，使他形成了唯物主义的自然观、民主主义的政治观和面向世界文化潮流的思想特征。

应该特别提出的是，鲁迅在南京时期满怀激情地阅读了严复译述的赫胥黎的《天演论》（《进化论与伦理学及其他论文》的前两篇），从中接受了被称为19世纪自然科学三大发现之一的达尔文的物种进化论的影响。达尔文是生物学家，不是社会学家和文化学家，也不真正了解"社会性"的本质，但他揭示了人类起源的奥秘，阐明了人类思想意识和种种社会文化现象的产生和发展过程，不能不说是为文化社会学研究奠定了坚实的基础。达尔文的战友赫胥黎在《进化论与伦理学及其他论文》一书中深刻论述了自然界进化的过程——他称之为"宇宙过程"，说明自然界的变化是通过自然状态的生存斗争发生作用的。赫胥黎虽然在哲学上提出了"不可知论"，但在实际文化研究中却立足于唯物主义立场。严复译述《天演论》时，运用了"达旨"的方法对原作进行改造发挥，用其中"以人治抗天行"的思想作为批判封建顽固派宣扬的"天不变，道亦不变"思想的武器。鲁迅基于爱国主义的政治立场和民主革命斗争实践的客观需要，从进化论的观点和严复的译述中吸取了"将来必胜于过去，青年必胜于老人"的发展进化的历史观、"排击旧物，催促新生"的矛盾斗争观。《天演论》所宣传的"物竞天择""优胜劣败"的思想，又使鲁迅惊怵于亡国的危险，决心奋起图存。此后，鲁迅又研究了德国著名生物学家、自然科学领域唯物主义代表人物恩斯特·海克尔（鲁迅译作"黑格尔"）的种族发展学，进一步认清了人类自身演进的情况，使他从自然科学中找到了跟"抱残守缺""耳新声而疾走"（《坟·人之历史》）的封建顽固派作斗争的根据。

1902年至1909年，鲁迅在日本渡过了7年留学生涯。这一人生阶段对鲁迅文化思想的形成和文化活动的开展产生了极为重要的作用。当时，由于日本明治维新后向西方学习取得成效，仅用30年时间就走完了西方资本主义国家一二百年才走完的路程，中国的爱国之士从中受到震动和启示，开始打破中国是世界中心的自我观，愿向日本学习并以日本为媒介学习欧美。从1896年开始，中国学生漫天匝地地涌向日本，蔚为中国近代史上的留日运动。这批留学生在日本吸取近代文化，归国后积极推动中国革命和文化的发展，尤其在新文学运动中发挥了骨干作用——鲁迅就是其中的杰出代表。

日本文化对鲁迅的影响是十分明显的。日本近代文艺思潮及日本译介的欧洲资产阶级进步文艺思潮，不仅通过中国维新派的代表人物（如梁启超）对鲁迅产生了间接影响，而且直接促使鲁迅形成了"善于改变精神的""要推文艺"（《呐喊·自序》）的文学功利观。日本近代文学中对于外国文学的翻译和介绍，还为鲁迅提供了一座通向欧洲文学的桥梁。鲁迅从事创作之后，不仅直接取法于日本小说（如鲁迅《故事新编》中，熔古铸今的手法取法于芥川龙之介），而且也取法于日本翻译的欧美文学作品。鲁迅在《中国新文学大系·小说二集序》中曾经谈到，他为中国新文学运动奠基的《狂人日记》受到俄国果戈理同名小说的影响。而鲁迅最早阅读这一作品却是通过日本二叶亭四迷的日译文（刊于1906年日本《趣味》杂志第2卷第3~5号）。在鲁迅作品涉及的外国作家中，日本作家占1/4；鲁迅评论的外国作家中，日本作家占1/10；鲁迅翻译的外国作品中，日本作品占近1/2。这一粗略的统计，反映出日本文化对鲁迅影响的一斑。

日本文化对鲁迅更深层的影响，还表现在鲁迅进步文化观的形成。日本文艺评论家厨川白村曾呵责日本没有独创的文明，没有卓绝的人物，但日本人却极善于摄取外来文化。明治维新前大量摄取东方文化——主要是中国文化，明治维新时提出"开国进取，广求知识于寰宇"的方针，大力借鉴荷兰文化，迈出了近代化的步伐。但是，日本人引进外域文化时，又十分注意咀嚼和消化，使之"日本化"。这种"日本化"，是日本人结合国情继承传统文化、消化外来文化的重要形式。鲁迅十分注意研究日本明治维新以后历史发展的进程和文化发展的战略，十分赞赏他们的开放意识和择取态度。他后来谈到，日本虽然以主动进取精神吸取了中国文明，但刑法上不用凌迟，宫廷中仍无太监，妇女们也终于不缠足。鲁迅希望中国在接受外来文化时，也应坚持这种立场。

英国著名作家查里斯·帕希·斯诺曾将文化区分为人文文化与科学文化两大类型。他尖锐地指出：从20世纪初开始，这两种文化就发生了危险的分裂，不仅不相互对话，甚至双方还存在着敌意和反感。人文学者往往不懂热力学第二定律，而科学家中不少人却不理解狄更斯与莎士比亚。这种文化上的分裂，对于文化本身的提高乃至整个社会的发展都极其有害。难能可贵的是，在留日时期的鲁迅身上，我们不但看不到这两种文化分裂对立的痕迹，相反，早在1907年，鲁迅在《科学史教篇》中就从人类文化史的角度，强调指出这两种文化互相融合和促进对于健全人性和推动文明的积极意义。他说：人们应当希望要求的，不仅要有科学家牛顿，也希望有诗人如莎士比亚；不仅要有物理学家和化学家波义耳，也希望有画家如拉斐尔；既要有哲学家康德，也必须有音乐家如贝多芬；既要有生物学家达尔文，也必须有著作家如卡莱尔。科学文化虽然是照耀全球的"神圣之光"，但如果光推崇它而长期轻视人文文化，那不仅生活会枯燥寂寞，而且人类还会丧失美好的感情和敏锐的思想，其结果是科学也会同归于尽。鲁迅的创作实践，充分证明了这两种文化融合的作用和意义：科学文化不仅丰富了鲁迅的创作素材，而且使他像列宁所说的那样，"把唯物主义对自然界的认识推广到对人类社会的认识"（《马克思主义的三个来源和三个组成部分》），从而培养了他的科学思维和观察事物的敏感力及洞察力。

　　鲁迅留日时期，正是中国新文化运动的孕育期。在这一时期，洋务派一方面打起"中学为体，西学为用"的招牌继续推行封建文化专制主义，另一方面又以引进西方科技知识为借口替帝国主义的经济侵略与文化侵略大开方便之门。主张君主立宪的保皇派分子，也以立宪为名，行保皇之实。鲁迅在政治上属于革命派，但他基本上没有参加革命派的武装斗争，而主要在思想文化战线参加对洋务派和保皇派的斗争。而这条战线的重要性却正是当时革命派所忽略了的。鲁迅1907年撰写的《文化偏至论》和《摩罗诗力说》，就是投入革命派对洋务派和保皇派大论战的战斗檄文。

在《文化偏至论》中，鲁迅简述了欧洲宗教改革运动以后直至所谓世纪末的各种混乱、颓废思潮，提出了一个试图将民族文化与世界文化潮流结合起来的宏伟纲领："外之既不后于世界之思潮，内之仍弗失固有之血脉，取今复古，别立新宗。"鉴于中国历史上就有"尚物质而疾天才"的传统，自西方文化传入之后，又有些自称"志士仁人"的人妄图用西方物质文明中最虚伪、最偏颇的东西匡救时弊，鲁迅发出了"掊物质而张灵明，任个人而排众数"的响亮呼声。他当时认为，19世纪欧洲文化的流弊是个人被集体抹杀，主观精神被物质生活淹没，而赖以纠正这种流弊的就是19世纪末开创的以个人主义与非物质主义为标志的"新思潮"。

鲁迅所谓"掊物质"，并非否认物质的第一性，亦非无视19世纪70年代以来汹涌澎湃的科技新潮给世界面貌带来的巨大变化，而是在承认"物质文明，即现实生活之大本"的前提下，反对"惟物质是尊"的物质至上主义。在鲁迅看来，精神生活是人类生活的最高境界，而物质并不能满足人生的所有需要，更不能用它来衡量思想领域的一切现象。如果对物质崇尚过度，放弃对内在精神的追求，人的旨趣就会流于平庸，"独创之力"就会"归于槁枯"。如果芸芸众生都被物欲蒙蔽，精神日见空虚，社会进步就会停滞，"一切诈伪罪恶"就会乘机滋生。上述见解，在今天看来仍是具有远见的。

鲁迅所谓"重个人""个人主义"，跟鼓吹"害人利己"更是风马牛不相及的两件事。鲁迅所反对的是用多数人的平庸见解来压制少数人的独创见解；所反对的是采取"夷峻而不湮卑"的手段，不去提高程度较低的人群，专门扼杀出类拔萃的个人，平高填低，追求形式上的社会平等。鲁迅认为，"张大个人之人格"，是"人生之第一义"。如果不挣脱压制、解放思想，就不可能有科学、文化方面的新发明、新进展。由于历史条件的限制，鲁迅当时还看不到这些混乱、颓废思潮的社会根源，而只是笼统地认为这是偏重物质文明的流弊，但他"所提出的问题在当时是一声惊雷，可惜这雷声在旷野中自行消失了"（茅盾《向鲁迅学习》）。

鲁迅同一时期撰写和发表的《摩罗诗力说》，介绍了19世纪欧洲资产阶级民主主义的文艺思想，热情歌颂了代表这种文艺思想的"摩罗"诗人——西方积极浪漫主义派诗人，如拜伦、雪莱、密茨凯维支、裴多菲、普希金、莱蒙托夫等。鲁迅指出，这些诗人虽然国度不同，风格各异，但其共同特色是"立意在反抗，指归在动作"，敢于扫荡一切虚伪和恶习，"猛进而不退转""不克厥敌，战则不止"。鲁迅的这种文化取向，跟他当时译介弱小国家和被压迫民族的文学作品一样，都是与他高昂的反帝爱国激情相呼应的。鉴于当时民族民主革命运动在跟垂死挣扎的旧势力斗争的过程中走向高潮，而中国传统文化的中心教义却是教人安于现状，少露圭角，"宁蜷伏堕落而恶进取"，所以鲁迅特意从西方文化中寻求时代热切呼唤的挣扎、反抗、怒吼的精神。这种精神的张扬，不仅给当时的革命派运输了思想武器，而且成了鲁迅与根深蒂固的封建传统文化实行彻底决裂的力量源泉和精神支柱。中西文化的交流融合并非近代才开始的。西方用中国发明的指南针导航驶向中国的大陆，用中国发明的火药轰开了中国闭关锁国的大门，用中国发明的纸张、印刷术传播了文艺复兴以来的文化。而早在汉代，罗马、叙利亚等国家的海路使者就千里迢迢来到中国。西汉末年、东汉初年，佛教传入中国。到了唐代，首都长安成为国际著名人物的聚集地。来自阿拉伯、波斯的学者跟朝鲜、日本、中国的学者在渭河之滨相聚，促膝探讨宗教与文学问题。继佛教之后，一些比较陌生的宗教如祆教、景教、摩尼教、犹太教和伊斯兰教也传到了中国……但是，中西文化空前规模的大交流、大碰撞，却发生在成为中国近代历史重大转折点的五四时期。

在五四新文化运动的前夜，《青年杂志》（《新青年》的前身）与《东方杂志》曾就东西方文化的异同、优劣及未来中国文化的走向问题展开了长时间的讨论。"西化派"的代表人物有胡适、张东荪、毛子水等。1919年，胡适为英文《基督教年鉴》写了一篇《中国今日的文化冲突》，主张大规模地西方化，尽力地现代化。文中使用了"Wholesale Westernization"一词，可译为"全盘西化"。虽然胡适后来多次表示"全盘西化"这个名词含有语病，因为"全盘"有百分之百的意思，绝对意义上的"全盘西化"事实上难以行通，不如采用"充分世界化"的提法，但他20世纪20年代关于东方文明在物质和精神两方面均不如西方文明的意见，以及他30年代提出的我们在物质机械、政治制度、道德、文学、音乐、艺术乃至身体方面"百事不如人"的论调，被后来以主张"全盘西化"闻名的陈序经教授引为同调。陈序经在《全盘西化的理由》中说："胡先生在这里虽不明说全盘接受西洋文化，然所谓'百事不如人'，正和我们的全盘西化相差没有几多。"（《中国文化的出路》，商务印书馆1934年版）

"中国本位派"或称"国粹派"在文化问题上则持相反观点，代表人物有伧父（杜亚泉）、梁启超、梁漱溟等。他们在五四时期反儒学的高潮中公开打出复兴儒学的旗帜，维护君道臣节名教纲常之固有文明。他们认为中国固有文明不仅可以救西洋文明之弊，济西洋文明之穷，而且复兴中国传统文化将成为人类文化的出路。中国吸收一些西洋文明，也必须以中国古代文明为主体。

中国早期的马克思主义者则主张博采众家之长，建设适于现代生活的社会主义文化，其代表人物有李大钊、瞿秋白、沈泽民等。他们指出"西化派"所推崇的西方文化实质上已成为资本主义、帝国主义的文化，"国粹派"所推崇的东方文化还停滞于宗法社会及封建制度之间，都不是中国乃至世界文化的发展道路。他们从当时俄国革命的赤潮中看到了世界新文明之曙光，号召中国人民奋起，通过革命来建设"非东—非西"的"第三种新文明"，即用社会主义文明取代封建主义文明、资本主义文明。

在五四前后的这场文化论争中，鲁迅的主要历史功绩不在于新文化思想意识和新的思想文化体系的建设，而在于他对以儒家文化为主体的中国传统文化进行了气魄雄伟、鞭辟入里的批判，以及对传统文化衰颓毁败现象后面隐藏的国民精神的日渐堕落进行了深入细致的剖析。正是以这种批判与剖析为标志，结束了中国封建思想文化占统治地位的旧时代。

儒家文化是一种理论化的社会意识形态，它构成了中华文化的重要组成部分。在长达 2000 多年的封建社会中，它有一个具体的、流动的发展过程。到了宋明时代，在儒、佛、道三教融合渗透的基础上孕育发展了宋明儒学——理学。儒家文化的理想支柱和核心内容是封建伦理观念，其社会道德标准以"孝"为基础，其政治道德标准以"忠"为准则。儒家伦理——特别是理学脱离了人的个体感性要求，把人的物质需要和精神需要统统当作与"天理"不相容的"人欲"，以此使人们屈从于封建统治的桎梏。还应该指出的是，儒家伦理对人的规范制约力量并非全靠道德上的自律，而主要来自国家机器暴力的威慑作用。"礼者禁于将然之前，而法者禁于已然之后"，体现了儒家伦理社会功能的两面。

可以认为，鲁迅五四前后的杂文和小说都是围绕着批判儒家文化这一中心主题辐射开来的。被誉为五四文学革命第一声春雷的《狂人日记》，深刻揭示了封建家族制度和礼教的吃人本质，是一纸封建制度和封建文化的历史判决书。由于封建统治阶级"以孝治天下"，"以忠诏天下"，"以贞节励天下"，鲁迅对制造并赏玩别人苦痛的封建纲常名教举起了冷峻而犀利的解剖刀：《我之节烈观》批判了"夫为妻纲"的夫权主义，《我们现在怎样做父亲》批判了"父为子纲"的父权主义，而《灯下漫笔》则声讨了"天有十日，人有十等"的金字塔式的封建等级制度。这些作品，反映了鲁迅反封建的坚定性和彻底性，集中体现了五四文化新军狂飙突进的战斗精神。

马克思主义认为，表现在共同文化上的共同心理素质，是构成民族的特征之一。一个民族的民族精神或一个国家的国民性，是一个民族国家的文化传统长期陶铸的结果。五四时期鲁迅在文化战线上的另一杰出贡献，是对中国国民性进行深层的剖析，其目的在于清除民族文化的积垢，医治民族文化的痼疾，培养现代中国人的新型文化性格。应该指出，鲁迅对国民性的探索并非始于五四时期。早在20世纪初，从西方传入的国民性学说通过日本学术界对中国的维新派和革命派都产生了影响。鲁迅当时认为，我们民族最缺乏的东西是诚与爱。他渴望有先觉之士出现，唤起群体的大觉，挽救国民精神的堕落。五四时期，鲁迅进一步从社会政治批判、思想文化批判深入到国民性的自我批判，把改造民族文化心理结构提高到根本的位置。他用如椽巨笔，塑造了阿Q这一不朽的艺术典型，展示出以"精神胜利法"为主要性格特征的国民的魂灵；而这种病态的灵魂，正是圣人和圣人之徒用长期相袭的"古书""古训"——病态文化铸成的。在同期杂文中，鲁迅还勾勒了国民劣根性的种种侧面，如无特操，瞒和骗，面子精神，看客心理，自尊自大与自卑自贱的奇特混杂，羊面前表现为兽性、兽面前表现为羊性的奴才习惯，等等。鲁迅还对中外国民性进行了比较研究，希望用西洋人的"兽性"来改变中国人的"家畜性"；用近代民主精神、科学精神来改变中华民族在封建文化长期影响下扭曲变形的性格和气质。

作为中国新文化运动的英勇旗手，鲁迅在五四时期与文化传统主义进行了持久不断的斗争。鲁迅对学衡派和甲寅派的斗争，就是保卫五四新文化运动的方向和成果的重要斗争。学衡派的代表人物梅光迪、吴宓、胡先骕都是深受美国白璧德所谓"真正人文主义"影响的留学生。他们在文学上奉古典主义为圭臬，兼采亚里士多德和柏拉图，鼓吹文学的形式美和道德功用，将当时的新文化派斥为"浅薄的启蒙主义""野蛮的实用主义"和"过激的平民主义"。他们主张刻意追求一种不仅与某一时代的精神相合，而且与一切时代的精神相合的"世界性"观念，并认为这种观念就存在于孔子的人生观之中。在文学形式上，他们宣称文言优于白话，言文不能合一，白话不宜作诗。所以学衡派虽然在文学上有一些改良意向，但根本的文化价值观念却是典型的文化传统主义。当学衡派刚刚露头的时候，鲁迅就采用"以子之矛攻子之盾"的战术，随手从他们撰写的文言文中拾来几处字句未通、文理荒唐的例子，证明他们虽然标榜"昌明国粹，融化新知"，实际上却"于旧学并无门径"，只不过是"假古董所放的假毫光"而已（《热风·估〈学衡〉》）。鲁迅轻轻一"估"，就剥夺了学衡派"掊击新文化而张皇旧学问"的资本。此后，鲁迅又及时批判了提出"读经救国"主张的甲寅派，揭露了"学了外国本领，保存中国旧习"的"二重思想"。针对"国粹将亡"的叹息，鲁迅反复强调"我所怕的，是中国人要从'世界人'中挤出"（《热风·随感录·三十六》）；面对"保存国粹"的叫嚣，他大声疾呼"保存我们，的确是第一义"（《热风·随感录·三十五》）。

鲁迅认为，文化的盛衰往往反映民族的盛衰。印度、希伯来、伊朗、埃及虽然古代有过辉煌的文明，但随着民族活力的削减，文化也随之衰落，好比一条割断了的汲井绳索，在古代是灿烂的，现在却萧条了（《坟·摩罗诗力说》）。中国也是一个文明古国，如何才能免蹈上述古国的覆辙，这个问题引起了鲁迅长期而深刻的思考。1925年，鲁迅在《坟·看镜有感》一文中，提出了要以"汉唐气魄"放开度量吸收外来文化的重要见解。他还对友人说："唐代的文化观念，很可以做我们现代的参考，那时我们的祖先们，对于自己的文化抱有极坚强的把握，决不轻易动摇他们的自信力；同时对于别系的文化抱有极恢廓的胸襟与极精严的抉择，决不轻意的崇拜或轻意的唾弃。这正是我们目前急切需要的态度。"（孙伏园《鲁迅先生二三事》）鲁迅遥想汉唐时代，汉族文化曾显示出异常强大的聚合力和吸引力，这两个朝代的国运也兴隆昌盛；与此相反，宋朝国粹气味熏人，其结果是辽、金、元入侵，丧权失地，对外称臣，国运衰败陵夷。历史进程雄辩地证明，用"将彼俘来"的豁达宏大气魄自由驱使外来事物，是在中外文化交流过程中充满民族自信心的表现，而"每遇外国东西，便觉得仿佛彼来俘我一样，推拒、惶恐、退缩、逃避抖成一团"，则是神经衰弱过敏、缺乏民族自信心的表现。

在从事文学活动的过程中，鲁迅身体力行了他的上述主张，以"汉唐气魄"充分摄取异域的营养。安特莱夫"使象征印象主义与写实主义相调和"的手法，陀思妥耶夫斯基"穿掘着灵魂的深处"的功力和"热到发冷的热情"，都在鲁迅的作品中留下了斑驳的艺术投影。鲁迅散文诗《野草》的艺术风格，除受到屠格涅夫、波特莱尔的影响外，显然也借鉴了荷兰作家望·蔼覃"象征底散文诗"——《小约翰》的创作经验。

鲁迅还赞赏并效法保加利亚诗人伐佐夫讲究文体、勇于革新民族文学语言的精神。他将有神韵的口语和有生命力的方言、古语、欧化词语等熔铸成为一种比经过近三千年冶炼的古文更有表现力的白话文学语言，成为五四新文化运动中首屈一指的文体家。

谈到鲁迅对中外文化遗产的继承，人们自然会忆起刘半农赠鲁迅的一幅联语："托尼学说，魏晋文章。"这一联语虽难全面概括鲁迅前期思想形成的外来影响，但却道出了鲁迅吸取中外文化的几个重要方面，因而得到鲁迅友人和鲁迅本人的首肯。

"托尼学说"，即指俄国列夫·托尔斯泰和德国弗里德里希·尼采的思想。他们两人虽然都是深沉的人道主义者，对人的前途、命运表示出共同的关切和热爱，但在19世纪的最后10年里，他们的学说又常常表现为对立的两极：前者强调个人的自尊和至高无上性，后者则宣扬自我牺牲的必然性和必要性；前者的道德观是贵族主义、个人主义的，而后者的道德观则是平民的，合于宗教传统的。鲁迅同时接受两个处于两极的思想家的影响，说明他的选择十分庞杂。他从来就不把任何人的学说作为一个完整的体系和整体的结构全盘接受，而只是针对特定的对象和具体的社会内容加以取舍和改造，撷取其中有益于发展中华民族新文化的部分，作为熔铸自己观点的一种思想材料。

文化问题，是尼采注意的中心问题。因此，丹麦文学史家勃兰兑斯称颂尼采是一位"文化哲学家"。然而，尼采哲学的内容却驳杂不纯乃至充满矛盾：一方面，尼采以特有的敏感预先觉察到西方社会正在孕育并发展着的社会危机、精神危机和文化危机，无情宣布了作为现存社会秩序支柱的一切传统思想和价值观念的崩溃；另一方面，他又露骨地宣扬了个人至上、蔑视群众、反对社会主义的思想。基于尼采哲学具有丰富性、复杂性和哲学方式的多义性，不同人往往从不同角度对它加以阐释和利用：一些因不满现实而探寻新路的知识分子往往着重吸收它包含着的对资本主义社会具有强大破坏作用的批判因素，而尼采极端个人主义的说教和通过战争消灭"庸众"的叫嚣后来却被德国纳粹分子奉为圭臬。

鲁迅认为，尼采学说的精髓是在"鼓励人类的生活，思想，文化，日渐向上，不长久停顿在琐屑的，卑鄙的，只注意于物质的生活之中"（孙伏园《鲁迅先生逝世五周年杂感二则》）。鲁迅在尼采"重估一切价值"思想的启示下，对封建文化的价值进行了重估。在"仁义道德"的字缝中发现了"吃人"这两个血淋淋的大字，这就是鲁迅对封建伦理进行的"价值的翻转"。鲁迅在尼采力抗时俗、敢于破坏传统偶像精神的鼓舞下，不但勇猛地冲破了孔孟之道的封建罗网，而且对西方文化中"至偏而至伪"的部分施之抨弹，提醒人们不要对所谓西方文明迷信过分。尼采关于"超人"的学说，又使鲁迅看到了人性的未完成性、开放性和无限可能性，确信将来总有尤为高尚、尤为圆满的人类出现。鲁迅希望中国青年都只是向上走，以确固不拔的自信不断地自我超越，不理会偶像保护者的恭维或冷笑。

被鲁迅称为"十九世纪的俄国的巨人"的托尔斯泰，是一位在俄国解放运动中起了突出作用同时又使人类艺术的发展向前迈进了一大步的伟大作家。他的名字虽然早在20世纪初就被介绍到了中国，但在中国最早评论和鉴赏其作品的当首推鲁迅。跟安特莱夫相比，托尔斯泰对鲁迅的影响并不算大，但他那种自我解剖的精神和执着于现实、为现在而写作的态度，无疑都对鲁迅产生了极积的作用。然而，托尔斯泰学说中引起鲁迅深沉思索的，主要是人道主义思想。

托尔斯泰的人道主义，植根于宗法制农业社会的土壤之中，有着丰富而复杂的哲学、政治、经济、宗教、道德和伦理内容。鲁迅赞赏托尔斯泰同情农民、反对战争的政治态度和揭露沙皇专制暴政的斗争精神，但鲁迅是主张战斗的，他对甘地和托尔斯泰的不抵抗主义一贯持绝对否定的态度。对于人道主义，鲁迅进行了历史的具体的分析。他认为，用人道主义助善抗恶是有益而无害的。虽然用人道主义的手段并不能彻底实现人道主义的目标，但人道主义式的抗争毕竟是一种抗争，应该反对的只是用人道主义助恶抗善，以维护"人道"为借口反对革命者杀反动的人。

"魏晋文章"，其影响渗透于鲁迅全部作品。魏晋时期在中国历史上是一个重大变化时期。在社会动乱和农民革命的冲击下，烦琐、迂腐、荒唐的两汉经学趋于崩溃；在对旧传统、旧信仰、旧价值、旧风俗的对抗和怀疑中开始了人的觉醒，文学观念和文学形式也产生了相应的变化。鲁迅开始接近魏晋文章，是受"持论议礼，尊魏晋之笔"（黄侃《〈国故论衡〉赞》）的章太炎的影响。鲁迅十分欣赏魏晋人豪放潇洒的姿态、清峻通脱的文风，尤其尊崇他们反传统、反常俗的气质。在这一点上，鲁迅对魏晋时期叛逆者的喜爱跟他对尼采超越一切传统道德规范的精神气质的肯定是相通的。在魏晋作家群中，鲁迅最为喜爱的是阮籍、孔融、嵇康，尤其是嵇康。嵇康公开表明自己"非汤武而薄周礼"（《与山巨源绝交书》），阮籍"见礼俗之士，以白眼对之"（《晋书·阮籍传》），孔融也专喜和曹操捣乱。鲁迅知己许寿裳指出，鲁迅之所以称许孔融、嵇康，"就因为鲁迅的性质，严气正性，宁愿复折，憎恶权势，视若蔑如，皓皓焉坚贞如白玉，懍懍焉劲烈如秋霜，很有一部分和孔嵇二人相类似的缘故"（许寿裳《亡友鲁迅印象记》）。此外，魏晋文人的文学造诣对鲁迅的创作也产生了潜移默化的影响。鲁迅认为，魏晋文章的特色是"师心"和"使气"。"师心"，就是写出"心的真实"，不为圣贤旧说所囿；"使气"，就是慷慨激昂，无所顾忌，使文章充满情感、气势和力量。孔融的文章喜用讥嘲笔调。阮籍的诗文忧愤深广，即使那些含蓄隐晦的作品，也蕴藏着疾恶如仇、愤世嫉俗的烈火般的感情。嵇康的散文思想新颖，长于辩难，文如剥茧，析理绵密。这些对鲁迅杂文风格的形成都产生了不容低估的影响。这种影响，跟鲁迅接受的民族文化影响（如屈原、三李、目连戏的影响）一起，共同融入了鲁迅艺术思维的民族血脉。

鲁迅的文化思想有其一贯性——如开放意识、择取精神、对封建文化的不调和态度，但也有阶段性。鲁迅的文化思想跟他的政治思想一样，也经历了由早期、前期到后期的质的飞跃。恰如在鲁迅革命民主主义思想形成过程中世界近代资产阶级文化思想起了决定性作用，鲁迅共产主义思想的形成是事实的教训和马克思主义影响的结果。马克思主义是人类文化的结晶，也是无产阶级的最革命、最科学的文化意识。鲁迅在1928年前后掌握了马克思主义的基本理论，"确切的相信无阶级社会一定要出现"（《且介亭杂文·答国际文学社问》），"惟新兴的无产者才有将来"（《二心集·序言》）。从此，他就以一个非常自觉的无产阶级文化战士的形象现身，服务于无产阶级及其政党领导的新民主主义革命斗争。他后期的文化思想，成了世界现代无产阶级文化思想的有机组成部分。

在中国，无产阶级文化的出现是历史的必然。由于中国资产阶级的无力和帝国主义的入侵，客观历史条件已不允许中国产生独立完整的资本主义经济体系；面对帝国主义奴化思想和中国封建主义复古思想结成的同盟，中国也不可能形成独立的资本主义文化形态。1936年5月，鲁迅在跟美国记者斯诺的一次长谈中明确指出，在半封建半殖民地的旧中国，"不能经过一个资产阶级的文学发展阶段"，"唯一有可能发展的文化是左翼文化。除此而外，就是侵入中国的帝国主义文化，这就意味着根本不会有什么文化"（《鲁迅同斯诺谈话整理稿》，《新文学史料》1987年第3期）。

鲁迅前期出于摧毁封建专制政治和伦理体系的迫切需要，在中西文化的择取上置重于西方文化。因为缺乏对西方文化优良部分的充分吸收，而直接实现由封建文化观念到无产阶级文化观念的大飞跃，现代中国文化的基础就会很不牢实。后期随着建设中国无产阶级新文化任务的提出，以及鉴于有些"新派"人物对民族文化遗产采取虚无主义的态度，鲁迅对继承传统文化中的精华则给予了必要的强调。他在《集外集拾遗·〈浮士德与城〉后记》中深刻指出："因为新的阶级及其文化，并非突然从天而降，大抵是发达于对于旧支配者及其文化的反抗中……所以新文化仍然有所承传，于旧文化也仍然有所择取。"这就是说，新文化对旧文化的"择取"，是在"反抗"——即批判否定的基础上进行的，恰如食用牛羊时"弃去蹄毛，留其精粹"一样。他还进一步指出："采用外国的良规，加以发挥，使我们的作品更加丰满是一条路；择取中国的遗产，融合新机，使将来的作品别开生面也是一条路。"（《且介亭杂文·〈木刻纪程〉小引》）鲁迅的上述思想，不仅为发展中国新木刻运动开辟了一条坦途，也为创造文化"新宗"——适应中国国情的革命新文化指明了正确方向。

现代科学证明，人类自诞生以后，逐步分布全球；相对隔绝的地理条件对形成和发展各国、各民族独特的文化素质——特别是早期文化的发展有着不容忽视的影响。中华民族是由文化发展程度相差不大的华夏诸部落融合起来的；中华民族形成以后，四周没有更先进的文化区域，直至近代。这种地理环境使中国古代文化系统获得了较为完备的隔绝机制，使中国思想和文化模式的基本格调保持着明显的自发性，造成了有得有失的后果。早在《摩罗诗力说》和《文化偏至论》中，鲁迅就曾指出这种"孤立自是""咸出于己而无取乎人"的状况将使固有文化日益衰颓，使民族在世界性的竞争中失去生机与活力。到了后期，针对中国一向奉行的"闭关主义"，鲁迅更鲜明地提出了"拿来主义"的主张（《且介亭杂文·拿来主义》）。鲁迅对斯诺说："我们必须迅速向前发展，把当今世界上具有最大价值的东西统统拿过来。"（《鲁迅同斯诺谈话整理稿》）又说，要发展中国，就要既学苏联，又学美国，还要向自己的历史学习（斯诺《我在旧中国的十三年》）。这就是对"拿来主义"的通俗阐释。"拿来"，首先要求放开度量，放出眼光，积极引进；但"拿来"又不是兼收并蓄，而是运用脑髓，加以分析，对待中外遗产"或使用，或存放，或毁灭"，其目的在于创造中国现代新文化和人类历史上最为灿烂的新文化。因此，这一主张既跟妄自尊大的文化保守主义划清了界限，又跟崇洋媚外的奴才主义划清了界限。这是在文化选择上突出民族的主体意识、张扬科学的批判精神、坚持无产阶级的文化价值观的具体表现，是鲁迅前期倡导的"汉唐气魄"的更为科学的表述。这一文化原则的提出，标志着中华民族文化意识的新觉醒，完全符合现代世界文化的历史流向。

为了用革命文化推动革命事业的发展，鲁迅后期将翻译工作的重点从介绍东欧被压迫民族文学转移到介绍苏维埃文学，包括高尔基、法捷耶夫、绥拉菲摩维支、革拉特珂夫等人的作品和普列汉诺夫、卢那察尔斯基等人的文艺理论。鲁迅认为，这些创作和理论不仅为中国革命文学提供了指南和范本，而且提供了苏联社会变革和经济建设的经验教训，所以他把这项工作比喻为替起义的奴隶偷运军火。他在《且介亭杂文·答国际文学社问》中明确指出："我看苏维埃文学，是大半因为想介绍给中国，而对于中国，现在也还是战斗的作品更为紧要。"鲁迅在中国黎明前最黑暗的年代介绍这批堪称"新俄文学的永久的碑碣"的作品，这一工作本身也成了中苏文化交流史上"永久的碑碣"。

在介绍苏联革命文学的同时，鲁迅还向中国读者介绍了一批苏联"同路人"作家的作品。"同路人"作家本身并非无产阶级战斗队伍中的一员，他们的作品中没有"铁底意志的革命家"，描写革命或建设时常采取旁观乃至冷淡的态度，对现实的反映也往往不全面。鲁迅仍然以宽容的气度译介他们的作品，是基于以下三方面的原因：一，苏联建国初期，"有才能的革命者，还在血战的涡中，文坛几乎全被较为闲散的'同路人'所独占"（《译文序跋集·〈一天的工作〉前记》）。二，鲁迅认为，"同路人"作家尽管不能把握革命的全局，但如果他们作品中所反映的某些局部"确也是一面的实情，记叙出来，还可以作为现在和将来的教训"（1933年6月26日致王志之）。三，"同路人"作家中有些人文笔洗练，技巧卓拔，"将这样的'同路人'的最优秀之作，和无产作家的作品对比起来，仔细一看，足令读者得益不少"（《译文序跋集·〈竖琴〉后记》）。

在译介苏联文艺作品和文艺理论的过程中，鲁迅十分注意总结十月革命前后无产阶级艺术正反两方面的历史经验，提出了反对教条主义、加强文艺家的自我改造、结成目的都在工农的联合战线等无产阶级文化建设的根本问题。他翻译了普列汉诺夫的《艺术论》，卢那察尔斯基的《艺术论》《文艺与批评》以及日本人辑译的《文艺政策》，较早把十月革命后俄国文艺界的情况介绍到中国来，并且提出了借鉴国际无产阶级文艺运动经验的两条重要原则：一，应对中国国情加以细密分析，不能机械搬用别国经验（《二心集·上海文艺之一瞥》）。二，必先使外国的新兴文学在中国脱离"符咒"气味，而跟着的中国文学才有新兴的希望（《译文序跋集·〈现代新兴文学的诸问题〉小引》）。鲁迅的这些观点，无疑有助于正确解决当时左翼文艺队伍内部的论争，对推进今天的社会主义文化建设也仍有现实的指导意义。

在鲁迅批评介绍的苏联文化流派中，有一个曾经风靡一时的"无产阶级文化派"。制定并推行这种"无产阶级文化"路线的人，扬言过去时代的文化同无产阶级的文化是格格不入的，两者永远不会相互转化；只有在由无产阶级参加的实验室、俱乐部或讲习所中，才能创造出"纯粹"和"独立"的无产阶级的阶级文化。诗人基里洛夫那首名噪一时的诗歌《我们》，就是这股思潮的代表作："为了我们的明天，我们要烧掉拉斐尔，／捣毁博物馆，踩死艺术之花。"（《未来》1918年第2期）

鲁迅当然不同意"烧掉拉斐尔"一类"形左实右"的主张，而极欣赏卢那察尔斯基在革命之初"怕军人的泥靴踏烂了皇宫的地毯"的态度（《集外集拾遗·〈浮士德与城〉后记》）。他联系中国新文化运动的实际，提出了一个深为毛泽东赞同的观点："剜烂苹果"（《准风月谈·关于翻译（下）》）。其含义是：对于"古典的，反动的，观念形态已经很不相同的作品"，应在正确观点指引下，细致地挖出其中有用的东西，恰如从浊流中蒸馏出净水，从并非穿心烂的苹果中取出那几处还没有烂的地方。唐传奇《游仙窟》的内容无非是描写封建文人与贵族妇女饮酒淫乐之事，但鲁迅仍多次予以介绍，就是因为文中提供了唐代的习俗、时语，可资博识；作者张鷟最先用骈体文撰写传奇，对于研究中国小说史亦有参考价值。阿尔志跋绥夫的长篇小说《赛宁》是俄国颓废文学的代表作，中心思想"自然也是无治的个人主义或可以说个人的无治主义"，但基于这本书反映了一种社会思潮和趋势，鲁迅仍予以评介，并肯定了作者的感觉"比寻常更其锐敏"（《译文序跋集·译了〈工人绥惠略夫〉之后》）。这种"剜烂苹果"的方法，是实践"拿来主义"原则的重要保证，也是实现文化多元取向的重要保证。

马克思在《神圣家族》中指出："古往今来每个民族都在某些方面优越于其他民族。"（《马克思恩格斯全集》）各民族文化的相互影响、相互促进，是世界文化发展的客观规律。这种影响和促进的范围愈益扩大，文化就愈益在更广阔的范围成为全世界的文化。但是，在民族文化面向世界文化潮流的现代化进程中，决不可忽视和放弃本民族文化的优秀传统和特点——特别是它的形式。因为正是这些民族特点（包括民族语言、民族题材、民族性格、民族风格等），使这个民族的文化同别民族的文化鲜明地区别开来，形成了世界文化的丰富性和多样性，使世界文化的内容更为充实。鲁迅多次谈到，一个国家的文化、民族的特色愈鲜明就愈有国际性，因而也就愈容易"打出世界上去"。他热情赞扬陶元庆的绘画采用了"新的形""新的色"，而其中仍有中国向来的魂灵——即民族性（《而已集·当陶元庆君的绘画展览时》）。鲁迅本人的创作，也体现了外来艺术因素与民族文化的浑然一体，体现了外来艺术形式与民族生活的和谐协调。例如鲁迅杂文的讽刺艺术，固然借鉴了俄国果戈理、谢德林，英国萧伯纳，法国路易·菲力普等大师的创作经验，但《儒林外史》的作者吴敬梓"感而能谐，婉而多讽"的高超手法无疑对他产生了更为重要的影响。同样，洋溢在鲁迅杂文中的幽默感，固然取法于英国的随笔（essay）和得益于日本作家鹤见祐辅理论的启示，但其中更表现出中华民族的智慧和中国农民式的风趣和机智。又例如，鲁迅开始进行小说创作时，所取法的大抵是外国的作家，所仰仗的大抵是外国作品；但是，鲁迅也最早脱离外来影响，为世界文学贡献了很多具有民族形式的不可模仿的作品，因而取得了举世公认的思想和艺术成就。鲁迅在民族化方面的理论和实践，应该成为我们建设具有中国气派的新文化的指针和楷模。

旧中国的文化，"是殖民地、半殖民地、半封建的文化"（毛泽东《新民主主义论》）。基于对旧中国文化性质的清醒认识，鲁迅后期文化批判的锋芒除指向资本主义文化和尽帝国主义宠犬职分的买办资产阶级文化之外，同时也继续指向与帝国主义文化结成反动同盟的半封建文化。鲁迅对封建传统文化的顽固性有充分的估计。他对封建传统文化的决绝态度，不仅表现在抗击以"新生活运动"为装潢的尊孔复古逆流，而且还曲折反映在他关于语言文字的一系列论述中。民族语言是民族长期历史文化进程中的积淀，跟民族的思维方式和民族心理有着密切关系。鲁迅从文言文中看到了中华民族的思维的模糊性和文字的贵族化倾向。他怀着跟民众密切联系和跻身于世界文化潮流的热切愿望，主张以活人唇舌作为语言的源泉，竭力将白话做得浅豁，同时又主张不断输入外国语言的文字、概念与语法，以增强汉语的精确和国人思维的严密。

风俗和习惯是最广义的思想文化，也是社会约定俗成的行为模式。这类文化因子是一种不自觉的力量，对物质文化的创造和科学、技术等智能文化的发展产生着无形的影响。在影响改革方向及其成败的诸因素中，这也是一个不容忽视的重要因素。1930年，鲁迅在《二心集·习惯与改革》中，对列宁将"风俗""习惯"都包括在"文化"之内的观点进行了发挥，要求改革者深入民众中，对他们的风俗习惯加以研究、解剖，分别好坏，立存废的标准。他说："我想，但倘不将这些改革，则这革命即等于无成，如沙上建塔，顷刻倒坏。"这就深刻阐明了社会改革必须与包括风俗习惯在内的文化心理改革同步进行的必要性。

俄国小说家柯罗连科在他的名著《最后的光芒》中，描写了一位老教师在终年积雪的西伯利亚给孩子们讲烂漫的樱花和婉转啼鸣的黄莺。孩子们虽然根本没见过这两种东西，但是对神奇事物的介绍却引起了他们的遐想。早在1907年，鲁迅在《摩罗诗力说》中引述了这一故事，期待中国出现"老教师"这样的先觉者，热情传播新文化，打破中国的寂寞萧条。如今，中国的文化园圃群芳斗妍，百鸟鸣春。回顾中国新文化运动曲折而光辉的历程，我们无限缅怀鲁迅这位"文化春天"的"呼唤者"，无比铭感他在新文化园圃中拓荒耕耘的劳绩与艰辛。

第十四讲　从鲁迅读书，谈到读鲁迅的书

读书：一个古老而又常说常新的话题

当今社会有两个相对的概念：一个叫"铜臭"，另一个叫"书香"。我们要清除超标的"铜臭"味，营造一个愈来愈香的"书香"社会。

所谓"铜臭"，并不是说凡是物质的东西都臭，凡是钱都臭。任何人都离不开衣食住行，任何人从事创造性的活动都离不开起码的经济保障。鲁迅在《娜拉走后怎样》这篇演讲中就指出，妇女要有"人格的独立，个人的尊严"。那就必须有经济权，说白了，就是要有钱。勤劳致富、科技致富所得到的报酬是正当的，一点也不臭。臭的是利用特权、利用非法手段攫取的财富，因为它损害了国家、民族和广大老百姓的利益。

何谓"书香"？字面上有两种解释：一种解释是，中国古书是用松烟油墨在毛边纸上印的，所以古人的书房里常常飘着油墨的香味；更何况还有"红袖添香夜读书"的情景，那就更是香上加香了。另一种解释是，"书香"之典出于芸草之香，芸草也叫香草、芳香草。这是一种多年生的草本植物，公元前138年，西汉张骞出使西域时引进的。芸草可以驱虫，放在书中可以防虫蛀，书籍也因此香气袭人。所以读书人家被称为"书香门第"，书斋被称为"芸斋"，书卷被称为"芸编"，书信被称为"芸

签"。当然，这都是对"书香"一词的字面含义的浅表性理解。

从本质上讲，书之所以香，是因为书中蕴含有丰富的人生智慧，包括自然科学和社会科学的知识，能够启迪人的心智。人创造了书，书又陶冶了人，所以书被比喻为心灵的眼睛、智慧的乳汁、思想的母胎。书籍的海洋就是知识的海洋。没有阅读，我们的智慧将无法延续；没有阅读，人类的生命将只剩下躯壳。我们在书籍的辽阔海洋上扬帆远航，定能领略到无限的迷人风光。

为什么要读书？这个问题毛泽东的回答最简明：读书是为了求知。"一个人的知识，不外直接经验的和间接经验的这两部分。""但人不能事事直接经验，事实上多数的知识都是间接经验的东西，这就是一切古代的和外域的知识。"（《实践论》）所以，人人都需要读书而不可能事事都去亲身实践。

正因为读书这么重要，所以我们中华民族有一种重视读书的传统。《论语》20篇，第一篇就是《学而》，"学而时习之，不亦说乎？"提倡的就是读书。《荀子》32篇，第一篇就是《劝学篇》，也是在提倡读书。正因为读书如此重要，所以中华民族有一种勤奋读书的优良传统。古代流传很多读书的佳话，如"牛角挂书"（唐代李密一边放牛一边读书），"负薪读书"（汉代朱买臣一边挑柴一边读书），"带经而锄"（汉代倪宽带着经书去锄地，休息时读书）。不过，用现代眼光来看，有些古代的读书故事并不可取，比如"凿壁偷光"，今天我们怎能把邻居的墙壁凿穿来借他们家的光呢？又如"囊萤映雪"，据有些模仿过的人说，冬夜躺在雪地上，看不清书上的字；抓一袋萤火虫，也代替不了一支小蜡烛。至于"头悬梁锥刺股"，那顶多也只能偶一为之，老把头发吊在梁上，经常用锥子刺大腿，那肯定会伤身体。

近50年来，人类社会所创造的知识比过去3000年的总和还要多。随着科学技术的迅猛发展，读者——特别是青少年读者的阅读手段有了很大改变。现在的学生已经习惯于通过电脑阅读图书、查询各种信息、下载各种资料，避免了抄书、抄卡片之苦。通过手机阅读，也是一种新的阅读方式。不过阅读方式虽然日新月异，但阅读的本质并没有变化。

当前出现的问题是，书越出越多，但好书相对越来越少。还有一个尴尬的事实：好书常常卖不动，而平庸的书反而在书市大行其道。还有些青少年热衷于数字化阅读，而阅读的内容大多以消遣为主，如玄幻、仙侠、惊悚、言情……个别青少年沉迷于网吧，成为一种让家长忧虑的社会问题。作家王蒙说："阅读，过分轻松是危险信号。"它反映的是当下人们的一种精神状态。

读书尤其要读经典。为什么要强调读经典？因为书籍浩如烟海，汗牛充栋。我们既不可能也没有必要去通读这些书籍。因为古往今来的文化精神、人格理想和思想艺术的原创性，几乎全部都蕴含在经典作品之中。

鲁迅是如何读书的

英国思想家培根有一句名言："读书使人充实，讨论使人机智，作文使人准确。"（《谈读书》）这三者在作为中国现代文化巨人的鲁迅身上，得到了十分完美的结合。

据统计，现存鲁迅藏书有4062种，约14000册，其中中文图书2193种，外文图书1869种。鲁迅1936年7月7日致赵家璧信中说："本来，有关本业的东西，是无论怎样节衣缩食也应该购买的，试看绿林强盗，怎样不惜钱财以买盒子炮，就可知道。"鲁迅将他位于北京西三条的工作室戏称为"绿林书屋"。他在购置图书方面,也确实有"绿林好汉"买盒子炮的气魄。

鲁迅藏书,可谓本本来之不易。首先要面对的是购书难。鲁迅购书往往从书目入手,他认为这是治学之道。但书目上的书往往不易搜求。例如,1906年鲁迅在日本东京时,为了购买荷兰作家望·蔼覃的长篇童话《小约翰》,先亲往南江堂书店,没有,又跑到神田区的丸善书店,也没有,最后通过书店从德国定购,历时三个月,才买到该书的德文译本。又过了20年,鲁迅在友人的协助下,终于将这部"象征写实底童话诗"译成中文。1911年1月2日,鲁迅在致友人许寿裳信中感叹道:"吾乡书肆,几于绝无古书,中国文章,其将殒落。"越文化的发祥地绍兴,当时书肆"绝无古书",这是一种令人难以置信的真实。研究中国传统文化,二十四史是必读之书,但当时同样难买。鲁迅1932年8月15日致友人台静农信中说:"早欲翻阅二十四史,曾向商务印书馆豫约一部,而今年遂须延期,大约后年之冬,才能完毕,惟有服鱼肝油,延年却病以待之耳。"

为了弥补购书难在学业上造成的损失,鲁迅采用了跑图书馆、借书乃至抄书的方式。在南京教育部工作期间鲁迅常跑江南图书馆,教育部迁至北京后常跑京师图书馆、京师图书馆分馆、京师通俗图书馆。北京时期鲁迅向朋友借书的情况也很多,如向马幼渔借清代徐时栋辑录的《宋元四明六志》,向许寿裳借《高僧传》《文选》,向朱希祖借《类说》,向钱稻孙借《秦汉瓦当文字》,向许季上借《出三藏记集》,向宋子佩借《三国志注补》,等等。上述情况,鲁迅在日记中都有明确记载。最感人的是抄书。鲁迅抄录的古籍有《茶经》《说郛录要》《沈下贤文集》《南方草木状》《释虫小记》《记海错》《蜂衙小记》《燕子春秋》等。宋代戴复古的《石屏集》（又作《石屏诗集》），鲁迅从1913年8月11日开始抄录，至同年11月26日，共抄了10卷272页，均用蝇头小楷。1913年10月1日夜，鲁迅抄录《石屏集》时发病。他在日记中写道："写书时头眩手战，似神经又病矣，无日不处忧患中，可哀也。"

当然，藏书之不易更在于耗资甚巨。据有人统计，从1912年5月至1936年10月，鲁迅的总收入为124511.995元（甘智钢《鲁迅日常生活研究》，黑龙江教育出版社2005年版）。而据鲁迅日记的"书账"，鲁迅购书款总数为12165.524元，约占鲁迅总收入的1/10，是他家用、购房之外的第三大开销。以上统计虽然不一定精确无误（1922年鲁迅日记缺失，有时欠薪，也不能反映物价浮动的情况），但却足以说明购书在鲁迅日常生活中所占的重要地位。1912年岁末，鲁迅整理完5月至12月的书账，感慨万千地写道："凡八月间而购书百六十余元，然无善本。京师视古籍为骨董，唯大力者能致之耳。今人处世不必读书，而我辈复无购书之力，尚复月掷二十余金，收拾破书数册以自怡说，亦可笑叹人也。"鲁迅晚年，仍在为书价的飞涨而困扰。他在文章中说，有一种乾隆时代的刻本，售价已跟当时宋版书价接近，清代禁书售价也高达数十元至百余元。在散文诗《死后》中，鲁迅还描写了一个在他死后仍向他兜售明版《公羊传》的勃古斋小伙计，表达了他对这类无孔不入地盘剥清贫文人的书贾的烦厌和憎恶。

在藏书家中，有为藏书而藏书和为读书而藏书之分。鲁迅无疑应划归后一类。中国有些藏书家常以孤本秘籍为惊人之具；外国有些藏书家也往往只看重书籍装帧版本，据说巴尔扎克就偏爱收藏装潢华丽的书籍。鲁迅藏书多着眼于实用。他购买外国书籍，旨在"传播被虐待者的苦痛的呼声和激发国人对于强权者的憎恶和愤怒"，以促进中国社会的进步和国民劣根性的改造。他不仅关注从希腊、罗马、中世纪、文艺复兴到十八九世纪直至当代的文学名著，还热心收集和译介弱小国家、被压迫民族的文学作品和新兴文艺理论及创作，完全摆脱了"欧洲文学中心论"的偏见。他尖锐地指出："世界文学史，是用了文学的眼睛看，而不用势利眼睛看的，所以文学无须用金钱和枪炮作掩护。"（《且介亭杂文二集·"题未定"草（三）》）鲁迅购买古籍，旨在对中国传统文化中的精华予以承传、弘扬。他感兴趣的不是宋儒的学说和唐宋八大家的古文，而是小说、野史之类的非正统部分。

鲁迅后期最感兴趣的是新兴文艺理论、苏俄文学作品和外国版画。他曾托曹靖华先生在苏联购买艺术类和文学类书籍，范围极广。为了逃避国民党当局的海关邮件检查，曹先生先将这些书寄到比利时、法国，重新包装，再寄到中国。这个办法，曹先生称之为"二仙传道"。鲁迅又托女作家陈学昭在法国购买有木刻插画的书籍。陈学昭有一个法国外交部的记者证，买书可打八折。鲁迅还托徐诗荃先生在德国买书，特别是版画和用唯物史观研究文学的书。当时柏林多旧书，价格便宜。徐先生怀着对鲁迅的崇仰之情，用代购书籍的行动报答鲁迅此前对他的"无涯之惠"。

读书要有纯正的学习目的、刻苦的学习精神，同时也要有科学的学习方法。未来的文盲不再是大字不识的人，而是没有掌握学习要领的人。鲁迅是一位辩证法大师，他同样在用辩证法指导他的阅读活动。我归纳了一下，鲁迅读书的辩证法至少体现在以下五个方面：

能够辩证地处理"职业的读书"与"兴趣的读书"的关系；

能够辩证地处理读"有字之书"与读"无字之书"的关系；

能够辩证地处理"博"与"专"的关系；

能够辩证地处理"记忆"与"思索"的关系；

能够辩证地处理"传承"与"创新"的关系。

一、"职业的读书"与"兴趣的读书"

1927 年 7 月 16 日，鲁迅到广州知用中学讲演，题为《读书杂谈》。他把读书分为两种。一种叫"职业的读书"，这种读书有很强的功利性，比如学生为考试而读书，教师为备课而读书，这类读书相当于木匠磨斧头，裁缝穿针线。如果读书人对所读的书没有兴趣，那就成了一件很无奈、很被动的事情。人生苦短，再把有限的生命耗在自己不乐意做的事情上，那真的是相当痛苦。

"嗜好的读书"则全然不同，因为出于自愿，全不勉强，没有鲜明的功利性，目的是找乐子。比如老年人退休之后聚在一起搓麻将，目的不在输赢，更不下赌注，全为调剂生活。

古代就有人分别提倡功利的读书和非功利的读书。相传宋真宗赵恒写的《劝学篇》说得最露骨：

富家不用买良田，书中自有千钟粟。

安居不必架高堂，书中自有黄金屋。

娶妻莫恨无良媒，书中有女颜如玉。

出门莫恨无人随，书中车马多如簇。

男儿欲遂平生志，五经勤向窗前读。

这位皇帝对年轻的男人们说，你想家中粮食满仓吗？你想家里雕梁画栋吗？你想妻子貌若天仙吗？你想出门前呼后拥吗？那么，请你埋头苦读儒家的典籍：《礼记》《乐经》《书经》《诗经》《易经》《春秋》。

不过古代也有人提倡"嗜好的阅读"。比如明代有一位泰州学派的思想家叫王艮，他写过一首《乐学歌》：

不乐不是学，不学不是乐。

　　乐便然后学，学便然后乐。

　　乐是学，学是乐。

　　於乎！天下之乐，何如此学；天下之学，何如此乐！

这位思想家能以快乐的心情去读书，又在阅读的过程中寻求到快乐，他把"读书"与"快乐"融成了一体。这给我们一个启示，那就是兴趣是可以培养的，也是可以改变的。比如我原先不喜欢吃苦瓜，不喜欢吃洋葱，后来在电视上看了《养生堂》的节目，知道苦瓜、洋葱有多种食物疗效，也就开始吃了，并且越来越吃出了味道。学生厌学，如果教师能正确引导，也能使他由"要我学"变为"我要学"。这样精神上就主动了。

二、读"有字之书"与"无字之书"

鲁迅把人生教材分为"有字之书"与"无字之书"。"有字之书"是前人实践经验的总结。他在《南腔北调集·经验》一文中说："古人所传授下来的经验，有些实在是极可宝贵的，因为它曾经费去许多牺牲，而留给后人很大的益处。""无字之书"指的是生活和实践。鲁迅重视书本而不迷信和盲从书本。他在谈到后期政治态度的转变时说："即如我自己，何尝懂什么经济学或看了什么宣传文字，《资本论》不但未尝寓目，连手碰也没有过。然而启示我的是事实，而且并非外国的事实，倒是中国的事实，中国的非'匪区'的事实，这有什么法子呢？"（1933年11月15日致姚克）将生活体验与书本经验相结合，这也就是作家王蒙所说的"读书与人生互相发现，互相证明，互相补充"。

任何时代的任何书籍都有其不可避免的局限性，需要我们阅读时采取一种辨析的态度。比如，要了解中国源远流长的历史，不能不读以"文直""事核""不虚美,不隐恶"著称的《史记》。但当代考古成果证实,《史记·高祖本纪》中关于项羽"掘始皇帝冢,私收其物"的记载纯属子虚乌有。要了解中华民族的医学瑰宝,不能不读明代李时珍的《本草纲目》。但这部中国古代药书的登峰造极之作中,也有内容的失误、引文的错讹。书中对于有些语源的考证更是令人啼笑皆非。比如,"琥珀",原系叙利亚语或波斯语的音译,而李时珍却解释为"虎死则精魄入地化为石"。文化经典尚且如此,更遑论其他著作。"尽信书不如无书",就是基于这个道理。

再举几个例子。比如大家都读过唐代边塞诗人王之涣的《凉州词》:

黄河远上白云间,

一片孤城万仞山。

羌笛何须怨杨柳,

春风不度玉门关。

玉门关在今天甘肃敦煌一带。《杨柳》是曲牌名,用羌族的笛子吹奏起来声音非常哀怨。这首诗我长期这样读,这样背,从没产生过怀疑。但地质学家竺可桢经过实地考察,也就是读了"无字之书"后,认为这首诗中的"黄河"是"黄沙"之误。因为在玉门关一带,每天中午都刮黄沙,直冲云霄,而黄河跟凉州和玉门关都没有什么关系。我认为竺可桢的说法很有道理,至少是一家之言,可聊备一说,因为他的解读更切合古凉州的实际。

三、博与专的关系

鲁迅读书,能够科学处理博与专的关系、泛览与精读的关系。"博"就是放大度量,广采博取。他强调读书必须如蜜蜂采蜜,采过许多花,这才能酿出蜜来,倘若叮在一处,所得就非常有限。正是基于这种认识,他鼓励求学者读一些本专业以外的书:"譬如学理科的,偏看看文学书,学文学的,偏看看科学书。"(《而已集·读书杂谈》)鲁迅提倡一种"随便翻翻"的阅读方法,也就是先行泛览,而后精读。他写道:"书在手头,不管它是什么,总要拿来翻一下,或者看一遍序目,或者读几叶(编者注:今作"页")内容","不用心,不费力","觉得疲劳的时候,也拿这玩意来作消遣了,而且它也的确能够恢复疲劳"(《且介亭杂文·随便翻翻》)。"随便翻翻"获得的知识虽然"杂",但也有好处:比如看家用帐,可以从中获得经济史料;翻老黄历,可以了解民间习俗和禁忌;看到讲娼妓的书不必皱眉头作憎恶状,因为这是研究妇女史、社会史的史料。"专"就是由博返约,由"浅阅读"进入"深阅读"。许广平把鲁迅攻读科学社会主义著作比喻为制作中药时的"九蒸九晒",指的就是精读。

当今全球科技发展的总趋势,就是人文科学与自然科学日益交融。自然科学的新成果可以改变固有的人文观念,而人文科学的发展又可以为自然科学导向。比如艾滋病和毒品的防治,光靠药物治疗恐怕不行,必然还会涉及伦理、道德、教育、法律等一系列问题。在人文科学与自然科学的交汇点上,往往能产生现代科学最新成果。可见"博"是很重要的。

不过人们服务于社会,主要还是靠他的一技之长,在社会分工日趋细密的当下尤其如此。我们不能做那种"万金油干部",似乎什么都懂,但实际上什么都不精通。鲁迅也讲过,博识家的话多浅,浅就是肤浅;专门家的话多悖,悖就是"倚专家之名,来论他所专门以外的事"。他提倡的是由博返约。战国时期思想家荀子的《劝学篇》以蚯蚓为例,说"蚓无爪牙之利,筋骨之强,上食埃土,下饮黄泉,用心一也"。"用心一也"就是要专，在博中求专。《水浒传》有108将，每个人都有特长，如李逵的板斧，关胜的大刀，吴用的计谋，时迁的偷盗，金大坚的篆刻，张顺的游泳……各有所长，各有各的用处。

四、记忆与思索的关系

掌握基础知识必须依靠记忆，比如学化学，必须掌握元素周期表；学英语，必须记住足够多的单词。古今中外都有一些博闻强记的人。比如东汉思想家王充，"家贫无书，常游洛阳市肆，阅所卖书，一见辄能诵忆，遂博通众流百家之言"（《后汉书·王充传》）。当代作家王蒙，近50岁才开始学英语，每天能背30个单词，如今能用英语演说。鲁迅的记忆力也是惊人的，他杂文中征引了很多中外典籍，有些是全凭记忆。

但是，记忆并不等于智慧。孔子说："学而不思则罔。"这就是说，光读书而不思索就容易迷惑。思考是阅读的深化，是认知的必然，是把书读活的关键。宋儒程颐也说："为学之道，必本于思，思则得之，不思则不得也。"（《遗书》）这就是说，治学的关键在于思考；思考则有所获，不思考则无所获。外国的作家、学者也有同样的体会。伏尔泰说：书读得越多而不假思索，你就会觉得你知道的很多，但当你读书而思索越多的时候，你就会清楚地看到你知道的很少。托尔斯泰说：知识，只有当它靠积极的思维得来而不是光凭记忆得来的时候，才是真正的知识。鲁迅也再三告诫读者特别是年青人，要他们学会独立思考，不使自己的大脑成为别人的跑马场。他说：读死书会变成书呆子，甚至于成为书橱。这也就是说，读书的乐趣不仅仅停留于文本，更在于探究与思考的过程中。在读书过程中，我们不应该是一个简单的接受者，也应该是一个互动者、参与者。读书过程既是欣赏和接受的过程，也是一个思考和判断的过程。其中有摄取，也有排拒；有共鸣，也有矫正。

一般人读书有三种境界。第一个境界叫信赖，即认为书本上的知识全都正确，以书本上的答案断是非。第二个境界叫怀疑，随着阅历丰富，知识增多，就会发现不同书对同一问题可能有不同的说法，书上的说法跟在实际生活中的感受也可能相抵触。这就产生了怀疑，由怀疑引发了思考。第三个境界叫包容，那就是既有自己的独到见解，又能尊重持不同意见者，允许他们有同等的发言权利，而不是党同伐异，封锁不同的声音。

我们知道，鲁迅有着深厚的国学素养，但是鲁迅对古人古训从不盲从。鲁迅小说《狂人日记》中有一句名言："从来如此，便对么？"国学中的糟粕部分到了鲁迅手中，就变成了反戈一击的武器。鲁迅对《二十四孝》的批判就是一个典型的例子。鲁迅还提供了一个有助于思考的方法，那就是比较。他说，比较是医治受骗的方法，比如，那一块是金子，那一块是硫化铜，拿来一比较就清楚了。所以，硫化铜被称作"愚人的金子"。

五、传承与创新的关系

鲁迅在读书中的传承与创新，则主要通过创作表现出来。鲁迅是一位具有天马行空精神的文化大师。这种精神也就是当今时代热切呼唤的创新精神。据说，天马是汉武帝从西域大宛国得到的一匹汗血马，它能在空中奔驰，气势豪放，不受约束。鲁迅在《译文序跋集·〈苦闷的象征〉引言》中说："非有天马行空似的大精神即无大艺术的产生。"鲁迅认为，天马行空的精神就是一种跟萎靡痼蔽决不调和的精神，就是一种冲破一切传统思想和手法的精神。在《中国小说史略》中，鲁迅对于单纯模仿前人之作的志怪小说以及公案小说评价极低，就是因为这些作品只有因袭而无创新。

由读而写，鲁迅的天马行空精神当然主要表现在文学创作领域。比如鲁迅创作的第一篇白话短篇小说《狂人日记》，就没有停留在对日记小说体裁的移植仿效，而是把果戈理同名小说中对平庸弱小人物的同情提升到了暴露家族制度和礼教弊害的新高度。文末的"救救孩子"，也并非一个精神受虐者个人的呼救之声，而成为对整个封建体制的反叛之声。这样的作品，就是周作人所说的"创造的模拟"。鲁迅创作历史小说是以博考文献为基础的，但由于他执着于现实战斗，所以以古喻今，古今杂糅，运用了当下影视界视为新潮前卫的穿越手法。鲁迅《故事新编》的创作实践证明，一个没有创新精神的作家，同时也必将丧失传承传统的能力。至于在小说创作中把农民和其他弱势群体作为关注对象和表现中心，打破了中国传统小说中以帝王将相、才子佳人为中心的格局，这也是内容上的一种创新。

鲁迅小说创作的创新精神同时表现在艺术形式上。早在1923年10月8日，雁冰（茅盾）就在《时事新报·学灯》上发表了《读〈呐喊〉》一文，指出"在中国新文坛上，鲁迅常常是创造'新形式'的先锋；《呐喊》里的十多篇小说几乎一篇有一篇的新形式，而这些新形式又莫不给青年作者以极大的影响，必然有多数人跟上去试验"。雁冰这一论述，不仅指出了鲁迅小说在形式上的创新意义，而且指出了鲁迅这一创新对后继者的启示和带动。文学作品的形式，包括了体裁、格式、手法、风格、韵律诸要素。雁冰的上述评价侧重于文学体裁，这是独具慧眼的。3年后，作家黎锦明在《论体裁描写与中国新文艺》一文中指出鲁迅是一位"文体家"，鲁迅深以为然，有空谷足音之感。

鲁迅的创新精神当然也表现在小说创作之外，比如杂文创作。中国的传统杂文（主要是指议论色彩比较浓厚的"杂说"）和西方的"随笔"

是鲁迅杂文的中外文化渊源。为了能够迅速反映急剧变化的现实，增强文章的感染力，鲁迅又在这种本质上属于散文的体裁中融入了诗与政论的因素，从而使这种体裁在鲁迅手中成为一种全新的创造。又如鲁迅旧体诗词对前人的超越，是连他当年的论敌也不能不承认的事实。著名南社诗人林庚白曾经写诗谩骂，说鲁迅是"刀笔酸儒浪得名，略谙日语果何成？挟持译本欺年少，垄断书坊是学氓！"但他真正读到鲁迅的七律《惯于长夜过春时》和七绝《悼丁君》之后，也承认鲁迅的旧体诗词"不假雕琢，耐人寻味"，甚至认为鲁迅诗的功力"突过义山"，即超越了唐代大诗人李商隐（《子楼诗词话》，上海书店出版社2002年）。此外，鲁迅的创新精神还表现在学术领域、美术领域、翻译领域，不一一展开。

如何读鲁迅的书

记得鲁迅说过，读他的书，首先要知人论世。"论世"，就是要了解鲁迅生活的时代。唯物主义史观充分肯定个人在历史上的作用，同时又强调人们都是在既定的历史条件下创造历史，个人活动必然会受到既定社会历史条件的制约。从鲁迅的经历固然可以折射出他生活的那个时代，但鲁迅生活的那时代又必然影响到他的思想和活动。鲁迅在《南腔北调集·〈自选集〉自序》中谈到他在五四文学革命之前之所以沉默，就是因为"见过辛亥革命，见过二次革命，见过袁世凯称帝，张勋复辟，看来看去，就看得怀疑起来，于是失望，颓唐得很了"。鲁迅晚年在《且介亭杂文·附记》中又强调"我们活在这样的地方，我们活在这样的时代"。这个"地方"和"时代"就是鲁迅施展聪明才智的人生舞台。他在冷静观察这个舞台的同时，也找到了最切合自己的人生位置。所以要读鲁迅的书，就必须了解中国的历史，尤其是中国的近现代史（包括中国共产党党史、中国国民党党史和国际共运史，也包括中国近现代的文化史和文学史），否则就不能正确理解和评价鲁迅的人生选择，也不能正确评价鲁迅的历史贡献。

"知人"就是要了解鲁迅与同时代人的关系。任何历史人物都不是孤立的、自在的客体，他必然跟周边世界产生千丝万缕的有机联系，有其独特的生存环境——包括政治环境、经济环境、人文环境、人际环境……从这个意义上可以说，人创造了环境，同样环境也创造了人。鲁迅当然也有着自己的人际环境。仅根据鲁迅日记记载，跟鲁迅交往的各界人士近2000人；在实际生活中，他交往的同时代人当然绝不止此数。鲁迅临终前曾经感叹："我这个人社会关系太复杂了。"正是鲁迅跟他同时代人的这种交往，形成了一个色彩纷呈的人际网络。忠实再现鲁迅与同时代人的关系，类似于写作西方的多传主传记，不仅能通过比较和鉴别充分显示鲁迅的文化个性，而且能呈现19世纪末期至20世纪30年代中期中国的文化生态，对当时的文化思潮和文坛状况进行一种独特观照和深度研究。

与鲁迅产生联系的同时代人大体可以分为四种类型：一，感情至笃，终生不渝，如鲁迅与许寿裳。二，冰炭不同炉，如陈西滢、梁实秋。鲁迅正是通过跟他们的论争，捍卫了真理，发展了真理。他们之间的交锋"实为公仇，绝非私怨"。三，始于相亲，终于疏离。如与周作人、钱玄同、林语堂、高长虹等人的交往。以鲁迅的性格，跟他友善过的人，一旦交恶，那就几乎无法挽回了。四，始于彼此误解，终于尽释前嫌。鲁迅与魏建功、魏猛克等人的交往即如此，既表现出鲁迅的宽容大度，也反映出对方勇于修正自己的"君子之过"。一木不成森林，一支独秀不成花丛。鲁迅与同时代很多作家的关系大多属于互补型，如鲁迅与《新青年》同人和与"左联"盟友的关系。他们形成了一股合力，共同将中国新文化的巨舰推向前行。即使跟论敌之间的唇枪舌剑，也如同燧石的撞击，在交锋中不时迸发出智慧的火花。鲁迅那些虎虎生风的犀利文字，大多就产生于文坛论争的过程之中。但也有些人际纠葛不排除有意气用事的成分，比如鲁迅对顾颉刚生理缺陷进行的漫画式嘲讽。但这也是一种文化现象，"金无足赤，人无完人"。总之，在再现鲁迅与同时代人的关系时，不脱离具体的历史情境，不能以一时一事的是非曲直代替对历史人物的总体评价，不能以鲁迅作品中对同时代人的个别提法作为对他们的全面评价和盖棺论定。

读鲁迅的书，要讲求细读。经典作品的一个显著特点是有相当的阅读难度。这不仅因为时代久远造成了作家与读者之间的间离，而且因为经典作品往往具有一种混沌、参杂、多义之美，正所谓一百个读者心目中会产生一百个哈姆雷特。当今的流行文化往往是快餐文化，它使读者变得越来越没有耐心，越来越容易接受那种浅表的、轻松的、可以逃离现实而沉湎于梦幻中的作品。其实艰难正是文学经典的魅力所在。遇到阅读障碍，而后调动智力、想象力和全部情感，使阅读呈现出柳暗花明又一村的境界，正是阅读经典的乐趣所在。

孔子的《论语》只有 1200 字，但历代学者为它作的注释和疏证就超过了 3000 种，可见阅读之细。早在 1939 年年底，毛泽东对延安马列学院的学员讲，《共产党宣言》他看了不下一百遍，这就叫细读。

读鲁迅的书，还要发扬鲁迅提倡的韧的精神，即持之以恒，不达目的决不罢休。古人有一种"日课"读书法，即规定每日阅读量，既不贪多，也不懈怠。鲁迅的作品（不包括译文及其他学术著作）只有约 300 万字，一天读5000字，一年多就读完了。我开始读鲁迅的书，就是规定每天读一篇，很快就入门了。古人说"不积跬步，无以至千里；不积小流，无以成江海"，就是这个道理。

　　读鲁迅的书，还必然牵涉一个立场和感情的问题。近几十年来，"立场"这个词我们越来越感到陌生了，似乎强调立场就容易跟"极左"联系在一起。其实这是一种误解。只要社会上存在着不同的利益群体，人们观察问题、表达情绪、发表意见，就不能不受到不同利益关系的制约，即所谓"屁股决定大脑"。你屁股坐在哪一边，你的大脑进行思考，就会向哪一边倾斜。鲁迅是一位平民思想家，他一贯站在中国平民百姓的立场来思考问题，判断是非，决定爱憎，进行取舍。我们跟鲁迅站在同一立场，就会跟鲁迅一样燃起希望，跟鲁迅一起感到悲哀，跟鲁迅一同挣扎，一同战斗。很难想象，一个跟鲁迅价值观不同的人，一个对鲁迅作品没有感情的人，会成为鲁迅的忠实读者和卓有成就的研究者。

第十五讲　播撒鲁迅精神的种子
——关于教材中的鲁迅作品

本文所说的教材，主要指中学语文教材。在鲁迅作品的受众中，中学生应该是一个最主要的群体。他们当中的有些人正是在中学接受了鲁迅作品的陶冶，在后来的人生阶段一如既往地成了鲁迅忠实的读者，鲁迅作品对他们人格的形成和学养的提高都产生了难以估量的作用。当然，本文所论也涉及小学教材和海外的部分教材。

"语文"课的由来

提到语文教材，首先需要对"语文"这一名词的由来作一番历史回顾。中国古代，教育机构形式多样，被称为庠、序、学、校等。自唐代始设书院，后多以应举为目的。民间教育机构被称为私塾，也称蒙馆、书塾、塾馆，教学年限不定；为给儿童启蒙，教材多择定为"四书"、《三字经》、《百家姓》、《千字文》等。自1901年开始，清政府推行"新政"，命令将省城书院改设大学堂，各府及直隶州改设中学堂，各县改设小学堂；1905年废除了延续1000多年的科举制度；1907年以"国文科"取代"读经科"，不过当时的"国文"仍以文言文为"文范"，以《尚书》《国语》《战国策》为主要教材。1913年3月，鲁迅、朱希祖、许寿裳、马幼渔等以读音统一会会员名义提议采用注音字母，经表决通过；1918年年底，北洋政府教育部通令在全国范围颁行，这套注音字母在帮助人们识字正音方面发挥了不小的作用。1920年，北洋政府教育部颁布第七号令，将国民学校的"国文"改为"国语"，初小教材不杂文言，高小酌加文言，但仍以白话为主体。"国文"和"国语"虽然名称只有一字之差，内容都是进行母语教学，但"国文"的概念突出了书面阅读的重要性，而"国语"的概念突出了白话文（语体文）的重要性，强调言文一致，"文学革命"与"国语统一"合流。正是在20世纪20年代，鲁迅作品开始进入国语读本。

"语文"二字是"国语"和"国文"的统称，内涵可以囊括语文课的诸多功能特征，1950年6月由叶圣陶敲定。根据叶圣陶的理念，口语为"语"，书面为"文"，亦即"说出来的是语言，写出来的是文章"。小学教学应偏重"语"，中学教学应偏重"文"。当然，"语"中有"文"，"文"中也有"语"。语文教学的任务，主要包括听话、说话、阅读、写作这四个方面。

叶圣陶先生是中国现代中小学语文教育的开山者之一，早在1932年就主编了至今仍备受推崇的《开明国语课本》。1949年4月8日晚，陆定一、周扬等中央负责宣传工作的领导人邀请叶圣陶等学者在北京饭店聚餐。由于当时中央人民政府尚未成立，时任华北人民政府主席的董必武及各位副主席出席了这次宴会。席上决定成立"教科书编审委员会"，由叶圣陶任主任委员，鲁迅的三弟周建人和党史研究专家胡绳为副主任委员，宋云彬等为委员。1950年1月25日，教育部与出版总署编审局又联合组成中学教科书编审委员会，其时叶圣陶已出任出版总署副署长兼编审局局长，但仍主持并参与教科书的编审工作。1950年，出版总署编审局改组为人民出版社、人民教育出版社和图书期刊司,叶圣陶任人民教育出版社社长兼总编辑。此后,人民教育出版社编选的语文教材成为全国的通用教材,这种局面直到新时期才被打破。

鲁迅作品为什么应进入教材

鲁迅文艺创作的发端应在1898年前后(写有《戛剑生杂记》《莳花杂志》等文言作品)。他最早公开发表译作是在1903年,文学活动最早被媒体报道是在1909年,以白话短篇小说《狂人日记》为中国新文学奠基是在1918年。这就是说,鲁迅作品的传播史、接受史至今已经跨越了一个世纪。传播鲁迅作品的重要途径是教学,鲁迅作品的阐释者主要是教师——他们当中有些人本身就是独立的研究者,当然更多的教师是参考了研究者的学术成果之后,又在课堂上加以发挥。所以,研究教材中的鲁迅,既填补了鲁迅研究领域的一个空白,又深化了对鲁迅作品传播史和接受史的研究。

鲁迅作品进入语文教材不仅是因为编者的慧眼,而且是历史的必然选择。因为鲁迅作品作为中国文学的经典,不仅经受了历史检验,而且也为当今读者所认同。宋代大儒朱熹认为阅读经典要讲求三个方法:一是"少看熟读",二是"反复体验",三是"埋头理会"。而教材则是传播经典的有效载体。在课堂上,教师可以帮助学生对经典之作反复诵读,深入思考;也能结合当时的历史情境和当今的社会现状,对经典进行重新解读。

鲁迅作品成为经典首先取决于它的内容。鲁迅是中国现代最接地气的作家,毕生为中国人的生存、温饱和发展而呐喊,希望中国人在国际竞争的大潮中能挣得作为人的应有地位，而不致于从"世界人"中被挤出，最终"失了世界"。他毕生坚守平民立场，以广大底层民众的利益来判断是非，决定取舍，表达爱憎，从而成为穷人和不幸者的忠实代言人。他虽然以近乎残酷的目光逼视现实的真实，但又让读者相信，生活虽然像一条漫长的隧道，有时幽暗到伸手不见五指，但隧道的尽头必然有光明。鲁迅的思想具有锋利的批判性，他的人格具有最可宝贵的斗争性，因此他的作品不仅具有拨动心弦的艺术魅力，而且具有启人心智的思想内涵。鲁迅作品不仅教人如何作文，提高读者的文化素养，而且教人如何做人，提高读者的道德情操；既能帮助学生增加文化底气，又能帮助学生打好精神底色。

单纯从语言文字的角度看，鲁迅作品也堪称范本。鲁迅是中国现代白话文的奠基者，他作品的语言是经过千锤百炼而成的专属于他自己的语言。他用这种富于个性色彩的语言表达创作个体对历史和现实生活的独特认知——这种体验既是极具个性的发现，又是可以沟通读者心灵的共性体验。总之，鲁迅作品是真正的经典，而真正的经典必然具有恒久的价值，值得一代接一代有精神追求的人阅读。特别是在垃圾读物泛滥的时代，珍惜经典更具有重大的现实意义。一个精神萎缩的民族，绝不能长久支撑一个经济强大的国家，反而会使一时的经济奇迹化为泡沫，使整个社会步入歧途。这方面的历史经验值得认真借鉴，这方面的历史教训必须牢牢记取！

民国时期教材中的鲁迅作品

根据我目前接触的资料，中华人民共和国成立前的国文或国语读本有近 300 种。最早收入鲁迅作品的应该是民智书局出版的《初级中学国语文读本》，编者仲九、俍工。仲九即沈仲九，他在五四新文化运动中曾关注社会主义与劳动问题，积极为《星期评论》周刊撰稿。编这套教材时他正在上海吴淞中学执教。俍工即孙俍工，当时在上海中国公学中学部执教，是一位教育家、评论家。这套教材是全新的国文教材，书中选取的全部是典范的白话文，在当时产生了很大的影响。

接触中华人民共和国成立前的国文教材，有两个令我惊讶的发现：一，所选鲁迅作品在数量上远远超出了中华人民共和国成立后的语文教材，其中除《一件小事》《社戏》《故乡》《药》《记念刘和珍君》等名篇外，还有战斗力极强的杂文《中国文坛上的鬼魅》，以及一些中华人民共和国成立后的语文教材中从未选用过的书信、日记、序跋和学术论著（如《〈北平笺谱〉序》，《中国小说史略》中的《神话与传说》《清末之谴责小说》）……表现出编者视野的开阔、选材的广泛。二，鲁迅不少译文也进入了国文教材，如《狭的笼》《小鸡的悲剧》《鱼的悲哀》《父亲在亚美利加》《夏季的旅行》《徒然的笃学》《罗生门》《苦闷的象征》《勃朗宁诗三篇》《池边》《鼻子》等，体裁有童话、小说、诗歌、随笔、学术论文等。

众所周知，鲁迅的文化活动是从翻译外国文学作品开始的。他一生共翻译了 15 个国家 77 位作家的 225 部（篇）作品，字数接近 300 万字，几乎跟创作的字数相等。鲁迅在留日时期、北京时期和上海时期有不同的翻译取向，被教材选用的多为北京时期的译作。这些译作之所以获得教材编选者的青睐，是因为字里行间不仅表达了对被虐待者苦痛的呼声和对强权者的憎恶，而且也表现了鲁迅广博的人类关怀和强烈的生命意识。这些译作中洋溢的赤子之心，更是滋润莘莘学子心田的甘霖雨露。

瞿秋白指出："翻译——除出能够介绍原本的内容给中国读者之外——还有一个很重要的作用：就是帮助我们创造出新的中国的现代言语。"鲁迅也强调，他的译文之所以"不完全中国化"，就是"不但在输入新的内容，也在输入新的表现法"，以疗治中国人思维不精密的沉疴（《二心集·关于翻译的通信（并 J.K. 来信）》）。长期以来，我们对鲁迅译文在中国现代语言建设过程中的历史作用评估得很不充分，通过研究教材中的鲁迅作品，对鲁迅译文社会影响估计过低的偏见将会逐渐得到矫正。

鲁迅作品不仅出现在中华人民共和国成立前中小学的国文教材中，而且也进入了高等院校的文科讲坛。在 20 世纪二三十年代，约 20 位新文学作家在大学开设了新文学课程，如周作人、朱自清、沈从文、废名、苏雪林等，讲授内容自然会或多或少涉及鲁迅作品。从 1929 年春开始，朱自清在清华大学、燕京大学、北平范师大学讲授"中国新文学研究"，就以鲁迅的《狂人日记》为教材，肯定了作品"冷隽的句子，挺峭的文调"，"谨严的结构与讽刺的古典的笔调"，同时认为作品流露出"冷酷的感伤主义"。

除朱自清之外，促使中国现代文学成为高校一门正式学科的当推杨振声。在《中国新文学大系·小说二集序》中，鲁迅曾肯定杨振声的作品"极要描写民间疾苦"，文笔也有长进；但同时批评他太重主观性，因而削弱了人物的生命力，使他笔下的典型成了作家的傀儡。杨振声对鲁迅的小说也十分推崇。抗战时期，他跟朱自清编选的《国立西南联合大学大一国文》中，就选收了鲁迅的《示众》；在该校《西南联合大学大一国文习作参考文选》中增选了鲁迅的《狂人日记》，作为"语体文示范"；在该校大一学生的《散文读物》和《课外读物》中，又都选入了《鲁迅自选集》。中华人民共和国成立之后，他率先在北大中文系开设《现代文学名著选》，以鲁迅的两部小说集《呐喊》《彷徨》为教材。

在中华人民共和国成立前出版的国文教材和课外阅读文选中，至今仍在图书市场热卖的有1932年开明书店出版的《开明国语课本》等"老课本"。除这本由叶圣陶撰文、丰子恺插图的小学教材外，开明书店还出版了《开明新编国文读本》《开明国文讲义》《开明国文读本参考本》《开明语体文选类编》《开明活页文选》等教材和阅读资料，书中都收录了鲁迅作品。这些教材既是中国现代教育史上的宝贵资源，又是当今畅销的怀旧纪念品和创意商品。对于民国国文教材中儒雅的语言、从容的节奏、对传统文化的尊崇、对儿童本位的重视，特别是课文中洋溢的爱国主义情怀，无疑应予以高度的历史评价，但也不能过分夸大其跨时代的意义。因为不同时代有不同的语文观，也有不同的评价标准与表达方式。"民国范儿"的教材再好，毕竟解决不了当今社会面临的新情况、新问题，正如马王堆出土的瓜子，能够展出，却不能直接搁进嘴里去品尝。

谈到民国时期教材中的鲁迅作品，自然还要涉及解放区的教材和沦陷区的教材。由于战争年代的动荡，解放区教材散佚的情况十分严重，但就目前掌握的11套教科书来看，都选有鲁迅作品，反映出鲁迅在解放区崇高的文化地位。解放区专门学校教材中也有鲁迅作品。比如，周扬在延安鲁迅艺术学院开设"新文学运动史"课程时，就讲授了鲁迅的《我们现在怎样做父亲》，认为这篇杂文"合乎科学的，充满真正民主精神的新伦理新道德标准，也可以说是一种与共产主义原则相吻合的标准"（《新文学运动史讲义提纲》，《文学评论》1986年第2期）。沦陷区的教材我们掌握得更不充分，只知道有些地方一度沿用沦陷前的教材，比如1945年的北平，一些中学仍沿用中华书局1937年出版的《新编初中国文》，书中选收了鲁迅的散文诗《秋夜》《好的故事》《雪》《风筝》，小说《故乡》《鸭的喜剧》，均无删节。

民国时期教材中还有一个特殊门类，叫自编教材。对这类教材进行准确统计是不可能的事情。有人回忆，1921年春，毛泽东在湖南省立第一师范附小高级部创办了一个"成年失学补习班"，国文老师是谢觉哉，教材是自编的，多为白话文。毛泽东曾要求学生熟读并抄写鲁迅的小说《故乡》和杂文《我们现在怎样做父亲》，他认为抄录有助于记忆（许志行《毛主席教我学语文的一点回忆》，《语文学习》1978年第3期）。不论许志行的回忆是否准确无误，鉴于鲁迅在中国文坛的特殊地位，自编教材中选用过鲁迅作品应该是毋庸置疑的。

中华人民共和国成立后至"文革"前教材中的鲁迅作品

中华人民共和国成立之后语文教材的变化情况，应该分为三个阶段——"十七年"、"文革"时期和新时期来谈。

在"文革"前的十七年中，笔者先是当学生，后来当中学语文教师，对当时语文教学的情况有过切身体验。总的感受是，语文教学的任务一直在强调政治性、文学性和工具性之间摇摆，始终没有找到一个合理的平衡点。

中华人民共和国成立初期的语文教材是在陕甘宁边区教育厅编审的《中等国文》基础上发展而来的。教学任务除进行听、读、写的全面训练之外，还将思想政治教育也涵盖其中。20世纪50年代中期进行汉语、文学分科教学试验，汉语教学包括标点、文字、修辞、语法、词汇、语音等六项训练，高中文学教学则以中国文学史为线索选择诗文。笔者高中时期使用的就是张毕来等先生主编的《文学》课本。因为教学突出了文学性，教材多为经典之作，因此笔者受用终生，至今不忘。文学和汉语分科教学试验因1958年"大跃进"运动而中断。由于当时强调"兴无灭资""厚今薄古""教学为无产阶级政治服务"，语文教学走了一段弯路。1959年6月，报纸上展开了关于语文教学目的任务的讨论，倾向性的意见是语文教学中"道"和"文"不可分割。1963年5月，人民教育出版社制定的《全日制中学语文教学大纲》由教育部正式颁布实施。以这一大纲为基础编制的教材注重了基础知识教育和基本能力培养，体现了"语文是基本工具"的指导思想。

中华人民共和国成立初期的语文教学有不少地方教材。20世纪50年代中期，经国家教育行政部门授权，教材由人民教育出版社独家编写出版，才成为"国定制教材"。直到20世纪90年代，语文教材才由"一花独放"至"百花齐放"。

"文革"前中学语文教材中选收的鲁迅作品，以数量而言，约占全册课文的1/30至1/16，涉及的文体包括小说、杂文、散文诗、诗歌、书信，大多为全文，也有节选。此外，为配合鲁迅作品教学，还选用了一些相关文章，如毛泽东《在鲁迅逝世周年纪念大会上的演说》、瞿秋白的《鲁迅的精神》（节选自《〈鲁迅杂感选集〉序言》）、臧克家的《有的人》、阿累的《一面》、周晔的《我的伯父鲁迅先生》。这些文章，既突出了鲁迅在中国革命史、文学史上的崇高地位，也展现了鲁迅丰富的人性，并非全是金刚怒目、横眉冷对的一面。就笔者的阅读体验而言，入选教材的鲁迅作品中，对学生影响最大的并不是《答北斗杂志社问》这一类指导写作的文字，因为学生的练笔跟作家的创作毕竟距离遥远。而《记念刘和珍君》《为了忘却的记念》这一类充满了作家血性和人间正气的文字，却能使学生受用终生——他们从中感悟到了什么是博大的爱，什么是神圣的憎！小学语文教材中的鲁迅作品不多，有限的篇目中，有的是改写文章和节选篇目，有的是与鲁迅相关的文字，如《我的伯父鲁迅先生》，故不赘述。

"文革"时期教材中的鲁迅作品

"文革"十年，学校经历了"停课闹革命"和"复课闹革命"两个阶段；在"复课闹革命"期间又开展了一系列政治运动，学生砸玻璃、撬地板、批老师，没有一天真正恢复正常的教学秩序。遵循"教育要改革""教材要彻底改革"的指示，教育部门提出"教材坚持以阶级斗争为纲，贯彻党的基本路线，把转变学生的思想放在首位"，"注意引导学生参加三大革命实践，不断提高分析问题和解决问题的能力"。由于"文革"期间人民教育出版社被撤销，编辑人员被下放，各地自编了不少语文教材。因为毛泽东发表了"读点鲁迅"的"最高指示"，周恩来也指示"中文系教材，可以先用鲁迅作品，再慢慢扩大"，所以鲁迅作品在语文教材中仍占据显赫的位置。不过，在为现实政治服务的思想指导下，很多鲁迅作品遭到了实用主义解读。如学习鲁迅《答托洛斯基派的信》，"向一切假马克思主义作坚决斗争"；学习鲁迅的《流氓的变迁》，把《水浒传》"做反面教材，使人民都知道投降派"；学习鲁迅的《华德焚书异同论》，"批判林彪和孔孟之道"；学习鲁迅的《庆祝沪宁克复的那一边》，"对资产阶级实行全面专政，发扬永远进击的革命精神，把社会主义革命进行到底"。刚粉碎"四人帮"时，又牵强附会地把《三月的租界》《捣鬼心传》选入教材，似乎鲁迅在40多年前就识破了"四人帮"的阴谋诡计。

在以阶级斗争和路线斗争为纲的思想指导下，这种批判的矛头甚至也指向了鲁迅本人。比如鲁迅谈到藤野先生对他的"不倦的教诲，小而言之，是为中国，就是希望中国有新的医学；大而言之，是为学术，就是希望新的医学传到中国去"。有的教学参考资料却认为，鲁迅当时还没有掌握马列主义，因此沿用了学术为全人类服务这个缺乏阶级观点的提法。不过，在"文革"后期，也有一些教师和研究者重现对鲁迅文本的解读，坚持从原文出发，字斟句酌，释疑解惑，李何林先生和薛绥之先生等就是以这种谨严的治学态度对广大中学教师进行辅导，成为"文革"后期鲁迅作品教学的一个亮点。

新时期教材中的鲁迅作品[①]

进入新时期以来，语文教学跟全国其他领域一样，也经历了一个拨乱反正的过程。1978年3月，教育部颁布了《全日制十年制学校中学语文教学大纲（试行草案）》。这份文件是在1963年《全日制中学语文教学大纲（草案）》的基础上制定的，重申语文教学的工具性和重视"双基"教育的必要性，强调在"语文教学中，思想政治教育应该和读写训练辩证统一"。这对"文革"时期语文教学中的泛政治化起到了矫正作用。

从20世纪90年代开始，全国陆续推广了九年制义务教育教材，以能力培养为核心，重视语文基础知识、应用能力、表达能力的培养和缜密有序的思维训练，尊重阅读规律，增强了语文学习的有效性和实用性。

---

① 此处论述不包括2016年以来教育部统编教材中的鲁迅作品。

2003年教育部又制定了"新课标",把语文课程的基本特点明确界定为"工具性与人文性的统一"。

笔者以为,对语文课"工具性"的理解比较容易取得共识,即培养学生听、说、读、写的能力,表情达意的能力。然而语文课程并非单纯传授某一种知识技能的工具,而是奠定整个文化素质的基础,所以经过半个世纪的探索,学界又提出了"人文性"的概念,但对"人文性"的理解容易见仁见智。中国典籍中的"人文"一词来自《周易》。《易经·贲卦·象传》:"观乎天文,以察时变;观乎人文,以化成天下。"大意是:观察天上日月星辰的运转,可以明察春夏秋冬时序的变化;观察人间的伦常秩序,可以教化民众,移风易俗。可见古文中的"人文"一词原本包含了教化的意思。而西方的人文主义则是跟中世纪神学相对立的概念,表达了对人类生存目的和意义的世俗关怀,其中同样包含了人性陶冶的内容。语文教学是人文教育的重要途径和核心内容之一,落脚点是人的精神境界的提升。当今语文教学中强调的人文性,自然不能仍旧停留在欧洲文艺复兴时期的水平,而应该赋予它以新的时代精神。人文性的核心,归根结底就是世界观的问题。语文教学中"工具性与人文性的统一",就是不仅要让学生学会语音语法、遣词造句、布局谋篇、修辞逻辑,而且要帮助学生确立正确的人生追求、奋斗目标、理想信念,真正做到施教于学生的灵魂。从这个意义上来说,鲁迅作品就是"工具性与人文性相统一"的理想文本。

近些年来,有些语文教材根据提高学生语文运用能力和人文素养的目标,选择一些重要的人文性内容概括成主题,用几篇课文组合成单元加以体现。如上海王铁仙教授主编的高中语文教材,就在"为理想而斗争"单元中选入了鲁迅的《为了忘却的记念》,在"文化的制约与创造"

单元中选收了鲁迅的《拿来主义》，在"书话与书评"单元中选收了鲁迅的《白莽作〈孩儿塔〉序》，在"文学作品中的典型"单元中节选了鲁迅的《阿Q正传》。笔者认为，这种做法就是体现语文教学人文性与工具性统一的新尝试。

然而在由计划经济向市场经济转型的过程中，商业化、世俗化和意识形态多元化对鲁迅研究和鲁迅作品教学带来了不可避免的影响。在多元化语境中，鲁迅作品中表达的一些信念和原则经常受到质疑。鲁迅峻急刚毅的性格和针砭痼弊不留情面的文风，在有些人看来也似乎显得跟当下的价值取向不相吻合。因此，出现了鲁迅作品是否应该从语文教材中"大撤退"的讨论。

据2009年8月16日《人民日报》一篇署名文章介绍，从2004年开始，许多省的高中语文课本减少了鲁迅作品的数量。当时我国大陆地区已经有六至七套地方性的语文教材。湖北省当年秋季高一年级的语文新教材中，删掉了《药》和《为了忘却的记念》这两篇重要作品。一位当时《高中语文》的执行主编说，由于时代背景的差异，早期白话文与当下汉语的差异以及鲁迅作品本身的深刻性等原因，在鲁迅作品教学中确实存在学生难懂、老师难教、教学目标难以实现的现象。同年8月13日《中国青年报》上有一篇与此相关的文章，陈述了语文教材中大幅度压缩鲁迅作品的四个理由：一，鲁迅已经成为当今中学生的"三怕"（一怕文言文，二怕写作文，三怕周树人）之一。"鲁迅作品再继续在教材中存在下去，对于鲁迅先生倒不啻于一种戕害。"二，"鲁迅是当代愤青的重要思想来源，少学点鲁迅，可少制造一批愤青。"三，长期以来，鲁迅被异化和道具化。"绝大多数中学课堂除主题先行、肢解鲁迅并把他变成一个战斗性符号之外，似乎并没有更多的本事。"四，"当下语文教材视鲁迅为鸡肋，更根本的原因或许在于，这个社会革命激情的消退与宽容精神的增长。语文教材内容的变革，亦成为社会转型的副产品。"

反对者认为，以难懂作为排斥鲁迅作品进入教材的理由是站不住脚的。"难"与"易"原本是一个相对的概念。受众的年龄不同，文化水平不同，对"难"与"易"的感受也不同。遴选教材要充分考虑学生的年龄特征，由浅入深，这是毫无疑义的，但这并不意味着中小学生就无法跨越鲁迅作品的文字障碍。单就鲁迅作品的字词句而言，其难度难道超过了《诗经》《楚辞》一类古诗文作品吗？难道会有什么专家学者因此而主张古诗文应该从教材中"大撤退"吗？孔子距今2500多年，《论语》中也有不少阅读障碍，但仍然作为文化经典在教学中进行传承，为什么离我们不到100年的鲁迅作品反而要被剔除呢？所谓"愤青"并不是一个科学的概念，也许是指对现实的某些方面持激烈批判态度的青年。正确的批判是推动社会前进的车轮，过激的情绪则应该予以正确的疏导，但鲁迅的批判对象与愤青的批判对象有着时代的不同，不能混为一谈。长期以来，在鲁迅作品的教学过程中的确存在神化、肢解等缺点，但教学的缺点不能依靠从教材中剔除鲁迅作品来解决。至于鲁迅作品是否与时代需求相悖，这是一个值得认真讨论的问题，反映出不同意见双方对时代的不同认识和对时代需求的不同理解。

主张鲁迅作品从教材中"大撤退"的代表人物是以"文坛刀客"自诩的山西作家韩石山。他在2005年出版的《文学自由谈》第5期上发表了一篇文章，题为《中学课本里的鲁迅作品》。他认为，中学语文课本选鲁迅作品，选上一两篇是可以的，但目前一选就是十几篇，是绝对的多，怎么都说不过去。接着，他对教材中入选的鲁迅作品逐一进行了点评。他认为：《狂人日记》散布了悲观情绪，艺术上也不成熟；《社戏》不是小说，只能说是随笔；《故乡》结尾，无端地发了那么多议论，是小说的败笔；《孔乙己》虽然鲁迅本人最为欣赏，但过多地交代了过程；《药》的写法十分直露，没有写活一个人物，连场景都没有写出来，笔调压抑而沉闷；《祝福》过多地使用了转折语，有过多的"鲁迅调"；节选的《阿Q正传》在技巧上无师法之可能，主人公是一个农村的流氓，调戏妇女，偷人财物，既麻木不仁，又冥顽不灵，"说是怎样的深刻，怕都是评论者的附会"；《阿长与〈山海经〉》有段话是对妇女人格的慢侮；《记念刘和珍君》古文句或太多，骂詈语太多；《"友邦惊诧"论》全是激愤之语，时有漫骂的句子，乃文章之大忌。评来点去，被这位"反鲁英雄"肯定的只有《为了忘却的记念》和《从百草园到三味书屋》这两篇文章。

对韩石山的观点批驳得最认真、最有力的是福建作家房向东。他专门写了一本书，叫《著名作家的胡言乱语——韩石山的鲁迅论批判》，2011年1月由上海书店出版社出版。这本书"虽然笔间富于感情，但却能在血脉偾张、豪情激荡时做到以实为据，以理服人，理性与感性完美相融，论点与论据交相辉映"。囿于篇幅，无法一一介绍房向东的精彩论点。对于鲁迅作品进入教科书的问题，房向东总的看法是："现在中学课本中不是鲁迅作品太多的问题，是选鲁迅的哪些作品的问题。……鲁迅作品多是经典性的，选这一篇还是那一篇，从作品质量的角度说，问题不会太大"，但"选文一定要最切中鲁迅的终极关怀，那就是国民性和立人问题。通过鲁迅作品的阅读，启蒙大众，改造人本身，从而达到再造新人的目的"（《著名作家的胡言乱语——韩石山的鲁迅论批判》，上海书店出版社2011年版，第180~181页）。

但也有专家认为，所谓鲁迅作品从现行教材中"大撤退"是媒体的炒作。担任人民教育出版社新编语文教材执行主编的温儒敏教授说，许多媒体争相报道鲁迅作品在教材中大幅减少是不准确的。在人民教育出版社普通高中课程标准实验教科书语文教材中，必修课中是减少了鲁迅篇目（高中语文原选5篇，现保留3篇，减少2篇），原因是课程改革后，必修课只占1.25学年，余下1.75学年用作选修与复习；而在选修课教材中，不但保留了鲁迅作品，而且还增加了一些篇目（如《铸剑》《范爱农》）。他强调，无论哪个语文教材版本，鲁迅至今仍然是选收篇目最多的作家。他又说："鲁迅是近百年来对中国文化及中国人了解最深的思想者，也是最具独立思考和艺术个性的伟大作家，鲁迅已经积淀为现代最重要的精神资源，所以让中学生接触了解一点鲁迅，是非常必要的，教材编写必须重视鲁迅。但重视不等于选文越多越好……"（《温儒敏论语文教育》，北京大学出版社2010年版，第88~90页）

新时期不少高校的中文系开设了"鲁迅研究"课程，当然会选读不少鲁迅作品，但并无统编教材，故不予评介。

教材中鲁迅作品的阐释与接受

由于鲁迅作品语言文字具有的模糊性、多义性、复指性，意义具有的不确定性；又由于讲授这些作品历史情境的差异，教师和学生审美情趣、价值取向的不同，不同人对同一文本往往会产生不同或不尽相同的理解。汉儒董仲舒所说的"《诗》无达诂""《易》无达占""《春秋》无达辞"（《春秋繁露·精华》），反映的大概就是这种阅读现象。不过，鲁迅作品终归会有其客观价值，鲁迅创作总也会有其主观意图，只是一且进入教学过程，教师和学生就会有意无意地参与审美再创造，而不只是对教材进行简单的复制和还原。所以，作为教材的鲁迅作品的接受史，就相当于不同时期不同读者之间进行的一场阅读经验交流。不过有的阐释比较合理，接近作者原意，表现出读者与鲁迅之间心灵的感应；而有的阐释则可能悖谬，是对文本的误读，表现出读者与鲁迅之间心灵的偏离。从对鲁迅作品阐释的嬗变，可以反映出历史风云的涌动，时代潮汐的起伏，其研究价值远远超出了教学领域。比如鲁迅前期杂文的代表作《灯下漫笔》，对中国封建时代的等级制、"循环"历史和固有文明进行了十分犀利的批判，号召青年扫荡"食人者"，掀掉"人肉的筵宴"，毁灭制作人肉宴席的"厨房"。但一些教材的编选者纷纷向这篇作品亮起了"红灯"和"黄牌"，致使此文在所有新课标高中语文教材中都被淘汰出局。又如1927年12月23日，鲁迅写了一篇杂文《文学和出汗》，这篇文章曾被选入人民教育出版社的语文教材，沿袭到1990年，后被删削。有专家解释其原因："这篇杂文属于论辩之作，虽然泼辣而俏皮，但在鲁迅杂文乃至全部现代杂文之中，其思想的深刻性与艺术的独创性恐怕跟经典尚有一定距离。"其实，产生变化的恐怕并不是这篇杂文固有的思想性和艺术性，而是因为时过境迁，一些学者认为这篇杂文鲜明的阶级观点跟强调"和谐""包容"的时代环境显得极不协调。

不过，新时期的鲁迅作品教学取得的成绩仍然是有目共睹的，在观点和方法上都有很多新的突破。作为传统教材的《祝福》，长期以来人们都习惯于用封建四权（即政权、神权、族权、夫权）来分析祥林嫂悲剧的根源，但如今不少教师力图摆脱旧说，深入挖掘小说叙事中被遮蔽的主题。他们认为，祥林嫂形象的重要之处，并不在于她所遭受的"四权"压迫，也不在于她周围社会对其不幸遭遇的冷漠和嘲讽，而在于她身遭不幸之后向小说中的叙述者"我"提出的疑惑。祥林嫂对灵魂、地狱的探问，是蕴含着深奥的"知性"及"智性"的难题。这才是小说情节的焦点及意义所在。"文革"之前，鲁迅名著《阿Q正传》进入教材时，侧重节选"不准革命"或"生计问题"等章节，意在批判辛亥革命的不彻底性，与毛泽东批评辛亥革命缺少农村大变动的论断相呼应。但就作品的实际而言，阿Q心目中的"革命"无非是"我要什么就是什么，我欢喜谁就是谁"，这种"革命观"很难谈得上有什么进步意义，而作品的启蒙意义（如对国民劣根性的批判）却因为不符合当时的阶级观点而被遮蔽了。在新时期的教学中，有老师提出了一种"生命教育"理念，通过《阿Q正传》的教学分清消极避世的"精神胜利法"与现代生活中适当的心理调节的差别，从而贯彻尊重生命尊严、弘扬生命价值、促进生命发展的教育主张。这种教学试验，显示出对鲁迅作品的内涵及意义进行不同阐释的可能性。鲁迅的《社戏》，在长期的教学过程中侧重强调农村少年的矫健英武、勇敢机智，歌颂劳动人民的无私和淳朴。现在有的教师运用这篇教材培养学生健康的审美情趣，包括景物美、人情美、民俗美、语文美、构思美、主题美、细节美……又通过多媒体创造开卷有益的教学情境，更丰富了学生的审美体验。

教学方法的创新，更是新时期鲁迅作品教学的一道靓丽风景线。有的学校把鲁迅博物馆或纪念馆的展厅作为教学现场，把课堂教学与博物馆的文化资源相结合。有的学校利用特有的文化历史资源进行鲁迅作品教学，像北京鲁迅中学在校园内的刘和珍、杨德群纪念碑前讲授《记念刘和珍君》，北京师范大学附属中学在自编教材中介绍鲁迅与北京师范大学附属中学、与琉璃厂文化的关系。更多的教师采用了多媒体教学的方式，在课堂上播放鲁迅作品朗诵录音，播放跟课文内容有所联系的历史图片，引导学生主动地学习。这些方式都是对传统语文教学的一种创新和超越。

余话：境外教材中的鲁迅作品

在我国香港、澳门、台湾地区和国外，鲁迅作品也不同程度地进入了教材。

在我国台湾地区，进入教材和课外读物的鲁迅作品有：《阿Q正传》，杨逵译为日文，东华书局1947年1月出版；《狂人日记》，王禹农译为日文，标准国语通信学会1947年1月出版；《故乡》，蓝明谷译为日文，现代文学研究会1947年8月出版；《孔乙己·头发的故事》，王禹农译为日文，东方出版社1948年1月出版；《药》，王禹农译为日文，东方出版社1948年1月出版。台湾1945年光复之前沦为日本殖民地，很多居民不识母语。为了"去日本化"，当时采用了中、日文对照的方式进行国语教育。进入新时期以来，笔者曾在台湾不少高校宣讲鲁迅，并编选出版了《青少年鲁迅读本》。北京大学钱理群教授在台湾清华大学开设了"鲁迅选读"课程。在我国香港特别行政区，中学六年级"中国文学"课程中，鲁迅的《药》是指定作品。

其实，鲁迅作品在日本和朝鲜的影响更加广泛。早在1927年鲁迅的小说《故乡》就被译成了日文，1953年又被日本的教育出版社收入当地的中学国语教科书，供中学三年级学生学习。1972年中日邦交正常化，日本通行的6套国语教科书都收录了《故乡》。在日本读者的心目中，《故乡》跟其他选入教材的日本文学作品几乎同样享有"国民文学"的地位。日本鲁迅研究的活跃期是20世纪40年代末、50年代初。在关西的京都和关东的东京，有一些大学有主修中国文学的学生组织、学术团体，他们把鲁迅研究与反思日本历史、反对新老殖民主义结合起来，取得了丰硕的研究成果，出现了一批享有盛誉的学术大师，如丸山升、竹内实、北冈正子等。但20世纪90年代以后日本的鲁迅传播逐渐走向低谷。

同样是在20世纪20年代至30年代，一些在中国的朝鲜留学生通过课堂教学和社团活动接触了鲁迅作品。比如鲁迅作品的朝鲜文译者柳树人就是在延吉第二中学读书的时候，通过老师读到了《新青年》刊载的《狂人日记》。他认识到"鲁迅先生不仅写了中国的狂人，也写了朝鲜的狂人"，从那时起，鲁迅就成了他最崇拜的中国人。朝鲜革命领袖金日成20世纪20年代在中国东北求学，通过他的中学语文老师、狂飙社成员尚钺读到了鲁迅的《阿Q正传》《祝福》，从而更清楚地认识了当时社会的腐败状况，更加坚定了革命的决心。20世纪20年代到30年代，朝鲜留学生以复旦大学为中心成立了"高丽留学生联合会"，成员多达几百人，其中不少人通过原作了解了鲁迅。

20世纪50年代，朝鲜最高学府金日成综合大学及朝鲜其他大学的中国语言文学专业开设了"中国文学史"课程，鲁迅作品成为重点教学内容和科研项目。在韩国，从20世纪70年代到80年代，已有数十所大学开设了中文专业，鲁迅作品是重点授课项目。2001年韩国新元文化社出版了《初中生看的〈阿Q正传〉》，2003年青色自行车社又出版了《鲁迅——只依靠笔锋觉醒十亿人口的小说家》，都是面向青少年的普及性读物。韩国鲁迅研究家朴宰雨教授说："中国20世纪文学家中，韩国人读得时间最长、作品最多的就是鲁迅。这是因为鲁迅的文学可读性强，又有极高的文学表达力，而且跟日本统治时代民族解放的需要和军阀法西斯时期的民主化斗争很自然地产生了共鸣。"

越南成为新生的社会主义国家之后，把鲁迅的《阿Q正传》等作品选进了中学使用的《文学选读》课本，又特聘中国专家到河内等地的大学开设鲁迅研究课程。

在东南亚，王润华先生曾撰写《新马华文教科书中的鲁迅作品》一文，系统介绍了新加坡、马来西亚华文教科书中使用鲁迅作品的情况，反映出鲁迅作品在东南亚地区的影响越来越大。

在横跨欧亚大陆的苏联，艾德林编选的鲁迅《短篇小说集》作为"中学生读物丛书"之一，在莫斯科儿童出版社出版，除有翻译的小说10篇之外，还附录了8篇散文诗。

在北欧，瑞典是一个有汉学研究传统的国度。1964年，瑞典出版了一本《〈阿Q正传〉及其他》，译者雷阿德·埃克奈尔，内收鲁迅小说、杂文21篇，其中部分译文被选进了中小学教材，产生了较大影响。

在西欧，鲁迅小说和杂文已被编入中学读物，如《80年代之材料》。1986年，意大利北部伐勒西地区的一所中学，举行了纪念鲁迅逝世50周年的展览会。

20世纪70年代，法国的鲁迅研究比较活跃，主要推动者是米歇尔·露阿教授和马蒂娜·埃梅里教授。她们在巴黎第七大学和第八大学开设鲁迅作品研读课，并将鲁迅作品和文言论文译成法文，还在巴黎第七大学阿卡里翁剧场上演了《阿Q正传》，改编者是让·儒尔德衣。

1970年，英国学者詹纳在牛津大学出版社出版了名为《现代中国小说》的选本，其中收录了鲁迅的小说《孔乙己》《故乡》《祝福》。

在美国，很多鲁迅作品都是由高等学校出版社出版。美国哥伦比亚大学出版社早在1941年就出版了华裔学者王际真翻译的《阿Q及其他——鲁迅小说选》。1974年，美国麻省理工学院出版社出版了伊罗生重新编选的中国现代短篇小说选《草鞋脚》，该书收录了鲁迅的《狂人日记》《药》《孔乙己》《风波》《伤逝》。1981年，杨宪益和戴乃迭合译的《鲁迅小说全集》由美国印第安纳大学出版社印行。笔者不了解这些作品是否进入了美国大学的课堂，但在美国学生中产生了一定影响是可以断言的。1995年，美国哥伦比亚大学出版社出版了一部《哥伦比亚中国现代文学读本》，其中小说部分收入了鲁迅的《〈呐喊〉自序》《狂人日记》《孔乙己》。这是英语世界第一本以20世纪中国文学为对象的阅读文选。1996年，美国斯坦福大学出版社推出了由丹顿主编的《现代中国文学思想》读本。鲁迅的《摩罗诗力说》《论照相之类》《〈呐喊〉自序》《文艺与政治的歧途》《论"第三种人"》入选，鲁迅是个人入选文章最多的作家。

以上所述，仅涉及境外入选教材的相关鲁迅作品，并非全面介绍鲁迅作品在境外的传播情况，这是需要说明的。

1936年，鲁迅刚刚去世的时候，不少青年学生自发地来到鲁迅墓前，挥泪宣誓："先生，没有死；青年，莫彷徨！花谢，种子在，撒播在青年的脑海。"进入教材的鲁迅作品，就是撒播鲁迅精神的种子，必将在一批批学生心灵的沃土上开出绚丽的文化之花，结出丰硕的生命之果。

后记

讲演改变了我的命运
——感悟鲁迅经典

记不清是在哪次学术研讨会上,陈子善兄夸我是"讲演家"。这当然是玩笑话,或者说是"谬奖"。爱听人夸,不爱听人贬,这也许是一种人性的共同弱点,我也未能免俗。但是无论我如何自我膨胀,还不至于真把"讲演家"这顶华冠扣在自己头上。因为我从小不擅辞令,又是湖南人,普通话不标准;长期慢性鼻炎,更影响了吐字清晰。年轻时眼小脸瘦,被人讥为"尖嘴猴腮",从不会挤眉弄眼秀表情,把讲演变成表演。更为重要的是,我偏爱史料,不爱追逐走马灯式的新潮理论,因此发言多微观而少宏观,多俗见而少创见。再加上我是"科盲",至今仍不会用电脑,所以无法利用幻灯片等现代科技手段以收图文并茂、情景交融之效。鉴于以上种种实情,从准确意义上讲,我之所谓"讲演"其实就是"漫谈"。"漫"有不受约束的意思,"谈"有对话聊天的意思。"漫谈"多有提问交流环节,主讲跟听众之间只有话多话少之分,但却处于平等交流的位置。我并不自以为是,屡屡声明我的发言只是一孔之见,从不以"资深专家""意见领袖"自居。

虽然我的讲演没有什么特殊价值,但讲演的确改变了我的命运。这得回溯到1973年和1974年,当时我在北京鲁迅中学教初中。学校的旧址即北洋政府时期国立北京女子师范大学的旧址。校内有一个西小院,院内矗立着一座刘和珍、杨德群烈士纪念碑。碑的背面镌刻着文天祥《正气歌》中的名句："是气所磅礴，凛烈万古存。当其贯日月，生死安足论。"有一次，北京西城区师范学校团委组织学生到北京鲁迅中学瞻仰三一八遇难烈士纪念碑，请学校选派一位老师讲述这座碑的历史背景，以进行革命传统教育。校领导推荐的对象是史地教研组的范永禄老师。范老师博学资深，但为人谨慎，不愿做这种"言多必失"的事情，便以《记念刘和珍君》一文是语文教材为由，死活不答应，坚持让教语文的我来救场。校方一时找不到其他的代替人选，只好临时把我推上讲台。首先应该归功于鲁迅《记念刘和珍君》一文的感染力，我这次讲座取得了出乎意料的成功。学生听众那张嘴就是免费广告，从此到鲁迅中学联系听我讲座的单位越来越多，平均每周一至两次，每次两个多小时。听众有工厂的工人，清华大学的工农兵学员，更多的是中学生。最为特殊的是，我还被派出所邀请给未成年罪犯讲过一次课。这次讲座的讲稿就成了我出版的第一本小册子《鲁迅与女师大学生运动》，后由北京出版社公开出版。但书中的一些章节先被《南开大学学报》《光明日报》等报刊选登，这就成为我1976年4月调入鲁迅研究室的学术资本，我也由一名普通的中学教师成了专门"吃鲁迅饭"的研究人员。这就是我所谓讲演改变了我的人生轨迹。

根据我讲演的体会，讲演者首先要态度真诚。讲演要让听众入心，首先讲演者要跟听众交心。鲁迅说，跟敌人交锋必须穿盔甲，否则中了暗箭叫作"活该"，而跟朋友交谈则可以"赤膊"——即以坦言沟通心灵。鲁迅的老师章太炎先生在东京讲《解文说字》时，夏天就真的赤膊上阵。一场怀有戒心的讲演，瞻前顾后，四处设防，那肯定收不到"我口抒我心"的效果。面对不同层次的听众讲演，还必须尽可能深入浅出，力求把复杂的问题讲明白，而不是把讲坛视为自我炫耀的场所，刻意卖弄学问，把一个原本简单明了的问题讲得越来越玄虚，让听众如坠云雾中。

讲演乏味是常见现象。有人形容有的讲演现场，前面的听众在玩手机，中间的听众在聊天，结果吵醒了后面打瞌睡的听众。我觉得讲演要吸引听众应该适当穿插一些生动的例子，使抽象的道理具体化，概念化的东西形象化。1925年1月17日，鲁迅在《华盖集·忽然想到·二》中写道："外国的平易地讲述学术文艺的书，往往夹杂些闲话或笑谈，使文章增添活气，读者感到格外的兴趣，不易于疲倦。但中国的有些译本，却将这些删去，单留下艰难的讲学语，使他复近于教科书。这正如折花者，除尽枝叶，单留花朵，折花固然是折花，然而花枝的活气却灭尽了。"1936年8月23日，也就是鲁迅临终前不久，鲁迅在《且介亭杂文末编附集·"这也是生活"……》一文中仍然强调："删夷枝叶的人，决定得不到花果。"这就表明了鲁迅主张的一贯性。任何人的讲演或发言，如果好用陈言套话，从概念到概念，那多半不会收到好的效果，就像无枝无叶的花果必然没有生机一样。

记得鲁迅还讲过：创作需要热情，讲课需要冷静。讲演过程中，我觉得既需要缜密的思维，同时不可或缺的是情感灌注。我所谓的"情感灌注"指的是爱憎分明的立场，它并不是取决于声音的高低——如果声音超过了50分贝，那多半就会变成噪音。不过，在一个意识形态多元多极的舆论环境下，要做到爱憎分明并不是一件容易的事，比较讨巧的办法还是"此亦一是非，彼亦一是非"的相对主义哲学。这原本是《庄子·齐物论》中的一句话，当下已被西方哲学家发挥到了极致。但既然任何国家、任何体制之下都存在真善美和假恶丑的社会现象，任何发声者都不能没有一个立场和底线，那么"吃瓜人"仍然难以成为一个冷眼看世界的旁观者。鲁迅《且介亭杂文二集》中有一篇《再论"文人相轻"》，其中有一段话让我刻骨铭心："文学的修养，决不能使人变成木石，所以文人还是人，既然还是人，他心里就仍然有是非，有爱憎；但又因为是文人，他的是非就愈分明，爱憎也愈热烈。从圣贤一直敬到骗子屠夫，从美人香草一直爱到麻疯病菌的文人，在这世界上是找不到的。"鲁迅的主张是：文人不应该傲慢，但也不应该随和，而应该像热烈地拥抱着所爱一样，更热烈地拥抱着所憎。我生平最爱读的鲁迅杂文就是《记念刘和珍君》和《为了忘却的记念》这两篇。我认为，这两篇杂文也可视为典范的讲演，跟闻一多的《最后一次讲演》一样永垂不朽。

以上所云，只不过是我对讲演的体会和追求，并非是自己业已达到的境界。我出的第一本讲演集叫《假如鲁迅活到今天——陈漱渝讲鲁迅》，上海东方出版中心2008年出版。那书中留存了我讲演的败笔。记得1941年10月18日，鲁迅夫人许广平在《上海周报》第4卷第17期发表过一篇《如果鲁迅还在》。我误以为谈论"假如鲁迅还在"是一个轻松而有意义的命题。听说外国人对于"假如拜伦还活着"就有各种各样的假设，不同的假设者相互之间虽然看法不尽相同，但都会保持着起码的尊重。万万没想到会有以"文坛刀客"自诩的批评家认为这类命题"无异于痴人说梦，过过嘴瘾而已，屁意义也没有"（《山西文学》2004年第12期，第83页）。我因为祸从口出，受到了3年多的"围剿"，只有挨骂的义务，几乎没有解释的机会。遍体鳞伤的我只好写了一本自传，权当自辩书，当然也有自我反思的内容。这部自传至今再版了3次，第3次修订版名为《我活在人间》，北方文艺出版社2019年9月出版，书中第192页至197页就有关于这件事的回忆。关心此书的读者可以参看，在此不再复述。

吸取了上述教训，我的这本书以解读鲁迅经典为主要的内容。因为文本是研究的基础，要解读鲁迅，还是要以他的文本作为依据，不宜天马行空，随意发挥；更不宜自以为是，代鲁迅立言。代言人的观点即使正确，甚至比鲁迅更加精彩，也无论如何不能取代作为历史存在的鲁迅。站在巨人肩上的即使是当代权威，也终究成不了为他垫底的那个历史巨人。

有人问：这人世间究竟存留了多少书籍？我无法准确回答这个问题，仅知道据统计，2018年中国国家图书馆馆藏文献就多达3768万余册，这还不包括数字资源。任何人皓首穷经都不可能通读这些书籍，只能根据职业需求和个人兴趣进行选择性的阅读。如果有人需要别人推荐"必读书"之类，我认为最稳妥的办法就是推荐经典读物——包括科学经典、人文经典、艺术经典。鲁迅著作就是公认的人文经典。

经典读物虽然类型不同，但却具有共性：有价值，有意义；有原创性，有奠基性，有典范性，有权威性；不仅经久不衰，而且历久弥新。无怪乎有人把经典作品跟一般读物的区别，比喻为麒麟之于走兽，凤凰之于凡鸟，峻岭之于平原，江海之于溪流。鲁迅是中国现代文学的奠基人。他的小说、杂文都极具原创性、实验性、先锋性。鲁迅作品涉及"诚与爱""人的解放"等人类的永恒主题，具有价值和意义的相对稳定性，但又会随着时代变迁和读者改变而产生意义增值。据大数据统计，当下《鲁迅全集》在社会科学研究论文中的引用率名列前茅，在自然科学论文中的引用率也相当高。这说明有众多研究者都在跟鲁迅进行跨越时空的对话，借鉴这位历史巨人的观点创造性地思考当下面临的现实问题。

正是由于鲁迅经典既具有历史意义又具有当代意义，因此需要重读重温。在阅读日趋娱乐化、碎片化的时代，重温鲁迅作品这类经典读物就更具有迫切意义。解读鲁迅作品的基本要求有两点：一是精读细读，二是知人论世。一般读物可以泛览、跳读，但经典作品需要重温，同一文本在不同时代重读，肯定会有不同的获益。除此之外，知人论世是打开鲁迅著作宝库的一把金钥匙。1936年4月5日，鲁迅在致王冶秋的信中说："我的文章，未有阅历的人实在不见得看得懂，而中国的读书人，又是不注意世事的居多，所以真是无法可想。"鲁迅作品是中国社会从19世纪末到20世纪30年代的百科全书。他的小说、杂文跟巴尔扎克的《人间喜剧》一样，都是忠实的历史记录。前些年有些学界名人在论述女师大学生运动时，说女师大学生如何刁蛮，背后的支持者如何不堪，而以"婆婆"自居视学生为"小媳妇"的女校长杨荫榆又如何受了委屈，就是因为他们对那个时代的特点和要求并不了解。"知人"就是要了解鲁迅的同时代人，特别是要了解鲁迅作品中褒贬的历史人物和历史语境。只有对这些与鲁迅有关的人物进行独立、全面的研究，才可能对鲁迅评骘的得失正误作出科学的评价，也才可能对这些历史人物作出公正全面的评价。这也就是我所说的"只有跳出鲁迅，才能逼近鲁迅"。

当然，同样阅读鲁迅经典，不同人会有不同的阅读经验。我读鲁迅时首先注意把握不同体裁作品的文体特征。比如他的回忆散文集《朝花夕拾》，既含史的因素，也含诗的因素。"史"是指自传成分，"诗"是指"虚构成分"。既然如此，我们就没必要对书中的某些细节较真，如日本仙台医专的课堂是否放映过日本兵屠杀中国人的幻灯片，鲁迅是否真的折断过周建人小时候糊的风筝，鲁迅是否在父亲周伯宜临终的床前大声哀号……。读鲁迅日记，我用的是"对读"的方法。鲁迅有不准备发表的生活日记跟生前已经发表的文艺性日记（如《马上日记》《马上支日记》《马上日记之二》）两类。初读鲁迅的生活日记，必须觉得味同嚼蜡。但若跟他的文艺性日记对读，特别是与其书信及相关回忆录对读，就可以破译鲁迅的很多生活密码，越读越觉得兴趣盎然。鲁迅是渊博的，生活阅历也相当丰富，非常人所能及。但鲁迅毕竟也会有历史局限，比如他生前未能像罗曼·罗兰那样，对十月革命的故乡俄国进行实地考察，只读过胡愈之、林克多、瞿秋白等人写的一些见闻录，以及反苏营垒的一些宣传文字。所以，鲁迅对苏联状况的了解不可能十分全面，特别是对苏共的党内斗争更不可能深入了解。但是我们今天重读鲁迅当年那些涉及苏联的杂文就会发现，他对当时苏联的肯定主要集中在农奴制的颠覆和由农业国转型为工业国的生产力解放。人权和生产力这两个标准，我认为至今仍是评价社会制度优劣的基本标准，所以我们不能因鲁迅谈论苏联杂文中某些史实的失误或片面，就全盘否定这批文章的价值。我曾将这种阅读方法称为"剥离法"，即将文中史实的不完整性与其价值的普适性相剥离。不过，以上所说都是个人的阅读经验，也会暴露我个人的局限性。置身于当今这个错综复杂和日益不确定的世界，人们习惯于对事物进行多维性的观照和不确定性的思考。所以对鲁迅作品的阐释有着无限的空间，这是可以预期的。所以，我这本书，只是我的一点学习心得，不揣浅陋，供读者参考。

如果从20世纪70年代中期算到现在，我讲演的历史也快半个世纪了。我记不清场数，也无法统计听众的准确人数，自我感觉是五味杂陈，主要是感激、感动，但也有心碎、心痛的时候。有一次我到湖南农业大学讲演，这次讲座由该校学生会邀请，属公益活动性质，时间是周六晚上。该校学生会的组织能力很强，先张贴海报，而后网上报名预约，入场券是铅印的，对号入座，志愿者导位，服务细微而到位。我先被邀请到休息室，在留言簿题字留念，接受邀请方赠送的鲜花。休息时还备有茶点水果，虽不多，但让人暖心。讲座过程中气氛热烈，因超员，台后和后排出口处也站满了热心的听众。不幸的是，散场时过于拥挤，一名学生不小心撞在玻璃门上，额头划了一个大口子，我立即让送我回宾馆的车送这名学生去医院。学生幸无大碍，但缝了 5 针。2020 年 1 月 11 日，我到国家图书馆文津大讲堂讲"重温鲁迅经典"。这是一个周六的上午，人们难得休息，但文津大讲堂仍然满座。十一点半讲座结束，几十位听众挤上台找我签名留念。那讲台不高，有些听众不走两边的阶梯就直接跨上来了。其中一位 73 岁的听众不小心摔倒，左眼角磕在地上，裂开一个小口子，鲜血立刻涌到脸上，顿时把我吓呆了。国家图书馆有举办讲座的经验，马上就有工作人员拿来急救箱做了止血和消毒处理。包扎完，那位听众仍然坚持请我在书上签名。那是我新出的 3 本书，我看到书的封面都沾上了他的鲜血，情急之下匆忙写下了"向您致敬"这四个字，聊以表达我的愧疚。但他说："不行，请你写上'向鲁迅学习'。"我当然只能满足他的愿望。我看这位老人伤得不轻，担心他可能脑震荡，便立即跟工作人员一起送他去附近的海军医院做检查，CT 结果表明无大碍，我悬到嗓子眼儿的心才渐渐平息下来。事后国家图书馆的工作人员告诉我，这位老人是东北人，来北京跟儿孙团聚，因岁数大，老伴儿不让他独自外出，但他常溜出来听讲座。我在中国现代文学馆、北京东城区图书馆等处举办讲座，他每场必到。听完，我更为愧疚！记得鲁迅在《坟·写在〈坟〉后面》一文中讲过一个故事：1923 年左右，有一个学生来买他的书，从衣袋里面掏出钱来放在他手里，那钱上还带着这个青年的体温。这体温便烙印在他的心头。他此后写文字时，便常怕毒害了这类青年，迟疑不敢下笔。鲁迅说："我毫无顾忌地说话的日子，恐怕要未必有了罢。"回想起来，我每次讲演，无论层次高低，听众多少，我倒都会认真准备，几乎没有毫无顾忌说话的时候。至于内容的正误得失，那是取决于我的水平，倒不是因为态度。不过，随着年岁日高，疾病日增，我举办讲座的机会肯定越来越少。感恩我的这类热心听众，是这些相识或不相识的文友，用他们的热情炙热了我这颗苍凉的心，让我切实感受到了生命的些许价值。

文末还需要补充一点，严格意义上的讲演是一种宣传形式，其讲稿也成为一种特殊的文体。本书所收诸篇有的是根据现场录音整理，比较口语化；有的是事前写好的讲稿，临场再将书面语言转化为口语，所以文风不尽一致。所以准确地说，这本书书名中的"讲"既含演讲之意，也含讲解之意，专此说明。